승부사

무측천

천하를 지배하다

승부사

무측천

천하를 지배하다

|장석만 지음|

북허브

인생을 창조하고 미래를 개척하여
세계의 변화를 선도하는 여성들!

이 책은 미천한 한 소녀가 14세에 황궁에 들어가 죽을 때까지 남자들을 마음대로 정복한 한 여자의 이야기이다. 그러나 이 이야기 속에는 단순히 한 여자의 일생뿐만 아니라, 오늘날 경쟁시대를 살아가는 많은 여성들이 남자들을 다루는 여성만의 비밀이 내포되어 있다.

그러므로 이 책에는 사회적으로 흔히 약자로 취급받는 여성들이 어떻게 남자들의 세계를 파악해서 제대로 살아갈 것인가? 여성의 삶이 남자가 기준인 세계로부터 오는 온갖 차별을 어떻게 돌파하여야 하는가? 여성의 삶이 남자가 기준인 남자들의 세계에서 여성으로서 어떻게 당당하게 생존하여, 끝내 제1인자로 등극하여 남자들을 리드하는가에 대한 매혹적인 이야기가 쓰여져 있다.

이 책은 비천한 출신의 무측천이 당 태종 이세민의 후궁에서 비구니가 되었다가 천신만고 끝에 황후가 되고, 다시 중국 최초의 여제(女帝)가 되기까지 어떻게 성공할 수 있었는지, 그 첩경을 보여 주고 있다.

이 이야기는 마치 현대사회의 첩보전과 기업경쟁을 방불케 하는 무측천의 다양한 전략적인 책략을 사건마다 곳곳에서 극적으로 보여주고 있다.

무측천은 남자의 약점을 이용하는 고수이기 전에 상대가 어떤 남자인가를 파악하는 고수였다. 또한 남자를 아무 때나 제어하는 것이 아니라 필요로 하는 때에 필요한 만큼 제어할 줄 아는 여자였다. 그녀는 지혜와 용기를 겸비하기 위해 쉬임없이 노력하고, 때로는 밤잠을 이루지 못하고 고민도 했으며, 남자보다 한 발 앞서 가기 위해 스스로를 날마다 채찍질하며 참을성 있게 미래를 준비하였다.

무측천은 강한 남자만이 주인공이 되어 세상을 좌지우지하던 시대에 남자들과 맞서 그들을 조종하고, 제압하고, 협력하면서 자기 가치관을 남자들의 세계에 구축하기 위해 추호의 주저함도 없이 자유자재로 이상을 펼쳐가면서, 여자로서의 당당한 지도력을 과시하였다.

이 책은 중국 도서시장에 나와 있는 무측천에 관한 고서와 자료를 바탕으로 "남자들의 세계에서 남자를 이용하고, 조종하고, 제압하여 황제에까지 오른 여자의 성공 키워드"를 뽑아, 일관된 시간방향으로 기술한 이야기이다.

이 책은 강한 남자가 법이요 진리나 다름없던 시대에, 여성도 1인자가 될 수 있다는 지평을 세운 강인한 여성에 관한 이야기이다.

저자 장석만

제2편 **참 극**

제3편 야망의 여심

여
자
황
제

유
일
한

중
국
의

무
측
천

武
則
天

제1편

유 혹

1. 미천한 소녀의 계략

　14세(637년)에 황궁에 들어온 무측천(無則天)은 입궁한지 두 달이 지나도록 황제를 가까이서 볼 기회조차 얻지 못하고, 하루 종일 액정궁(掖庭宮)의 태감들로부터 황궁의 규칙과 예의, 용어를 배우며 온갖 잡일을 도맡아 해야만 했다.

　황제의 눈에 들어 관등에 오르기 전에는 이 고단한 삶이 개선될 여지가 없었다.

　세월만 하염없이 흘러갔다. 무측천의 주위에는 황제의 얼굴 한 번 보지 못하고 늙은 궁녀들이, 어떻게 황궁에서 살아남아야 하는지를 보여주는 예가 부지기수였다.

　유력한 집안의 딸이거나 재물을 써서 힘 있는 태감이나 궁녀를 매수하지 않고서는 수많은 궁녀들을 제치고 황제를 만날 수 있는 길은 요원했다. 그러한 까닭에 액정궁에서는 밤마다 황제의 부름을 받지 못한 앳된 소녀들의 긴 한숨소리가 끝임없이 이어졌다.

14세의 무측천은 일반 소녀는 구경도 하기 힘든 황궁에 후궁으로 뽑혀 들어와 장밋빛 미래에 한껏 부풀었었지만, 이내 황궁의 냉혹하고 지엄한 현실을 깨닫게 되었다.

무측천의 아버지 무사확은 당 고조 이연의 관리로, 당 제국이 세워질 무렵 고조 이연에게 충성을 다했었다. 무사확은 첫번째 부인이 죽은 후 무측천의 어머니인 양씨와 재혼을 했다. 양씨는 딸 셋을 낳았는데, 큰딸 한국부인은 훗날 무측천의 남편인 고종 이치와 스캔들을 일으킨 인물이고 둘째 딸이 무측천이었다. 무사확은 무측천이 어릴 때 세상을 떠났는데, 그가 죽은 후 무측천 모녀는 무사확의 첫번째 부인이 낳은 아들들에게 천시를 받으며 함께 살았었다.

그 무렵 무측천의 미모에 대하여 들은 태종이 직접 명하여 무측천을 입궁시키고 재인(才人)으로 임명했다는 기록이 있다(재인: 궁정의 여자 관리로, 비빈의 등급 중 하나). 무측천은 집안 형편상 사가의 도움을 받을 처지도 되지 못했고 막 들어온 신참 후궁으로서 힘도 재물도 없었으므로 현실은 막막하기만 했다.

중국의 황제는 보통 약 3천 명의 후궁을 거느렸다고 한다. 수나라 양제가 후궁 6만 명, 당나라 현종이 1만 명을 두었다는 기록으로 보아, 비슷한 시기의 당나라 태종도 수천에서 1만에 가까운 후궁을 두었을 것이다. 중국 황제가 통상 3천 명의 후궁을 두었다고 가정할 때 황제가 매일 밤 한 명의 후궁과 동침을 한다면 10년의 세월을 기다려야 차례가 돌아온다. 그러나 실제로는 3천 명의 후궁 중에 황제의 성은을 입어 품계를 받는 여성은 극소수에 불과했다. 이 후궁들은 갖가지 이유로 품계를 받은 여성들이었는데, 가장 낮은 19등급 채녀(采女)부터 1등급 귀비(貴妃)까지 나뉘어 있었다. 그리고 등급이 낮은 후궁들은 법적으로 한 달에 9명씩 하루를 배정받아 황제와 함께 밤을 보낼 수 있는 기회가 있었지만, 등급이 없는 여성들은 그나마도 황제의 얼굴을 보기가 매우 어려웠다.

황제의 침실 스케줄은 매우 바빴고 황제가 소화하기에는 후궁들의 수가 너무 많았다. 무측천은 16등급 재인으로 낮은 신분에 속했으므로, 특별한 계기를 마련하기 전에는 황제와의 관계를 갖기가 어려웠다.

막막한 생활 속에서 무측천은 비슷한 또래의 서혜(徐惠)라는 궁녀를 무척 부러워했다. 왜냐하면 그녀는 아름다운 외모와 조용한 성품을 가졌으며, 무측천과 비슷한 나이임에도 문학에 조예가 깊고 학식이 높아 궁녀들 중에서도 단연 돋보이는 소녀였다. 게다가 그녀의 아버지는 조정의 유력한 관리였기 때문에, 또래의 궁녀들 중에서 태종 이세민을 가까이 할 수 있는 확률이 가장 컸다. 그 미모와 재능은 여자인 무측천이 보아도 곧 흠뻑 빠질 만큼 매혹적이었다.

무측천은 경외감과 부러움, 시기와 질투 등 소녀적인 감정으로 서혜를 대했었다. 하지만 시간이 지날수록 그녀 외에는, 아무것도 내세울 것 없는 자신을 도와줄만한 힘 있는 사람이 주위에 없다는 사실을 뼈저리게 절감했다. 그러면서 서해가 황제를 만나 출세를 하게 되면 자신을 도울

승부사 무측천! 천하를 지배하다

버팀목이 될 수 있을 것이라는 기대감을 갖게 되었다. 그래서 더욱 서혜와 가까워지려고 노력했고, 의자매 관계라도 맺고 싶어했다. 서혜가 황제에게 사랑을 받으면 자신을 황제에게 천거해 주리라 믿었기 때문이었다. 황제를 모실 다른 방도가 없었기에 그 유일한 끈을 서혜에게 둔 것이었다.

그러나 뼈 속까지 귀족인 서혜의 까다로운 성미를 맞추기란 쉽지 않았다. 무측천도 귀족이기는 했지만 집안이 원래 장사를 하다가 귀족이 된 경우였기 때문에 서혜처럼 장안의 내놓라 하는 집안의 규수와는 상당히 다른 문화 가운데 살다가 입궁하였다.

비교적 자유로운 북방계 가문에서 활달하게 어린 시절을 보낸 무측천은, 여느 규수들처럼 가사를 배우기보다는 글공부나 풍류를 즐겼었다.

장안의 고고한 귀족 집안에서 세련된 문화를 향유한 서혜의 풍모를 무측천은 따라갈 수가 없었다. 그러나 무측천은 그녀의 비위를 맞추려고 수단과 방법을 가리지 않고 노력했다.

먼저 무측천은 재미있는 문제를 만들어 서혜에게 가지고 갔다. 지식이 출중하고 지시하는 것을 좋아하는 서혜에게 자주 찾아가기 위해서는 이 방법이 가장 좋았다.

잘난 척하고 싶어 하는 서혜의 소녀적 자만심을 충족시켜 주면서 둘은 차츰 친해지기 시작했다. 함께 있는 시간이 많아지면서 무측천은 온실의 장미 같기만 한 서혜의 부탁이라면 가리지 않고 들어주었으며, 입 속의 혀처럼 서혜를 위해 무엇이든지 했다.

삭막한 궁중에서 단짝이 된 두 사람은 곧 의자매를 맺게 되었다. 그리고 무측천은 앞으로 둘 중에 누가 먼저 황제의 총애를 받더라도 서로 돕고 의지하며 영원히 갈라서지 않을 것을 맹세하자고 했고, 서혜도 승낙했다. 그리고 결연한 마음으로 붓을 들어 서약까지 했다. 또 황제의 총애를 먼저 받은 사람이 다른 사람을 황제에게 천거하기로 했으며, 서로도와 황제를 가까이에서 모실 수 있는 기회를 만들자고 약속했다.

얼마 지나지 않아 무측천의 예상대로 서혜는 황제의 부름을 받았다.

무측천은 그 소식을 듣자 걷잡을 수 없이 흥분되었으며 뛸 듯이 기뻤다. 이제 서혜가 황제의 사랑을 받는 동안 무측천은 황제와의 만남을 기다리기만 하면 되는 것이었다.

무측천은 날마다 손동작 발동작 하나까지 아름답게 보이려고 연구하고 또 노력했다. 황제를 대할 때 지켜야 할 예법을 익히고, 황제의 하문에 막힘없이 대답할 수 있도록 많은 책을 읽었다.

기대감에 들뜬 날들이 여러 날 지나갔다. 그러나 어찌된 일인지 서혜에게서는 아무런 연락이 없었다. 무측천은 초조해 하면서도 자신을 갈고 닦는 일을 게을리 하지 않았다. 그동안 서혜를 위해 목숨까지 바칠 수 있을 만큼 충성하지 않았던가? 서혜는 신의를 아는 여자였기에, 무측천은 그녀가 자신을 외면하지 않으리라 굳게 믿으며 불안감을 잠재웠다. 다시 며칠이 지났지만 여전히 서혜는 소식을 주지 않았다.

무측천은 날이 갈수록 서혜가 자신을 잊은 것이 아닐까하여 불안감이 커져갔고, 믿음은 점점 실망으로 변해갔다. 무측천은 불안한 마음에 기다리지 못하고, 한 태감에게 부탁하여 서혜에게 호소력 있는 편지를 보냈다.

그동안 소식을 주지 않던 서혜는 곧 답장을 보내왔다. 서혜는 무측천을 잊지 않고 있었다. 그 사이 태종 이세민은 서혜의 뛰어난 재능에 매료되어 그녀를 첩여(14등급)로 봉했고, 서혜의 거처도 따로 마련해 주었었다. 황제를 가까이 모시게 된 서혜는 무측천을 천거할 기회를 엿보았다. 무측천이 얼마나 아름답고 재능이 많은지 시간이 날 때마다 황제에게 고했다. 그러나 액정궁의 수많은 궁녀들에게 둘러싸여 있는 황제는 서혜의 이야기에 관심을 보이지 않았다. 서혜는 계속해서 황제를 설득했고 결국 황제로부터 서혜가 말하는 그녀, 무측천을 한 번 보겠다는 대답을 받아냈다.

그로부터 며칠 후 황제로부터 전갈이 왔다. 서혜가 만들어준 기회가 드디어 무측천에게 온 것이었다. 무측천은 이 한 번의 만남에 모든 것을 걸어야 했다. 실수를 하면 다시는 황제를 볼 기회가 없을지도 몰랐다.

무측천은 그동안 황제를 만나기 위해 노력한 날들을 떠올리며, 미천한 재인의 신세를 벗어나기 위해 주어진 단 하룻밤의 기회를 반드시 붙잡아야 된다고 다짐하고 또 다짐했다.

무측천은 비장한 각오와 화려한 자태로 황제의 부름에 응할 준비를 마쳤다.

성공 키워드 1-1

그 남자 가까이에 있는 여성을 이용하라

미천한 소녀인 무측천이 어떻게 수많은 궁녀들을 제치고 황제를 모시는 영광을 얻게 되었을까?

바라볼수록 높아서 자신이 상대하기 어려운 남자에게 접근하기 위해 무측천은 그 남자 가까이에 있는 여성을 이용하였다.

미모가 뛰어난 여인이, 자기가 봐도 뛰어난 재색을 겸비하고 있는 여인을 안다고 말한다면 남자는 마음이 움직이지 않을 수 없을 것이다.

이 방법이야말로 최고의 홍보효과를 가져온다. 문제는 그 남자 가까이에 있는 미모의 여성이 어떻게 자신의 자랑을 술술 하도록 할 것인가 하는 것이다.

그러려면 먼저 그 여성에 대해서 잘 알아야 한다. 그녀의 희로애락을 속속들이 다 알아야 그녀를 이용할 수 있는 길이 보이는 것이다. 여성이 여성의 마음을 사로잡기 위해서 절대적으로 필요한 것은, 공감대를 형성하는 것이다.

승부사 무측천! 천하를 지배하다

2. 남자를 위해 안색을 바꾸다

무측천이 저녁을 먹고 나자 황제를 모시는 태감이 액정궁으로 왔다.

무측천은 옷을 모두 벗고 무기를 지니고 있지 않은지 몸수색을 받았다. 그리고 전라의 상태 그대로 비단에 싸여 태감의 등에 업혀 황제의 침전인 감로전(甘露殿)으로 향했다.

무측천은 침대의 아래쪽으로 올라가 몸을 눕혔고, 황제는 침대의 위쪽으로 올라와 누웠다. 정사를 마친 후 태종 이세민은 무측천의 소녀같은 태도를 아주 흡족해 하였다. 그리고 갑자기 성장한 여인의 뺨을 타고 흐르는 눈물이 세상에서 구하기 어려운 보석처럼 느껴졌다. 황제는 무측천에게 측천무미(側天武媚)란 이름을 내려 주었는데, 그 때부터 무측천은 무미랑이라 불리게 되었다.

무측천이 태감의 등에 업혀 액정궁으로 다시 돌아왔을 때는 한밤중이었다. 첫경험을 하기 전 무측천은 남녀 간의 정사가 꿈 같이 달콤하고 신비로울 것이라고 생각했었다. 그러나 오늘밤 첫경험을 하고 난 후 남녀의 정사가 얼마나 고통스러운지를 알게 되자 혐오감까지 들었다. 무측천은 침대에 누우면서 다짐했다. "처음 있는 일로 황제의 마음을 무척 즐겁게 해줬다는 것만으로도 충분하다고 생각하자."

첫정사가 있은 후 사흘째 되는 날 황제는 다시 무측천에게 전갈을 보내왔다. 무측천은 비록 육체의 고통은 크지만 황제가 다시 자신을 찾는다는 것은 더할 수 없는 영광이라고 생각했다. 무측천은 한결 여유로운 마음으로 몸단장을 했다. 가슴이 더 크게 부풀어 올라 보였다. 입술에 힘을 주었다.

성공 키워드 1-2

<u>눈물을 전략적으로 활용하라</u>

여자의 눈물은 남자의 마음을 적시는 소낙비와도 같다. 눈물은 메마른 남자의 마음을 촉촉하게 적신다. 그리하여 남자는 그 눈물의 의미를 잊을 수 없게 된다.

여인은 눈물 하나만으로도 남자의 마음을 사로잡을 수가 있다. 가냘픈 여성의 눈물을 무기로 무측천은 황제의 마음을 움직일 수 있었다. 때로는 은근히 그리워도 하게 된다. 그러나 모든 남자들이 다 태종 같지는 않다. 남자 앞에서 생각없이 경솔하게 눈물을 흘려서는 안 된다. 여인의 눈물을 좋아하는 남자는 여인의 눈물을 진주로 여기지만, 여인의 눈물을 좋아하지 않는 남자는 짜증을 낼 수도 있다.

여인은 남자 앞에서 눈물을 흘릴 때 남자의 얼굴을 잘 살펴보아야 한다.

기억하라. 남자는 자기를 위해 웃는 여자보다 자기를 위해 우는 여자를 더 기억하는 법이다.

3. 불멸의 신념

태종의 총애를 받은지 얼마 지나지 않아 무측천은 사랑을 잃었다. 첫 관계 이후 태종은 자주 무측천을 불렀었는데, 한 달이 지나도 황제의 부름이 없었다. 황제로부터 한순간에 버림받은 궁녀의 신세는 평범한 여인보다도 더 비참했다. 황제의 총애를 갈구하는 삼천 궁녀의 부러움에 찬 시샘을 한 몸에 받다가, 황제로부터 총애를 잃었을 때 받아야 하는 굴욕은 참기 어려운 수모였다. 궁녀의 존재 이유가 황제와의 육체관계에 있으므로, 황제로부터 버림받은 궁녀는 있으나마나한 존재로 전락하기 때문이다. 황제가 심심풀이 삼아 한 번 관계를 맺고 싫증을 느낀 궁녀는 임신을 하지 못한 이상, 그 때부터는 육체적인 노동을 통해 황궁에 사는 대가를 치러야 했다.

무측천은 자신 앞에 닥친 갑작스런 변화를 쉽게 수긍할 수 없었다. 특별히 황제의 총애를 잃을만한 실수를 한 적도 없었고, 새로운 궁녀가 나타나 황제의 마음을 빼앗은 것도 아니었다. 어렵게 황궁에 들어와 이제 막 삶에 희망을 가지기 시작한 젊디젊은 무측천의 장밋빛 미래에 갑자기 먹구름이 덮친 것이었다.

실상 당시의 무측천으로서는 상상하기 어려운 일이었지만, 고서에 따르면 태종이 무측천을 멀리 한 데에는 그럴만한 까닭이 있었다.

태종이 갑작스럽게 그녀를 멀리한 이유는 무측천에게 싫증을 느꼈거나 실망해서라기보다 장안에 널리 퍼지고 있는 소문 때문이었다. 그 당시 장안의 많은 사람들이 대낮에 태백성[金星: 금성이 대낮에 여러 차례 나타나는 것은 여성이 황제가 된다는 태사(太史)의 점]이 자주 나타나는 것을 보았는데, 예로부터 사람들은 태백성이 대낮에 나타나면 임금이 바뀔 징조라고 믿고 있었다.

장안이 술렁이자 관리들은 사태의 심각성을 깨닫고 상부에 보고했고, 곧 태종의 귀에까지 전해졌다. 임금이 바뀐다는 소문은 태종에게 긴장감을 안겼다. 각종 비기와 술사들이 판을 치던 시대였고, 미신에 따라 행동하던 시대였으므로 장안의 술렁임을 묵과하기가 어려웠다.

태종은 곧 태사령(太史令)을 불러 이 사실을 물었다. 태사령은 "당나라 왕조가 3대에 와서 망하고 여자가 왕이 될 징조이며, 그 여인이 지금 궁중에 있다."고 말하였다. 이 때 벌써 황궁 안팎으로는 "무씨 성을 가진 여왕이 당조 3대를 멸망시킬 것이다."라는 소문이 널리 퍼진 상태였다.

태종은 어렵게 세운 당나라 왕조를 여자에게 빼앗길 수는 없다고 생각했다. 그러나 궁중에 있는 수천 명의 여인 중에서 누가 그럴만한 '무' 씨

성의 여인 누구인지는 알 수가 없었다.

그 때 태종의 머릿속에 한 여인의 이름이 떠올랐다. 이제 막 사랑을 주고 있는 무측천이었다. 어린 궁녀에 불과하지만 태종을 놀라게 하는 지혜와 용기마저 가지고 있었다. 지금까지 궁에서 흔히 보던 단순하고 유순한 소녀와는 너무나 달랐다. 황제는 생각이 여기까지 이르자 곧바로 무측천과의 관계를 끊기로 결심했다. 불길한 상대는 멀리하는 것이 후한을 남기지 않는 것이라고 생각했다.

무측천은 점점 야위어갔다. 태종의 사랑을 받은 뒤 이루고 싶었던 꿈들은 산산이 부서져갔다. 실망이 날카로운 칼이 되어 무측천의 가슴을 갈가리 찢었다. 고통은 점점 커졌다. 비참한 신세로 궁에서 살아갈 날이 아득하기만 했다.

그러나 이 위기에서 벗어날 방도를 찾아야만 했다. 무측천은 가장 먼저 황제가 변심한 원인이 무엇인지 알아보기로 했다. 아직 소녀티를 벗지 못한 여성이었지만, 문제가 발생하면 반드시 원인을 찾는 것으로부터 문제해결을 시작해야 한다는 지혜가 있었다. 무측천은 그간 황제의 재인으로 있으면서 받은 봉급을 태감과 궁녀들에게 나누어 주며 정보를 수집하기 시작했다. 무측천은 이렇게 수집한 정보를 분석하여, 결국 그 원인을 찾을 수 있었다.

황제의 총애를 잃은 까닭이 자신에게 있는 것이 아니라 무씨 성의 여자가 황제가 된다는 소문 때문이라는데, 그 소문대로라면 무측천은 앞으로 철저하게 황제로부터 외면당할 수밖에 없는 처지였다. 그러나 포부가 원대한 무측천에게 이 소문의 내용은 오히려 굳은 의지가 되어 주었다.

후궁에 사는 모든 여자들이 꿈에서도 그리워하는 사람은 황제였다. 황제만이 유일하게 자신들을 어려운 황궁 생활로부터 구원할 수 있기 때문이었다. 무측천도 다만 황제를 가까이 함으로써 서혜처럼 높은 등급의 후궁이 되어 황자를 낳고 윤택한 생활을 하는 것이 목표였다. 그러나 무측천은 이 비기를 듣고 새로운 의지를 세우게 되었다.

"지금은 비록 비천한 궁녀지만, 나는 황제가 될 만한 위대한 인물로 태어났다."

무측천이 어렸을 때의 일이었다. 왜 그러셨는지는 몰라도 아버지는 당시 유명한 관상가를 찾아갔었는데, 며칠 후 무측천을 데리고 그 관상가를 다시 찾아가 무측천의 관상을 보인 적이 있었다. 그 때 그 관상가는 "이 아이는 용의 눈에 봉황의 머리를 가지고 있으니 훗날 천하를 다스리게 될 것입니다."라는 말을 하였다. 어느 아이 같았으면 금세 잊어버릴 이야기겠지만 무측천은 그 말을 가슴에 담고 살고 있었고, 자라면서 관상가의 그 말은 무측천의 커다란 꿈으로 자리 잡게 되었다.

그렇기 때문에 지금은 태종이 자신을 외면하지만, 자신이 황제가 될 운명이라면 사랑은 반드시 다시 돌아올 것이라 생각하고 포기하지 않기로 했다. 무측천은 태종이 자신을 잊지 않으리라고 확신하며, 어떻게 해서라도 태종의 사랑을 되찾아 오기 위해 새로운 방법을 모색하기로 했다.

성공 키워드 1-3

큰 뜻을 품고 목표를 향해 나아가라

무측천은 태종의 생각대로 단순하고 유순한 궁녀가 아니었다. 무측천은 무씨 성의 여자가 황제가 된다는 비기를 생각하며, 반드시 천명(天命)을 얻어 황제가 되겠다는 확고한 신념의 싹을 틔우는 계기로 삼았다.

큰 뜻은 삶을 싣는 배이고, 목표는 밤에 만나는 등대의 불빛이다. 큰 뜻을 실은 배는 폭풍을 만나도 흔들리지 않고 등대의 불빛을 찾아 나아가지만, 작은 뜻을 실은 배는 낮은 파도만 만나도 쉽게 뒤집어진다.

총명한 여인은 남자에게 사랑을 받기만 하려는 여인이 아니다. 자기가 품은 큰 뜻에 맞게 배를 크게 만드는 여인이다.

성공한 여인과 평범한 여인과의 차이는 매우 작다. 그것은 가슴 속에 큰 뜻을 품고 있느냐 없느냐의 차이다. 여인도 가슴에 자기만의 '천명' 하나 정도는 가지고 살아야 한다. 사랑도 일도 노력하지 않으면 우연처럼 지나가지만, 열심히 노력하면 마치 '천명' 같은 필연으로 찾아오게 된다.

4. 인(忍)을 기르다

　무측천은 모든 황궁 사람들이 무서워하는 전각 옆에 있는 작은 방에서 살았다. 그 전각은 오래 전 궁에 들어온 한 궁녀가 목을 매어 자살한 방이라 한동안 출입을 금한다는 종이가 문 위에 붙어 있었다. 그런데 어느 날 황궁에 들어온지 얼마 되지 않은 어린 태감이 호기심을 못이겨 그 방문을 열어 보았다. 그 때 어린 태감은 산발한 여인이 목을 매고 있는 모습을 보고 정신을 잃고 쓰러져 시름시름 앓다가 죽었다.

　이런 일이 있은 후 어떤 태감도 그 전각의 방문을 감히 열어 보지 않았고, 어떤 궁녀도 그 전각 근처에 머무는 것을 두려워했다.

　저녁마다 무측천은 목매어 죽은 궁녀가 자기를 보고 손짓을 하는 것 같은 환영에 시달렸다. 온몸에 소름이 돋았다. 그러나 무측천이 그것을 나약한 마음이 불러오는 환영이라 생각하자, 처음에 느꼈던 두려움이 서서히 사라졌다. 마음이 약해지면 그 궁녀처럼 자살을 할 수도 있을 것 같았다. 그러자 마음 속에서 강한 신념이 올라왔다. 공포심 따위는 천명에 비하면 아무것도 아니었다. 천명은 정해진 단 한 사람만이 완수해야한다고 집념을 꼿꼿하게 세웠다.

아무도 찾지 않아 쓸쓸함을 넘어 황량함까지 감도는 무측천의 처소에 어느 날 태종의 명을 받은 궁녀들이 들이닥쳤다. 혹시 무측천이 임신이라도 했을까 걱정이 된 태종의 명을 받들고 온 궁녀들이었다.

만일 무측천이 임신을 했다면 태종은 훗날의 불씨를 제거하기 위해 바로 태아를 낙태시킬 생각이었다. 당시의 의술로 보아 낙태수술은 곧 산모가 목숨을 잃을 수도 있는 위험한 것이었다. 궁녀들은 서슬 퍼런 각종 도구로 무측천의 임신 여부를 검사하기 시작했다. 무측천은 마음 속으로 황제에 대한 걷잡을 수 없는 분노가 타오름을 느꼈다. 아무리 황제지만 한동안 사랑을 나눈 사이가 아닌가? 한낱 소문 때문에 자신에게 이토록 가혹한 일을 감내하도록 하는 태종에 대해 반항의식까지 더해지며, 그녀는 마치 강철처럼 단련되고 있었다.

무측천은 다행히 임신이 되지 않아 큰 위험으로부터 벗어날 수 있었다. 그러나 후궁의 많은 여인들은 태종의 총애를 잃은 무측천에게, 황제에게 사랑받지 못해 생긴 질투심과 복수심까지 풀어버리기 시작했다. 피해의식이 강한 많은 후궁들이 무측천을 대상으로 가혹한 복수극을 전개한 것이었다. 무측천이 받은 밥상에는 벌레와 이물질이 섞여 있었고, 음식의 양도 그 전과는 달리 줄어들었다. 당장 음식을 만드는 궁녀를 찾아가 분을 풀고 싶었지만 그럴수록 더 심하게 자신을 괴롭힐 것이라는 생각이 들었다. 참을 수 없는 분노로 무측천은 날마다 잠을 이루지 못했다. 다른 궁녀들처럼 이렇게 당하다가, 또 다른 버림받은 새로운 궁녀가 나오면, 그 궁녀를 괴롭히는 것으로 지금의 상처를 보상받는 한심한 짓은 되풀이하고 싶지 않았다.

무측천은 하루 종일 좁은 방에 갇혀 홀로 아픔과 고독을 씹으며, 실망과 굶주림을 참고 견뎌야 했다. 밤이면 눈물을 흘리며 분노를 억눌렀다.

그러나 날이 갈수록 무측천은 서서히 특유의 냉정함을 찾아갔다. 언제까지나 나약하게 울고만 있을 무측천이 아니었다. 무측천은 눈물 속에서 새로운 길을 준비하기 시작했다. 무측천은 눈물을 흘리고 있는 자신을 채찍질하며 이겨내려고 애썼다. 설사 곳곳에 막힌 벽이 있어 출구를 찾을 수 없더라도 그대로 주저앉아 있을 수는 없었다. 그러자 가슴에 품은 천명이 오히려 용솟음치기 시작했다.

출구를 찾을 수 없다면 가로막은 벽을 깨부셔야 한다고 생각했다. 무측천은 참을성 있게 준비한 시간은 꿈과 비례한다는 진리를 가슴에 새겼다.

성공 키워드 1-4

인(忍)을 길러라

'인(忍)'은 모든 일의 기초가 된다. 이것이 없으면 그 어떤 계획도 사상누각에 지나지 않는다. 물론 참을 '인(忍)' 자는 단순하게 참아야만 한다는 뜻은 아니다. 어리석은 인내는 무모한 짓이 되고 마는데, 이렇게 되면 세상에서 바보 취급을 받게 된다.

지혜로운 사람의 '인(忍)'은 참는 가운데서 기회를 기다리는 것이다. 기다리면서 내일을 준비하는 사람은 당해낼 수는 없다. 준비가 된 사람은 갑자기 찾아온 기회를 놓치지 않기 때문이다.

승부사 무측천! 천하를 지배하다

5. 첫번째 정치적 수완

무측천은 좁은 냉방에서 굶주림과 추위에서 오는 고통을 참고 견뎌야만 했다.

태종의 총애를 잃은 무측천이 남들로부터 비웃음을 받는 어려움은, 무측천에게 황제와 궁 안의 모든 여자들을 바라보는 시각의 변화를 가져왔다. 오로지 황제의 육체적 노리개에 불과한 궁녀의 삶이 얼마나 보잘 것 없는지를 뼈저리게 느끼게 되었다.

목숨조차 보존하기 어려운 것이 황제의 총애를 잃은 궁녀의 삶이었다. 무측천은 궁녀로서 살아남기 위해 새로운 길을 찾아야만 했다.

당시 황궁의 태감이나 궁녀들 중에는 권력을 가진 자가 있었다. 그들의 공통점은 권력의 향배를 주시하면서 권력자들이 하는 이야기를 빈틈없이 듣고 정보를 얻어, 이 정보를 필요한 사람들에게 제공해 주면서 적지 않은 재물을 얻는다는 것이었다.

무측천은 '까마귀떼' 라 불리는 태감들이 황궁의 생활을 책임지고 돌보면서 자연스럽게 정보를 수집한다는 것에 주목했다. 황궁에서 떠도는 소문은 대개 권력의 이동경로를 짐작하게 만들었다. 태감과 궁녀들은 조심스럽게 이런 소문을 흘리기도 하고 부풀리기도 했다.

무측천은 이들과의 교류를 적극적으로 넓히면서 모든 정보를 손아귀에 넣어야겠다고 생각했다.

혼자서 하는 정보수집에는 한계가 있었다. 혼자서 고군분투할 것이 아니라 다른 사람들과의 교류를 최대한 넓혀야 늘 새롭고 더 확실한 정보를 얻을 수 있었다. 이 목적을 달성하기 위하여 여러 태감들과 교류를 시작하려면 돈이 필요했다. 특히 욕심이 많은 '까마귀떼' 를 매수하려면 돈은 필수였다.

무측천은 돈이 필요했다. 재인의 봉급으로는 태감이나 궁녀들을 매수하기가 쉽지 않았다. 그렇다고 사가의 도움을 받을 형편도 아니었다. 가난한 어머니는 출가했다가 돌아와 의붓아들들의 천대 속에서 근근히 살아가고 있었다.

무측천은 스스로 절약하여 돈을 모았다. 재인으로 봉직하면서 받는 적은 급료를 거의 쓰지 않고 모았다. 비록 짧은 기간이었지만 황제로부터 받은 비싼 장신구가 있었고 비단도 약간 있었다. 또 황궁에 들어올 때 어머니로부터 받은 혼숫감이 있었다. 무측천은 재물이 어느 정도 모이자, 이건을 요긴하게 쓰기 위해 태감이나 궁녀들 중에서 제대로 된 정보를 알려줄 자들을 물색하기 시작했다.

얼마 되지 않은 재물로 많은 태감이나 궁녀들의 마음을 살 수는 없었다. 신중하게 관찰하여 무측천은 가장 나이가 많고 황궁에서 벌어지는 온갖 경쟁에서는 한 발짝 물러나 있는 노쇠한 태감들을 낙점했다. 무측천은 늙어서 아무도 찾지 않는 태감들을 찾아 적지 않은 돈을 슬그머니 주머니에 넣어 주었다. 예쁘고 젊은 궁녀가 자신을 성의있게 대해 주자 나이든 태감들은 너무도 감격하여, 무측천 앞에 무릎을 꿇고 마음에서 우러나는 감사를 하기도 했다. 이것은 돈을 주어 사람을 매수한 것 같지만, 사실은 사람들의 관심 밖으로 밀려나 있는 태감들을 자기편으로 만드는 일종의 정치적 수완이라고 볼 수 있다.

무측천은 이런 식으로 몇몇 늙은 태감과 궁녀들에게 금전을 주었다. 그러나 돈을 주었다고 해서 당장 필요한 부탁을 하여 부담을 주지는 않았다. 심리적인 편안함도 아울러 각인시켜 주는 주도면밀함은, 무측천의 그릇이 얼마나 커다란지를 잘 보여주는 예이다. 아무런 대가없이 뿌린 돈은 곧 효과가 나타났다.

태종의 총애를 잃은 일개 궁녀였지만, 무측천을 보는 그들의 눈은 달라져 있었다. 냉혹함이 측은함을 넘어 어떤 존경심마저 동반한 다정함으로 바뀌어갔다. 무측천을 대하는 여러 태감과 궁녀들의 태도는 곧 온화한 복종으로 이어졌다. 더 많은 돈을 주지 않더라도 가져다주는 음식이 깨끗하게 바뀌었고, 배부르게 먹어도 남을 만큼 음식의 양도 많아졌다.

무측천은 여러 태감과 궁녀들에게 온화한 복종심을 알게 모르게 심어 준 것이었다.

이유 없이 호의를 베푸는 무측천을 믿을 수 없었던 태감과 궁녀들은, 처음에는 동정심과 호기심, 경계심이 한데 섞여 혼란스러워했다. 하지만 시간이 점점 지나면서 무측천과 태감들과의 관계는 믿음을 바탕으로 친숙해졌다. 여러 태감들은 무측천이 특별한 부탁도 하지 않으면서 감사의 뜻으로 주는 돈을 받고 기뻐했다.

태감과 궁녀들에게 환심을 사기 위해 모아 놓은 재산을 아낌없이 쓴 무측천은 곧 재정적인 어려움에 봉착했다. 그러나 급료를 제외하고는 어떤 수입도 없었음에도 급료를 받으면 있는 대로 주변의 태감과 궁녀들에게 쥐어 주었다. 생활이 점점 궁핍해졌지만 아직은 더 많은 정보가 필요했다. 여러 태감들이 가지고 오는 정보를 바탕으로 무측천은 새로운 계획의 기초를 세우고 있었다. 당장의 생활의 불편 따위는 아무것도 아니었다. 오로지 필요한 것은 계획의 구체성을 결정지을 수 있는 정보였다. 정보가 없으면 헛소문에 휩쓸려 중요한 때를 놓칠 수 있기 때문이었다.

무측천은 대부분의 궁녀들처럼 옷과 장신구로 이목을 끄는 것은 순간적일 뿐이라고 생각했다. 급료를 타면 다른 비빈들은 대게 몸치장을 하는 데 많은 돈을 썼다. 그러다가 몸치장을 해도 빛나지 않는 나이가 들면 어떻게 할 것인가? 무측천은 허드렛일을 하는 차림이라도 개의치 않았다. 오히려 여러 태감들에게 급료를 뿌리면서도 더 다정하게 대했다. 그러자 여러 태감들은 차츰 어려움을 내색하지 않는 무측천의 모습에 마음 깊이 감동했다.

무측천을 더욱 신임하는 분위기가 감돌았다. 무천측은 이제 마음놓고 어떤 정보라도 알아오라고 부탁할 수 있게 되었다. 태감과 궁녀들 모두가 자기 일처럼 나서서 알아봐 주었기 때문이었다. 무측천은 이제 황궁의 눈과 귀를 얻은 셈이었다.

여러 정보 가운데서도 무측천이 특별하게 관심을 갖는 것이 있었다. 바로 태종의 뒤를 이를 태자, 즉 태자 이승건(문덕장손 황후가 낳은 첫째 황자)과 이태(문덕장손 황후가 낳은 태종의 넷째 황자)가 벌이는 황태자 자리다툼이었다. 당시 조정은 이승건과 이태의 세력으로 양분되어 있었다.

두 세력은 한 치의 양보도 없이 첨예하게 대립하고 있었는데, 태종은 두 세력의 싸움이 수그러들 기미가 보이지 않음을 개탄했다.

두 세력 간의 다툼으로 황궁이 혼란스럽다는 보고가 올라올 때마다 태종의 얼굴에 드리워진 수심은 깊어만 갔다. 태종은 불안에 사로잡히기 시작했다.

황궁의 이런 사정은 여러 태감들의 입을 통해서 무측천의 귀에 정확하게 들어왔다.

과연 무측천 자신은 어떻게 처신하였을까? 세력 다툼의 방향은 처음에는 힘을 가진 측이 유리해도 시간이 흐르면 명분을 가진 측으로 기우는 것이 중국의 역사이다. 무측천은 깊은 숨을 쉬고 양측의 정보를 냉철하게 분석하기 시작했다.

이어서 무측천은 태감과 궁녀들의 도움으로 황제 가까이에서 시중을 들 수 있는 일을 배정받았다. 비록 황제와 밤을 함께 보낼 수는 없었지만, 미천한 일을 하면서라도 황제 가까이에서 권력자들의 말을 들을 수 있는 위치에 서게 된 것이었다. 그러다 보면 황제가 다시 자신을 총애할 수도 있었다. 무측천에게는 미약하나마 희망의 빛이 보이기 시작한 것이었다.

성공 키워드 1-5

정확한 정보와 인맥을 중시하라

팔이 아픈 사람에게 다리 치료를 잘 하는 명의를 아무리 좋은 마음으로 소개해 주어도 무용지물일 것이다. 좋은 관계를 맺는 일은 어렵지 않다. 상대의 가려운 곳을 긁어주기만 하면 된다. 그렇게 하려면 항상 귀를 여는 마음의 자세가 중요하다. 입은 필요한 때에만 열어야 사람이 고귀하게 보인다.

옛 중국 황궁의 한 어린 궁녀가 정보력의 중요성을 꿰뚫고 있었다는 점은 가히 놀라운 일이다. 돈은 수단에 불과하므로 중요한 것은 정보 제공자와의 인간관계이다.

인간관계가 좋아지려면 서로 처지에 맞는 정보와 대화가 필요하다.

21세기는 정보의 시대이지만, 더욱 중요한 것은 그 많은 정보를 잘 선택해야 하는 시대이다. 공부에 왕도가 없듯이 정보 선택에도 왕도가 없다. 그렇다면 방법이 없는가? 전문가를 얻어야 한다. 제대로 된 정보를 얻어야 혼란을 최소화할 수 있다. 정말 중요한 것은 가슴에 있는 계획의 크기와 치밀함에서 나온다.

6. 표격(標格)

　무측천이 태종의 총애를 잃고 한숨과 눈물과 분한 마음에 몸을 챙기지 않자, 어느 새 건강이 많이 약해져 있었다. 무측천은 몸이 약해져 병으로 죽으면 아무리 원대한 꿈이 있어도 소용이 없다는 사실을 뼈저리게 새겼다. 우선 쇠약해진 체력을 회복시켜야겠다고 생각한 그녀는 액정궁에서 시간만 나면 신체 단련에 각별한 신경을 썼다.

　궁전의 한 모퉁이에는 그네가 매달려 있었다. 많은 궁녀들이 낮잠을 자는 사이 무측천은 졸음을 이겨가며 몰래 그네를 탔다. 그네를 타는 일은 체력회복을 위한 것이었다. 하지만 다른 궁녀들의 눈에 노는 것으로 보일까 싶어 몰래 그네를 탄 것이었다. 자칫 미움을 사게 되면 그 자체가 근거없는 뜬소문이 되어 여기저기 궁을 떠도는 수가 많았기 때문이었다. 그래서 무측천은 졸음을 참아가며 그네를 이용해 남몰래 체력단련을 하였다.

무측천은 구기대회에도 참가하였다. 이 구기는 오늘날의 폴로와 유사한 운동으로 말을 타고 공을 치는 놀이였다. 무측천은 첫번째 경기에는 후보선수로 참가하였지만, 곧 정식선수로 뽑혔다. 훈련은 승마 연습부터 시작하였다. 무측천은 말을 타 본적이 없었기 때문에 처음에는 말을 탔다가 내리면 오금이 저려서 제대로 걸을 수조차 없었다. 그러나 의지가 강한 무측천은 쉽게 포기하지 않았다. 다른 사람들이 말을 타는 동작을 세심하게 관찰해서 여러 가지 노력을 꾸준하게 했다. 결국 누구보다 빨리 말을 잘 몰았고 구기도 익혔다. 무측천이 구기대 대장으로 뽑힌 것은 당연한 결과였다.

　　또한 액정궁의 동북쪽 한 모퉁이에는 글방이 있었는데, 가르치는 여러 선생은 학식이 풍부한 태감들이었다. 글방에서 글을 배우는 사람들은 대다수가 궁녀였다. 황궁에 사는 궁녀들은 누구나 엄격한 교육을 받아야 했는데, 글공부도 그 가운데 중요한 것 중의 하나였다. 그러나 몸단장 외에 글공부는 많은 궁녀들에게 골치 아픈 '일'에 불과했다. 대부분 별다른 흥미를 나타내지 않고 몸단장을 하는 데만 시간을 드릴 뿐이었다. 왜냐하면 황제의 총애만 받으면 한순간에 모든 것이 바뀌고, 그것이 영원할 것이라는 믿음 때문이었다. 무측천은 그런 궁녀들의 태도를 한심하게 여기며, 아무런 말도 없이 묵묵히 학문 연마에 힘을 쏟았다.

　　무측천은 글방에서 그저 글이나 읽고 문장을 짓고 시를 읊는 것이 아니었다. 고급학과인 유학(儒學) 강의에 참가하며 고급학문을 섭렵했다. 미모의 여인이 학구열까지 남다르니 많은 학자들로부터 인기를 얻었다. 시간 때우기 식의 글공부를 하는 대부분의 다른 궁녀들 사이에서 무측천은 곧 군계일학으로 떠올랐다. 무측천은 유학을 바탕으로 배울 수 있는 학문은 가리지 않고 모조리 배웠다.

무측천이 태종의 시녀로 봉직하고 있을 때 일어난 일이다. 정무실에서 재상들과 군신들이 태종에게 정황을 보고하고 있었다. 정사(政事)를 토론할 때면 시녀들은 병풍 뒤에 숨어 있어야 했는데, 대부분은 자기와 무관한 일이므로 듣고자 하지 않았다. 그리고 정사 토론을 듣는 데 흥미가 없다보니 누구나 아침에 일찍 출근하기 싫어하였다. 그러나 무측천은 아침 시간 출근을 중요하게 생각했다. 바로 병풍 뒤를 조정의 '살아 있는 정치강좌'로 여겼다. 무측천에게 정사 토론이야말로 권력의 흐름은 물론이고, 실로 얻기 어려운 정치적 통찰력을 얻을 수 있는 좋은 기회였다. 또한 태종이 정사를 처리하는 방법과 결재하는 방식을 구체적으로 배울 수도 있었다. 궁녀들뿐만 아니라 어지간한 관리도 얻기 어려운 귀중한 것이었다. 무측천은 능동적으로 아침 근무를 하기 싫어하는 궁녀들과 저녁 근무 시간을 바꾸어 아침 근무를 하곤 하였다. 이런 정사 토론은 훗날 무측천의 집정에 중요한 밑천이 되었다.

무측천은 꾸준한 운동으로 더욱 체력을 강화하였다. 태종만 기다리며 한숨만 쉬는 대부분의 궁녀들이 내뱉는 신세 한탄을 듣는 것조차 싫어했다. 혹시 마음이 약해질 것 같은 우려 때문이었다. 운동은 몸의 건강뿐만 아니라 정신까지도 맑게 해주었다. 가만히 앉아 몸단장만 하며 태종의 부름을 기다리는 궁녀들의 얼굴은 어두웠다. 어두운 얼굴을 좋아할 남자는 별로 없다. 무측천은 운동이 피부의 탄력을 유지해주는 비결이라는 사실을 알고 있었다.

성공 키워드 1-6

미모로 남자를 얻고, 지식으로 남자를 지배하라

미모가 여인에게 잠깐 동안의 이득을 준다고 한다면, 재색의 겸비는 일생 동안 이득을 준다. 지식이 없이 몸치장만 하는 여인은 오래지 않아 향기를 잃은 꽃처럼 변한다. 지식은 지혜를 낳고 지혜는 목표를 이룰 수 있는 버팀목이 된다.

옛날이나 지금이나 여인의 미모는 재산과도 같다고 한다. 그러나 어떤 재산이라도 관리에 실패하면 가난해지기 마련이다. 미모란 해가 뜨면 갑자기 사라지는 아침이슬과 다를 바가 없다. 미모도 다른 어떤 것을 함께 갖추었을 때 빛나는 법이다. 무식하고 얼굴만 예쁘면 사람들은 곧 실망한다. 여성이 예쁜 외모에 맞게 지식을 쌓으면 최고의 경쟁력을 가질 수 있다. 미모는 눈을 사로잡지만 지식은 남자를 설득할 수 있는 유용한 도구가 된다. 또한 지성미는 남자로부터 오랫동안 매력을 갖게 할 수 있다. 아름다운 외모의 여성은 원하는 남자를 얻을 수 있고, 남자와 소통이 가능한 여성만이 오래도록 남자를 지배할 수 있다.

7. 혀는 칼보다 날카롭다

장안 궁전의 북문인 현무문 부근에는 구기장이 있었다. 구기에 쓰일 말을 길들이는 마구간도 근처에 있었는데, 태종은 종종 말을 보기 위해 그곳을 찾았다. 태종이 거동을 하면 여러 궁녀와 태감들이 태종의 곁에서 보필을 하는데, 무측천도 그 가운데 있었다. 태종은 준마를 좋아했다. 어느 날 태종은 사자총이라 불리는 사나운 말을 길들이러 구기장의 마구간에 들렀다. 이 말은 준마 중에서도 준마였지만 길들여지지 않은 사나운 말이었다.

사자총을 길들여 타고 싶은 태종이 여러 사람들에게 물었다.

"좋은 방법이 없는가? 준마를 앞에 두고 탈 수 없으니 답답하다."

그러나 선뜻 나서는 사람이 없었다. 그 때 태종의 뒤에서 무측천이 나서면서 말했다.

"소녀가 저 말을 길들일 수 있습니다. 여기에는 3가지 공구가 필요합

43

유혹

니다. 쇠로 만든 채찍과 쇠망치, 그리고 비수입니다. 말이 말을 듣지 않으면 우선 쇠로 만든 채찍으로 때려 가르치고, 그래도 복종하지 않으면 쇠망치로 말머리를 쳐 다루고, 그래도 말을 듣지 않으면 비수로 말의 후두를 베는 것입니다."

주위의 모든 사람들이 무측천의 당돌한 말을 듣고 놀랐다. 말의 후두를 베겠다는 말에 궁녀들은 움찔하기까지 했다. 태종도 놀라서 무측천을 바라보았다. 대부분의 궁녀들는 태종 앞에서 공손하고 예쁜 짓만 하려고 했다. 어쩌다 태종이 물어도 우쭐우쭐 대답도 잘하지 못했다. 그렇게 소심한 궁녀들 사이에서 무측천은 황제의 허락도 없이 불쑥 자기 의견을 내놓았던 것이다.

기록에 따르면, 태종은 껄껄 웃으며 무측천을 칭찬하고 말머리를 돌렸다고 한다. 하지만 태종의 내심은 "쇠망치로 말머리를 치고 비수로 후두를 베면 말은 속절없이 죽는 것이 아닌가? 여자가 어떻게 이런 끔찍한 말을 할 수 있는가?"라고 생각했을 것이다. 무측천의 당돌함에 어린 서늘한 기운이 느껴졌다.

말머리를 돌리고 떠나는 태종의 뒷모습을 보며 무측천은 자신이 실언하였음을 깨달았다.

몇 달 동안 참고 또 참으면서 위태로운 고비를 넘긴 자신이었다. 오늘의 이 한 마디가 다시금 태종의 마음에 경계심을 불어넣었다는 것을 알았다. 아무리 생각하여도 자신의 말이 사자총의 목을 베는 것이 아니라, 자신의 목을 베는 꼴이 되고 말았다는 생각이 들었다. 하지만 아직 기회가 있다고 스스로를 위로하며 더욱 냉철하게 자신의 약점을 극복하려 노력했다.

그 뒤로 무측천은 참고 참는 데 더 큰 공력을 기울였다. 그러자 이전에 참으면서 준비한 것에 냉혹한 이념이 더해지기 시작하였다. 막연한 복수심에서 출발한 냉혹함은 차츰 구체적인 모습을 드러내기 시작했다. 훗날 고종 대신 정사를 처리함에 있어 보였던 냉혹한 판단력은 이렇게 싹트고 있었다.

'참을 인(忍)'과 '모질 한(恨)'은 무측천의 정신세계를 떠받치는 큰 기둥이었다. 냉혹함은 그 기둥을 감고 올라가는 넝쿨장미와도 같았다.

성공 키워드 1-7

말 한 마디에 신중을 기하라

병(病)은 입으로 들어오고 화(禍)는 입에서 나온다는 말이 있다. 말을 할 때는 세 번 정도 생각하는 것이 필요하다. 실언은 대개 한 번 뱉으면 이전으로 돌이키기 어려우므로 실언 뒤에 곧바로 깨닫는 것이 중요하다. 실언을 한 뒤에는 바르게 대처하고, 앞으로는 실언하지 않기로 더 굳게 다짐해야 두 번 다시 같은 실수를 하지 않게 된다. 그리고 실언하지 않으려면 있는 그대로 자신을 보여줘야 한다. 그러면 말을 할 때 자기를 속이거나 남을 속일 필요가 없다. 다만 주의할 것은 자기의 계획이나 전략은 보여주지 말아야 한다는 것이다. 있는 그대로를 보이는 것은 믿음을 말하는 것이다. 그러나 인생의 계획이나 어떤 사업전략은 감추는 것이 현명하다. 사람 사이에는 믿음을 확보하여야 하고 계획은 치밀함을 확보하여야 한다.

생각은 나를 다듬는 일에만 써도 충분하다. 말은 사교에 쓰고 생각은 계획에 써야 한다.

8. 치장하지 않아도 빛나는 얼굴

무측천은 황궁에 어떤 연줄도 없고 유력한 집안의 딸도 아닌 평범한 궁녀에 불과했다. 그러나 무측천은 황궁에서 요구하는 예의나 규정을 잘 지켰으며 옷차림은 항상 소박하였다. 분화장도 다른 궁녀와 달리 옅게 하였다. 무측천이 화려함을 싫어하거나 몸치장을 귀찮아해서가 아니었다. 여러 태감과 궁녀들을 자기편으로 만들기 위해 급료의 대부분을 그들에게 썼기 때문이었다. 무측천은 가난한 신참 궁녀에 불과했다.

그 무렵 태종에게는 특별히 총애하는 공주가 있었는데, 그녀가 열 일곱번째 딸 고양공주였다. 고양공주는 이팔청춘에 방현령의 아들 방유애와 혼인을 하여 출가외인이었지만, 태종이 귀여워하였으므로 자주 황궁에 출입하였다. 그녀는 훗날 무측천이 황후가 될 무렵 당나라에서도 이름 높은 뛰어난 학승과 불륜에 빠지는데, 그것을 기화로 조정에 엄청난 파문을 몰고 온다. 고양공주와 정을 통한 학승은 그 죄로 20대의 나이에 허리가 잘리는 가혹한 형벌을 받고 죽는다. 당시 고양공주와 그 남편 방유애를 제외한 많은 시녀들이 두 사람의 불륜을 묵인했다는 죄목으로 처형된다. 어쨌든 무측천이 일개 궁녀로 황궁에서 온갖 잡일을 하고 있을 무렵, 고양공주는 태종의 특별한 총애를 한 몸에 받는 귀한 황녀로 태종과 마주하며 다과를 자주 즐겼는데, 그녀가 태종을 배알할 때 태종을 시중드는 무측천을 보게 된다. 그리고 그 미모에 감탄하다가 빈한한 옷차림에 혀를 찼다는 일화가 전해진다.

고양공주가 무측천에 하문했다.

"네 얼굴은 무척 아름다운데 옷은 너무 낡았구나. 그래서야 황궁의 시녀라 할 수 있겠느냐?"

"마마, 송구하옵니다."

무측천이 물러나오자 고양공주가 다른 시녀에게 말했다.

"아름다운 얼굴이나 화장기 하나 없고, 자태가 빼어난데 옷을 제대로 갖춰 입지 않았구나. 저리 하고도 궁녀라 할 수 있겠느냐?"

무측천은 속으로 씁쓸했지만, 그렇다고 외모를 치장하지는 않았다. 대신 무측천은 본 바탕을 아름답게 가꾸기 위해 공부를 많이 했다. 얼굴과 몸을 아름답게 가꾸는 지혜를 주는 책을 찾아 읽고, 태감이나 궁녀들에게 비기도 물어가며 육체의 관리를 게을리하지 않았다. 무측천이 뛰어난 외모를 가지고 있었고, 이마에는 부귀한 상을 가지고 있었다는 기록이 있다. 태어날 때부터 아름다움을 가지고 태어났으나, 무측천이 현실을 비관하여 외모를 가꾸는 데 소홀하였다면 훗날의 영광은 얻기 어려웠을 것이다. 남자를 통해 권력을 잡아야 하는 당시의 사회에서, 무측천은 남자를 얻기 위해 부단히 외모를 가꾸었고, 같은 여자인 고양공주는 치장하지 않은 비천한 궁녀에게서 아름다움을 발견하였다. 아름다운 여인은 허름한 옷을 입고 있어도 꽃이 되는 법이다.

성공 키워드 1-8

외모를 치장하는 일에서 과감히 벗어나라

남자들과 경쟁하여 성공을 하기 위해 준비해야 하는 젊은 여성들은 외모를 치장하는 일에서 과감하게 벗어나야 한다. 시간은 여성들에게만 특별히 화장할 여유를 주지는 않는다. 비싼 장신구와 화장품, 옷을 사는 데 돈과 시간을 낭비하지 말아야 한다.

그러나 바탕을 가꾸는 최소한의 노력을 게을리 해서는 안 된다.

9. 새로운 대안을 모색하다

당나라를 건설한 고조 이연(李淵)의 초기 6년 간은 정치가 혼란에 혼란을 거듭했었는데, 당시 17세였던 이연의 아들 이세민이 강력한 정치력을 발휘하여 제국 초기의 정치적 혼돈을 안정시켰다. 물론 그 과정에서 많은 피를 흘리기도 했다. 고조 이연의 슬하에는 22명의 아들이 있었는데, 둘째 아들인 이세민은 첫째인 태자 이건성이 모반을 꾀한다는 명분으로 현무문에서 무참하게 살해한 후 아우 이원길마저 죽이고, 곧 즉위하였다. 한편 고조 이연은 황제에서 물러나 홍의궁에서 여생을 보냈다.

태종이 된 이세민(李世民)은 즉위 시에 피비린내 나는 권력싸움을 겪었음에도, 훗날 위대한 중국 황제 중의 하나로 평가받고 있다. 왜냐하면 태종은 정국을 안정시킨 후 인재를 등용하여 제국의 초석을 다졌으며, 과거제도를 실시하고 역사서 편찬에 심혈을 기울였기 때문이었다.

또한, 백성들을 위해 조세를 감면하고 대공사를 벌이지 않아 백성들이 부역에서 오는 고통을 겪지 않도록 했었다. 그리고 주변 국가들과의 관계에서도 우위를 차지하여 몽골 지역인 북아시아의 지배권을 확보하여 중앙아시아를 통치했으며, 티베트와 화친 조약을 맺어 문성공주를 출가시켰고, 영토의 확장과 함께 문호를 개방하여 수도 장안은 세계적인 도시가 되었다.

그러나 태종 집권 후기에는 고구려와의 무리한 전쟁으로 국력을 소모하였고, 대규모 공공사업을 시작하는 등 실정을 거듭하였다.

태종은 14명의 아들을 두었다. 그 중에 문덕 장손황후(현숙하고 덕이 많았다 하여 추앙 받은 황후)로부터 승건(장손), 태(둘째 아들), 치(셋째 아들)를 두었는데 첫째 아들 이승건은 총명했지만 동성애 등의 기행을 일삼았다. 둘째 아들 이태는 박학하여 태종의 신임을 받았지만, 셋째 아들 이치는 심성이 유약하고 특별히 총명하지도 않고 권력에 대한 야망도 없어 주목을 받지 못하였다.

황자 이태는 황위 계승자인 이승건을 끌어내리기 위해 온갖 모함을 했으며, 이승건은 이태가 자신을 궁지에 몰아 넣을까봐 전전긍긍하다가 점점 이상한 행동을 하기 시작했다. 이 두 형제 간의 권력 다툼을 지켜보면서 무측천은 피를 나눈 형제 사이도 권력 앞에서는 무력하다는 무서운 일면을 알게 되었다. 한편 셋째 이치는 풍류와 문학을 즐겼다. 그래서 황제는 늘 그를 가까이 있게 하였다. 이태가 비교적 강건하고 야심에 넘치는 인물이었다면, 이치는 보다 부드러운 편이어서 정치에 대한 야심이 전혀 없었다. 그 무렵 많은 궁녀들이 유력한 황자 이태와 조용히 내통을 하고 있었고, 무측천도 황자들의 행보를 예의 주시하고 있었다. 궁녀들의 삶이란 권력의 향배에 따라 그 운명이 결정될 수밖에 없기 때문이었다. 태감들과 궁녀들은 늘 눈과 귀를 열고 있다가 권력을 따라 발 빠르게 움직여 편하게 살길을 찾아야 했다. 당시에 세력을 얻고 있었던 장손황후의 오빠 장손무기(원래 성은 탁발이나 종실의 맏이로 성씨를 장손으로 바꾸었고, 이세민과 절친한 사이로 현무문의 사변에 참여하여 제국공에 봉해졌음)는 정권을 장악하기 위해 첫째, 둘째 황자 대신 셋째 이치를 태자로 세우려 했다. 그는 유약한 이치를 황제로 세워 모든 권력을 자신의 손에 넣을 심산이었다. 그러던 중 장손무기가 막후 조종을 하였는지, 아니면 어떤 역할도 하지 않았는지는 알 수 없으나 첫째, 둘째 황자가 스스로 물러나게 되는 사건이 일어났다.

이태의 계속되는 모함에 화가 난 이승건이 이태를 살해하려는 음모를 꾸몄는데, 일을 벌이기도 전에 발각되어 태자 자리를 박탈당하고 평민으로 강등되어 유폐되었고, 이태는 이 과정에서 황자 이승건을 모함한 죄가 드러나 역시 실각하였다. 장손무기의 바람대로 이제 남은 건 셋째 이치뿐이었으므로, 권력이 어디로 기울지를 모르는 사람은 아무도 없었다. 이제 누구든지 이치의 총애만 받으면 모든 정권을 쥐락펴락할 수 있을 터였다. 무측천도 누구보다 확실하게 이러한 사실을 깨닫고 있었지만 자신은 이미 태종의 여자가 아닌가? 그러나 무측천이 평범한 여자 같았으면 포기했겠지만, 무측천은 기회를 노리며 태자 이치를 연구하기 시작했다.

성공 키워드 1-9

대안을 찾아라

뜻이 있는 곳에 길이 있다. 준비하지 않으면 기회가 와도 잡지 못한다. 비록 처지가 어렵고 불쌍하더라도 다른 길이 없다면 그 안에서 살 길을 모색해야 한다. 총명한 여인은 새 것으로 낡은 것을 매몰시키고 새로운 것에 올라서야지 낡은 것에 엎드려 울고만 있어서는 안 된다. 어떤 상황에서도 대안을 찾고 상황을 역전시킬 계책을 마련해야 한다.

태종의 총애가 다시 돌아오기는 어렵다고 판단한 무측천은, 다음 권력의 세습자인 새 황태자 이치를 눈여겨 보기 시작하였다. 물론 태종의 후궁이었다가 다시 그 아들의 후궁이 된다는 것은 비윤리적이겠지만, 그래도 돌파구를 찾기 위해 황궁의 정세를 세심하게 관찰한 것이었다.

10. 인물은 얼굴만 보면 알 수 있다

 무측천은 학문도 게을리 하지 않았지만, 음악과 무용에도 상당한 재능을 가지고 있었다. 그녀는 어렸을 때 시·서·예·악 등을 비롯하여 유가의 경전을 배웠었다. 당시의 일반적인 관료의 딸들이 규방에 거처하면서 가사일 등을 배운 것에 비해, 무측천은 비교적 개방적인 환경에서 문학과 역사 서적을 읽고 서화와 음악, 춤 등을 배웠던 것이다. 이는 무측천이 어머니의 영향을 받은 것으로 보이는데, 무측천의 어머니 양씨는 글쓰기와 그림 그리기, 그리고 경학과 역사를 숙지하고 있었다고 전해진다.

 무측천은 황궁에 들어온 후에도, 감업사의 비구니가 되어서도 계속하여 학문을 배우고 익혔다. 무측천은 낮에는 여승들과 함께 경을 읽고, 저녁이면 등불 아래서 독서를 했다. 게다가 미모가 출중하여 훗날 예순을 바라보는 나이가 되어서도 늙어 보이지 않는 피부를 가지고 있었다.

사서(史書)에 무측천이 다음과 같은 방법으로 얼굴을 가꿨다고 기록되어 있는 것으로 보아, 무측천은 피부관리에 무척 신경을 썼다는 것을 알 수 있다.

무측천은 양치질을 한 후 맑은 물에 얼굴을 담갔다가 부드러운 수건으로 가볍게 물기를 닦은 다음 진주가루를 얼굴과 목에 발랐다. 그러고 나서 특유의 향기가 나는 일종의 향수인 식물류를 살짝 발랐다고 한다.

무측천의 미용법에 대한 사료를 보면 좀 더 자세한 것을 알 수 있다.

무측천이 4경이 지난 다음 일어나서 간단하게 아침식사를 마치면, 향수로 손을 깨끗이 씻은 시녀들이 무측천의 얼굴에 세심하게 화장을 하기 시작했다.

그 순서를 보면 먼저 녹두가루로 얼굴을 씻고 꿀과 장미꽃으로 만든 오일로 얼굴을 닦은 다음 얇은 종이로 다시 얼굴을 닦아낸다. 그리고 장미꽃 증류수로 만든 향수를 얼굴에 뿌려 피부를 정돈한 다음 향이 짙은 꽃으로 만든 오일을 살짝 바르고 분을 눌러 바르고 부드러운 비단으로 살짝 털어낸다. 두 볼에 가볍게 연지를 발라 얼굴빛에 화사함을 더한 다음, 마지막으로 얼굴에 다시 분을 바르고 부드러운 비단으로 털어낸다.

무측천은 목욕을 할 때 역시 피부관리에 신경을 썼다. 그의 여비서 상관완아가 태평공주(무측천의 친딸)한테서 '도화오계미백유(挑花烏鷄美白油)'를 얻어다 그녀에게 바쳤는데, 그 성분을 보면 7월 7일 모례혈을 뽑아 모례약을 만든 다음, 3월 3일 도화꽃 가루와 혼합하여 만든 것으로, 이것으로 얼굴과 몸을 2~3일 동안 씻어주면 피부가 옥처럼 희게 된다는 기록이 있다.

이렇게 피부관리에 무척 관심을 기울인 무측천은 60세가 넘어서도 여전히 젊은 여인과 같은 피부를 유지하여, 남자들이 그 피부에 경탄을 금치 못했다고 한다.

성공 키워드 1-10

외모 가꾸는 일을 부지런히 하라

무측천은 학식으로 자신의 정신세계를 풍부하게 하였을 뿐만 아니라, 또한 외모를 가꾸어 매력을 풍기었다. 그러나 사치스런 복장을 하지 않고 겸손하게 행동하여 그 외모와 내면의 미를 함께 부각시켰다. 여인의 외모를 가꾸는 손은 부지런해야 한다. 천 년 전의 여인인 무측천이 피부를 가꾸기 위해 애쓴 모습을 보면 얼마나 현대와 비슷한가? 권력이 있는 남자 주변에는 아름다운 여성들이 많이 있다. 그러므로 아름다운 여성들 사이의 경쟁에서 살아남아 남자의 마음을 얻으려면 그 만큼 노력을 해야 한다.

11. 남자의 마음을 여는 열쇠

    태종 이세민이 중병으로 자리에 눕게 되자 태자 이치는 늘 장생전(長生殿)에 와서 태종을 알현했다. 태종은 태자가 매일 처소를 멀리 오가는 일이 불편할 것이라 생각하여 그를 장생전 옆의 취미궁(翠微宮)에 머무르게 하였다.

    당시 무측천은 황제의 시녀로 근무하고 있었기 때문에 매일 황제를 알현하러 오는 이치를 자연스럽게 만났을 것이라는 추측을 어렵지 않게 할 수 있다. 아마도 무측천은 이치가 어느 때쯤, 어느 길로 오고가는지를 상세히 알아두었을 것이다.

    태종은 휴양을 위해 황궁을 나와 여산에 머무르는 일이 잦았다. 시녀인 무측천과 태자 이치도 자연히 황제의 거동에 동행하였다. 여산은 황궁과는 달라 규모가 작았다. 태종이 아파서 누워있는 날이 길어지자 이치는 하루 종일 태종 옆에 앉아 시를 지어 읊어드리거나 노래를 불러 태종의 마음을 즐겁게 해주려고 애썼다. 그러면서 이치는 태종 곁에서 시중을 들던 무측천과 마주하는 날이 자연스레 많아졌다. 점점 무측천의 미모와 몸짓에 마음을 빼앗긴 이치는 엄격한 황궁에서 벗어난 때를 틈타 무측천에게 의미 있는 눈빛을 던지곤 했다.

이치는 유약하였고 부인인 왕황후에게는 자손이 없었다. 무측천을 비롯한 대부분의 궁녀들은 모든 기회를 이용하여 이치에게 접근을 시도하였다. 황궁의 물밑에서 궁녀들의 치열한 접전이 날마다 이어졌다. 무측천도 그 전쟁에 뛰어들어 호시탐탐 이치를 노리고 있었다.

수많은 궁녀들과 태감들이 문안을 다녀간 후 이치가 잠시 화장실에 가게 되었을 때, 무측천이 이치의 시중을 들기 위해 화장실에 함께 들어가게 되었는데, 거기서 두 사람이 결정적인 일을 벌였다고 한다. 태자와 단 둘이 있을 수 있는 화장실이 무측천에게는 천금 같은 기회였다. 이미 14세에 궁에 들어와 몇 년 동안 갖은 풍파를 다 겪은 무측천으로서는, 놓칠 수 없는 기회 앞에서 대범할 수밖에 없었을 것이다. 이치도 싫지 않았는지 무측천과 이치는 화장실에서 격정적인 정사를 벌이게 된다.

어쨌든 무측천은 태종의 병환을 계기로 자주 마주하게 된 이치의 눈에 들어 새로운 기회를 얻게 된 것이었다. 그 기회를 무산시키지 않기 위해 무측천은 각고의 노력을 하였을 것이다. 다른 궁녀들이나 후궁들, 왕황후가 이 사실을 눈치 채고 자신을 경계할까 두려워하여 무측천은 돈을 아끼지 않고 선물을 뿌렸고 틈나는 대로 "황제 태종을 진심으로 사랑하며, 황제가 죽으면 자신도 따라 죽을 것."이라는 말을 공공연하게 하였다. 그런 까닭에 왕황후에게는 온순하고 말없는 묵묵한 궁녀로만 비쳐졌다.

18세의 이치는 자기보다 연상(「자치통감」에 따르면 이치는 628년 6월에 태어났고 무측천은 627년에 태어나 이치와 비슷한 시기에 태어났지만, 무측천의 전기에 따르면 이치보다 4살이 많다고 한다.)인 무측천에게 점점 **빠져들었다.** 아마도 태종의 총애를 한몸에 받다가 버림받은 무측천은 이미 남자에 대해서 많은 것을 알고 있었을 것이다. 이치는 태자비와의 사이가 소원한 상태였고, 문학을 좋아하는 이치의 감성을 무측천이 수시로 이용하여 이치의 마음을 사로잡았을 것이다.

그러나 황제의 여자 무측천과 황제의 아들 이치의 부적절한 관계는 오래가지 못했다. 무측천이 이치를 확실하게 잡아두기 전인 649년 5월 이세민이 서거하였기 때문인데, 황제가 죽으면 황제를 하룻밤이라도 모신 궁녀 중 자식이 없는 궁녀는 감업사라는 절에 들어가 평생을 비구니로 살아야만 했다.

무측천에게는 지금까지와는 또 다른 험난한 여정이 시작되는 것이었다.

성공 키워드 1-11

새로운 장소를 활용하라

  태종의 병 간호를 위해 태자 이치는 여산 온천의 취미궁에 많이 머물게 된다. 무측천은 이 때를 놓치지 않고 태자 이치를 은근히 유혹하여 남자의 마음을 사로잡는 데 성공한다.

  일상생활을 벗어나 휴가를 와 있거나 일을 하더라도 평소의 일터가 아닌 출장을 나와 있을 때 여자가 만드는 분위기, 대화 등은 남자의 마음을 여는 열쇠가 된다.

12. 여인의 혈시

감업사에 들어온 무측천은 다른 궁녀들과 다름없이 잿빛 적삼에 삭발을 하고 경전을 읽으며 태종의 명복을 빌었다. 새벽부터 밤까지 최소한의 밥만 먹으며, 절에서 요구하는 계율을 익히는 생활이 매일 반복되었다. 액정궁의 후궁 때보다 더 가혹한 날들이었다. 궁녀들에게 있어 감업사는 일종의 감옥이었다. 인간적인 생활을 위한 일체의 복지도 없이 다만 태종의 명복을 빌기 위해 최소한의 밥과 잠자리를 주어 삶을 연장시켜 줄 뿐이었다. 감업사에 한번 들어간 궁녀들은 죽기 전에는 그곳에서 나갈 수가 없었다. 명목상으로는 황제의 명복을 빌기 위해서라지만, 실제로는 황제와 관계를 가진 여성들을 방치할 수 없어 가두어 두고 황실의 비밀이 외부에 알려지지 않도록 하기 위함이었다.

무측천은 막 시작한 고종 이치와의 핑크빛 사랑이 무르익기도 전에 세상에서 고립되어 죽을 때까지 절 안에서 한 발짝도 나갈 수 없는 신분이 되자, 슬픔도 느낄 수 없을 정도로 허탈했다. 이제 기대할 것은 오직 고종 이치뿐이었다. 그러나 그는 황제였다. 3천 명이 넘는 미녀들 속에서 자신을 잊지 않고 기억이나 할 수 있을까? 기억하더라도 황후를 비롯한 쟁쟁한 후궁들을 뒤로 하고 선제의 후궁들이 모여 있는 이 초라한 절로 자신을 찾아올 수 있을까? 찾아오더라도 이 무덤같은 감업사에서 초라할 대로 초라해진 자신을 보고 다시 예전처럼 마음이 동할까? 마음이 변치 않았다 하더라도 선제를 모신 궁녀를 어떻게 궁으로 다시 부를 수 있을까? 역사를 돌이켜 보아도 그런 경우는 없었다. 한 가닥 실낱같은 희망도 가질 수 없는 막막한 상황이었다.

평범한 사람이라면 이런 상황에서 다른 꿈을 꾸기는 어려울 것이다. 그러나 무측천은 아마도 희망을 버리지 않고 고종 이치를 기다렸던 것 같다. 무측천이 감업사에 있을 때 한 어린 여승이 무측천에게 이렇게 물었다.

"당신은 나보다 나이가 많은데도 피부는 나보다 매끄럽고 빛나보입니다. 그 비결이 무엇입니까?"

무측천은 대답했다.

"다른 비결이 무엇이 있겠는가? 항상 좋은 생각만 하고 마음을 편하게 가지면 저절로 피부가 고와진다네."

이 일화에서 보면, 무측천이 여승에게 피부관리 비법을 전해주지지는 않았지만, 여승이 피부관리 비결을 물어본 것으로 보아 아마도 무측천이 특별한 비법을 가지고 관리를 하고 있었다는 것을 추측할 수 있다.

감업사에 들어간 많은 비빈들은 모든 희망을 잃고 스스로 목숨을 끊거나 미쳐버리는 경우가 많았다. 그도 아니면 모든 것을 포기하고 살아있는 귀신처럼 점점 빛을 잃어갔다. 그런 가운데 무측천이 여전히 아름다운 피부를 가지고 있었다는 사실은 그녀가 희망의 끈을 놓고 있지 않았다는 반증이다.

무측천이 희망을 버리지 않고 고종을 기다린 일화가 한 가지 더 있다.

감업사에 찾아온 고종의 태감을 만난 무측천은 자신이 밤이나 낮이나 이치만을 생각하고 있다면서, 그런 마음을 증명하기 위해 치맛단을 찢어 상에 펴놓고 손가락을 깨물어 이치에게 혈서로 여의낭(如意娘)이라는 시 한 수를 지어 보냈다.

저는 당신의 사람입니다.
당신과 생사를 같이 하겠습니다.
내 피가 흘러 명주를 적심과 같이
당신을 향한 마음은 천금과 같습니다.

고종 이치가 문학을 좋아한다는 사실을 알고 아마도 밤을 새워 시를 짓고 기회를 노리고 있다가 태감에게 전했을 것이다. 무측천의 끈기와 포기하지 않는 자세는 그녀에게 드디어 기회를 가져다 주었다. 하늘은 스스로 돕는 자를 돕는다고 했던가? 고종 이치는 무측천이 혈서로 쓴 이 시를 보고 수없이 복잡하고 놀라운 감정에 휩싸였다. 무측천의 풍부한 표현을 보고 문학적 재능이 있음에 놀랐다. 그리고 혈시를 쓴 무측천의 손가락을 생각하니 마음이 아팠다. 당장 무측천의 곁으로 달려가지 못함이 아쉬웠다. 무측천이 지은 이 한 수의 혈시는 이치의 마음을 끌어내기에 충분했고, 무측천의 정감어린 감성에 이치의 마음이 묶였다. 드디어 고종 이치는 감업사로 무측천을 찾아가게 된다.

1년 뒤, 태종 이세민의 기일(忌日)에 이치는 선재의 명복을 빈다는 이례적인 이유로 감업사로 거동을 하였다. 이치가 감업사에 들어서는 순간 무측천은 그동안의 온갖 설움과 기다리고 기다리던 사람이 왔다는 기쁨이 뒤엉켜 눈물을 쏟아내기 시작했다. 마치 홍수가 둑을 무너뜨리고 마음을 덮치듯 눈물을 마구 쏟았다. 이치도 그녀의 통곡에 가까운 울음에 측은한 마음이 들어 눈시울이 젖었다. 그리고 두 팔을 벌려 그녀를 품에 끌어안았다. 이치와 무측천의 고동치는 심장이 감업사 뜰의 나무들을 뒤흔들고 있는 것 같았다. 이치가 떠나갈 때 무측천은 또다시 울음을 터뜨렸다. 그녀의 애처로운 목소리가 눈물과 한데 섞여서 이치는 발걸음이 떨어지지 않았다.

"만약 황제께서 저를 잊으신다면 저는 곧 목매어 죽을 것입니다."

"너를 이대로 내버려 두지는 않을 것이다. 반드시 너를 궁으로 데리고 갈 것이다."

"전 궁에 갈 것을 요구하지 않아요. 다만 당신과 함께 있기만을 원해요."

무측천의 눈물이 이치의 가슴을 흥건하게 적셨다. 이것을 본 이치는 더없이 정답게 "날 기다려라. 다시 올 것이다. 우리는 꼭 함께 있을 것이다."라고 말하였다.

고종을 다시 만난 무측천의 심정이 어떠했을지는 충분히 상상을 할 수 있다. 예전 태종과 첫날밤을 보낼 때의 심정으로 무측천은 그 한 번의 만남에 다시 자신의 인생을 걸어야만 했다. 그동안의 관리 덕분에 아직도 피부는 고왔고, 삭발한 머리는 오히려 무측천의 정갈한 아름다움을 더욱 빛냈으며, 초라한 행색은 마음이 여린 이치의 동정심까지 자아냈다. 무측천은 여기에 더해 이치의 감성을 사로잡을 문학적 접근을 시도하였다.

무측천은 일부러 자기가 쓴 다른 시를 이치가 좋아할 만한 서책에 끼워 책상 위에 놓아두었다. 그리고는 이치가 저녁 시간을 어떻게 보내느냐고 묻자 잠자는 시간 외에는 책을 본다고 답했다. 덧붙여 책을 부지런히 보고 글을 익혀 앞으로 황궁에 가게 되면 황제께서 나라를 다스리는 데 작은 힘이나마 보태겠다고 말했다. 이치는 그 말에 적잖은 감동을 받았다. 황궁의 왕황후와 자신의 애첩 소숙비도 글을 배우지만 무측천과 같이 역사와 문학에 밝지는 않았다. 이치가 책상 위의 책을 펼치는 순간 책갈피에 끼워 놓았던 시가 바닥에 떨어졌다. 이치는 그 시를 가지고 가겠다고 했다. 궁녀들이 그렇게 많아도 지금까지 그에게 애정이 담긴 시를 써서 준 사람은 없었다. 이치는 그녀의 시 때문에 무척 감동을 받았고 색다른 경험을 한 것에 감탄을 금치 못했다. 무측천은 육체로 그를 즐겁게 했을 뿐만 아니라 정신적으로도 기쁨을 주었다.

성공 키워드 1-12

지혜를 가꾸어라

외모를 가꾸는 손도 중요하지만 지혜를 가꾸려는 노력도 게을리해서는 안 된다. 외모의 아름다움은 언젠가는 늙음을 피하기가 어렵지만, 지혜로는 영원한 정신의 청춘을 보존할 수가 있다.

인간의 몸에는 두 개의 집이 있는데, 하나는 육체의 집이고 다른 하나는 정신의 집이다. 남자는 여자의 몸에서 육체적인 향락을 즐긴 다음, 여자의 정신에서 감성과 위안의 향수를 바란다. 여인이 남자에게 시를 써 주는 것은 남자에 대한 감정적 투자의 하나이다.

승부사 무측천! 천하를 지배하다

13. 남자를 붙잡는 확실한 방법

　고종 이치가 제아무리 애를 써도 선제의 비빈이었던 무측천을 자신의 후궁으로 삼는다는 것은, 당시로서는 상상하기 힘든 일이었다. 게다가 마음이 여리고 장손무기 등 관료들의 눈치를 보아야 하는 새로운 황제에게 무측천 사안은 꺼내기 힘든 일이었다. 무측천이 아무리 눈물을 흘리며 애원하고 시를 써 받쳐도 이치로서는 힘이 없었다. 고종 이치가 할 수 있는 것은 몰래 감업사로 와서 무측천과 밤을 보내며 잠시 시름을 잊는 정도였다.

　무측천은 태종 이세민처럼 고종의 마음도 언젠가는 자신을 떠날 수 있다는 것을 알고 있었다. 권력을 가진 남자의 마음이란 언제 어떻게 변할지 알 수가 없기 때문이었다. 무측천은 이치와의 단순한 만남에 만족할 수가 없었다. 이치의 마음이 기울었을 때 무측천은 기회를 잡아야 했다. 다행히 무측천은 성실한 자기 관리를 통해 젊고 건강한 육체를 가지고 있다. 감업사에서 이치의 사랑을 듬뿍 받은 무측천은 임신(임신한 이가 훗날 태자 이홍이다)을 했다. 무측천은 임신을 확인하고 뛸 듯이 기뻤다. 그러나 기쁨도 잠시 산적한 문제를 생각하니 두려움이 엄습했다.

"절대로 이 기회를 놓쳐서는 안 된다."

황제의 씨를 잉태할 수 있는 기회는 아무 때나 오지 않는다. 이 기회를 살려 반드시 황궁으로 돌아가야만 했다. 문제는 황궁으로 돌아가기 전 임신한 사실을 어떻게 기회로 만들지 고려해야 했다.

무측천은 신중하게 여러 경우의 수를 짚어가며 문제를 파악했다. 감업사의 늙은 여승이 자신의 임신 사실을 알게 되면 절의 명예를 위해 태아를 유산시키려고 할 것이다. 만약 유산을 할 경우 태아를 잃는 슬픔도 크겠지만 늙은 여승은 분란의 싹을 없애기 위해 분명히 자신도 죽이려고 할 것이다. 무측천은 기쁨보다 밀려드는 두려움에 몸을 떨었다. 복잡한 심정으로 여러 날 밤을 뜬눈으로 지새웠다.

"누가 뭐라 해도 황제의 아이를 꼭 낳아야 한다. 이런 역경 속에서 나를 구하고 황궁으로 돌아가게 할 수 있는 것은 전적으로 뱃속에 든 작은 생명이다."

무측천은 여러 날 고민 끝에 결단을 내리기로 했다. 강하게 행동하는 것만이 살 길이라고 판단하였다. 무측천은 감업사의 주지승에게 황제의 아이를 임신한 사실을 털어 놓았다. 황제가 반드시 자신을 황궁으로 부르기로 약속했음도 아울러 밝히고, 황궁으로 돌아가면 그동안 돌봐준 은혜에 보답을 하겠다고 말했다.

승부사 무측천! 천하를 지배하다

주지승은 이런 경우 관례대로 태아를 유산시키면, 감업사에 엄청난 피바람이 몰아칠 것만 같았다. 황제의 아이를 유산시켰다가 어떤 처벌을 받게 될지 두려웠다. 게다가 황제가 총애하는 비구니를 다치게 하면 후한이 좋지 않을 것이라는 계산도 있었다. 주지승은 다음에 황제가 와서 무측천을 어떻게 대우하는가를 충분히 살펴본 뒤 유산 여부를 결정하기로 하였다. 그리고 재빨리 취사를 담당한 여승에게 될 수 있으면 영양가 높은 음식을 무측천에게 주도록 했다.

시간은 하루하루 지나갔지만, 이치는 감업사에 오지 않았다. 주지승은 다른 여승들이 무측천의 임신 사실을 알게 될까 고심하였다. 궁여지책으로 무측천을 고향 집으로 보내려고 했으나, 무측천은 황궁이 아닌 어떤 곳으로도 가려고 하지 않았다. 사이가 좋지 않은 이복오빠들이 자신의 임신 사실을 알게 되면 아문(衙門: 옛날 관공서)에 보내 죄를 묻게 할 수도 있었다. 더구나 아문에 가서 자기 뱃속의 아이가 황제의 아이라고 하면 누가 진정으로 믿겠는가? 오히려 미친 여자라고 죄를 덮어씌워 죽일 수도 있지 않은가? 이렇게 되면 황제가 알았을 때에는 벌써 모든 것이 끝난 뒤일 것이다. 무측천은 어머니 생각이 간절했지만 고향 집으로 절대 가서는 안 된다고 다짐했다.

감업사를 떠나 달리는 주지승의 압박과 의심의 눈초리로 자신을 관찰하는 주위의 따가운 시선을 받으며 무측천은 생명의 위협까지 느꼈다. 더 이상 황제가 감업사에 오는 것을 기다리고 있을 수만은 없었다. 자신의 임신 사실을 이치에게 정확하고 빠르게 알릴 방법을 모색해야 했다.

그러나 감업사 밖으로는 한 걸음도 나갈 수 없는 처지였다. 자신의 임신 사실을 은밀히 황제에게 고할 수 있는 방법을 찾기란 쉽지 않았다.

감업사에서 외부와 출입하는 유일한 사람은 시장에서 필요한 물건을 사가지고 오는 사판승이었다. 늘 같은 곳에서만 물건을 사가지고 오는 여승이었다. 무측천은 자신의 임신 사실을 외부로 알리려면 다른 방법이 없었다. 물건을 사려고 나가는 여승에게 자신이 이전에 알고 지내던 태감과 연통해 줄 것을 부탁하였다. 그러나 여승은 그런 일을 해보지 않아 태감을 만나는 것조차 엄두를 내지 못하고 번번이 실패했다. 그렇다고 함부로 자신의 임신 사실을 터뜨릴 수도 없었다. 왕황후나 소숙비 혹은 그 외의 인물이 자신을 가만두지 않을 수도 있기 때문이었다. 이 일은 절대적으로 비밀리에 황제에게 알려야 했다. 그래서 다른 방도를 찾지 못한 무측천은 깊은 고민에 빠졌다. 그저 하늘만 바라보고 빨리 이치가 감업사에 오게 해 달라고 빌 뿐이었다.

무측천의 애간장을 태우던 이치가 드디어 감업사에 나타났다. 무측천의 임신 사실을 들은 이치는 무척 기뻐했다. 하지만 우유부단하리만치 신중한 그의 성격은 걱정부터 드러냈다. 무측천의 임신 사실은 기뻤지만, 이치에게는 뜻밖의 일이기도 했다. 어떻게 처리해야 할지 갈피를 잡지 못하는 것이었다. 다만 무측천을 하루빨리 구해주겠다는 말만 할 뿐 구체적인 언급이 없었다. 무측천은 실망했다.

자신이 궁으로 돌아가는 데는 큰 걸림돌이 있었다. 자신은 선제 태종의 후궁이었고 태종과 육체 관계를 가졌다. 이치는 태종의 친아들이므로 결국 아버지의 여자와 관계를 갖고 임신을 시킨 것이었다. 도덕적인 관습이 무측천의 발목을 잡았다. 이런 상황 속에서 무측천은 더욱 이치 밖에는 잡을 끈이 없음을 느꼈다. 형세가 불리했지만 어쨌던 무측천은 이치의 아이를 낳아야만 했다.

이치는 궁으로 돌아와 날마다 무측천을 두고 걱정하였다. 며칠 후 이치는 변장을 하고 다시 감업사에 갔다. 이치를 본 무측천은 또 울분을 토하며 눈물을 흘렸다. 이치는 눈물부터 쏟는 무측천을 안심시키려고만 했다. 무측천은 "제가 왜 눈물을 흘리는지 당신은 잘 알고 있지 않습니까?"라고 말했다. 당장 무측천을 궁으로 데려갈 수 없는 이치는 할 말이 없었다. 이치는 울고 있는 무측천의 볼에 입술을 가져다 대며 안아주었다. 소금기 가득한 눈물이 이치의 입 안으로 흘러들었다.

이치는 무슨 일이 있어도 이 상황 가운데서 무측천을 구해주리라 다짐했다. 이 여인이 궁중의 왕황후나 소숙비보다 자기를 더 사랑하고, 더 필요로 하고 있다는 것을 깊이 느꼈다. 이치는 그녀를 더 세게 안아주었다. 밖에서 수행한 사람이 궁으로 돌아갈 때가 되었다고 알렸을 때에야 겨우 두 팔을 풀었다.

성공 키워드 1-13

결혼과 임신으로 남자와 나를 묶어라

사랑하는 남자를 다른 여성들로부터 고립시키고 붙잡아 둘 수 있는 방법은 결혼이고 더 확실한 방법은 임신이다. 자신의 아이를 잉태한 여인을 외면하기란 쉽지 않다. 남자가 자신을 사랑한다는 확신이 서면 여인은 지지부진하게 시간을 끌지 말고 남자를 강력하게 이끌어 결혼을 성공시켜야 한다. 오래된 중국 속담에 "결혼은 남자에게서 절반의 강산을 받는 밑천이 되고, 임신은 남자의 모든 것을 받아낼 원천이 된다."는 말이 있다. 이 말을 액면 그대로 받아들일 수는 없겠지만, 결혼과 임신은 남자와 자신을 묶는 든든한 끈이 되는 것은 사실이다. 한 번 기회를 놓치게 되면 한 차례 운명의 전환점을 잃게 되는 것이고, 기회를 잡으면 한 차례의 성공하는 행운을 얻게 된다.

14. 심산(心算)

고종 이치의 부인 왕황후는 황실과 인척관계였으며, 이치는 아버지 이세민의 뜻과 대신들의 뜻에 따라 그녀를 황후로 세웠다. 왕황후는 명문 집안 출신으로 조정 대신들의 지지를 받고 있었고 태종이 좋아하는 며느리였기 때문에 그 세도가 만만치 않았다. 그러나 황궁에서 거만하게 굴고 후궁들을 엄격히 다루어 존경받지 못하고 있었으며, 고종과의 슬하에 아이가 없어 고종 이치와의 사이도 소원했다.

이치의 애첩인 소숙비는 그 집안에 대한 기록이 없다. 아마도 유력한 가문 출생이 아니기 때문에 기록이 남아 있지 않을 것이다. 그녀는 아름다운 용모와 풍만한 몸매를 가지고, 고종의 사랑을 독차지하고 있던 여인이었다. 고종이 태자였을 때 입궁하였고, 황제로 등극하자 정1품 숙비로 승진하였다. 소숙비는 아들과 두 딸을 출산하였다. 소숙비는 자신의 아들을 태자로 삼을 것을 상상하면서도 왕황후의 존재가 떠올랐다.

그러나 소숙비를 받쳐줄 지지 기반이 조정에는 없었으며, 후궁들도 소숙비를 따르지 않고 있었다.

태종 때부터 조정의 기득권 세력이면서 고종 이치를 황제로 옹립하는 데 상당한 영향력을 발휘한 인물은 장손무기, 저수량 등이었는데, 그들은 모두 왕황후와 같은 사족(대대로 고관을 지낸 귀족 가문) 세력이었다. 그러나 소숙비의 아들이 태자가 되어 사족 가문인 왕황후가 폐위된다면 사족들의 입지는 줄어들 것이 분명하였다. 그러므로 장손무기를 중심으로 소숙비의 아들을 태자로 세우는 것에 대한 반대는 격렬하였다.

장손무기파는 이치의 맏아들이지만 비천한 후궁의 자식으로 태어났기 때문에 빛을 보지 못하고 있는 이충을 왕황후의 양자로 삼아 태자로 세우려고 했다. 다시 꼭두각시 태자를 만들어 자자손손 권력을 가지려는 의도였다. 권력을 놓지 않으려는 장손무기파와 자식이 없는 왕황후는 이충을 태자로 밀었고, 고종의 사랑을 한 몸에 받고 있는 소숙비는 자신의 아들을 태자로 세우려고 고종을 흔들고 있었다. 황궁은 왕황후와 소숙비 사이의 암투로 상당한 긴장감이 돌았다.

그런 상황에서 황궁에는 감업사의 비구니가 고종의 아이를 임신했다는 소문이 퍼지기 시작하였다. 왕황후 측과 소숙비 측 모두 그 사실에 경악하였다. 감업사라면 선제의 비빈들이 비구니로 있는 절이 아닌가? 그렇다면 고종이 선제의 여자를 범한 것이 아닌가? 거기다 선제의 명복을 비는 절에서 일어난 일이라서 경악스러운 소문은 곧 사실로 판명되었고, 두 세력의 관심은 임신한 비구니에게 집중되었다.

왕황후는 속히 사람을 보내어 임신한 비구니를 은밀하게 조사하였는데, 그 여인이 무측천이라는 사실을 듣고 일단 안심하였다. 무측천이라면 지난 날 태종의 시중을 들던 순종적이고 초라한 시녀가 아닌가? 자신이 태자비였을 당시 태종 이세민의 환우를 돌보며, 자신에게 무척 공손하고 친절을 다했던 재인이었다.

왕황후는 무측천을 단순한 시녀로만 과소 평가하여 일단 경계심을 갖지 않았다. 그런 다음 황제의 마음을 넌지시 떠보았다. 고종은 왕황후가 무측천의 존재를 알고 있다는 사실에 놀라 말을 얼버무렸지만, 왕황후가 무측천의 존재에 대해서 부정적이지 않다는 것을 알자 무측천의 입궁을 조심스럽게 제안하였다. 황제의 사랑만 믿고 자신을 업신여기는 소숙비를 제거하고 싶은 마음에 왕황후는 무측천을 이용할 방법 찾기에 고심하였다. 무측천이 입궁한 후 황제가 이 새로운 후궁에게 마음이 기울이면 자연히 소숙비와 황제의 관계는 멀어질 것이고, 아들을 태자로 세우려는 그녀의 뜻도 수그러들 것이었다. 왕황후는 고종의 숙원인 무측천을 입궁시키는 문제에 대해서 반대하지 않을 것이라는 뜻을 언뜻 내비치고 내전으로 돌아왔다. 그리고 곧 왕황후의 어머니와 사족의 관료들을 불러 무측천의 문제를 논의하였다.

고종은 왕황후가 무측천의 문제를 따지고 들 것을 염려하였는데, 오히려 무측천을 입궁시키는 문제까지 너그럽게 이해할 수도 있다는 의중을 내비치자 감격해 마지않았고, 그동안 소원했던 내외 관계에 대해서 미안한 마음까지 일었다.

왕황후가 돌아가자 고종은 한 걸음에 무측천에게 달려가 반가운 소식을 전하였다.

성공 키워드 1-14

작은 즐거움을 버리고, 큰 즐거움을 얻어라

사람이 사람을 볼 때 먼저 보이는 것은 겉모습이다. 무측천이 과거 자신의 야욕을 드러내지 않고 항상 공손한 태도로 주위 사람들을 대했기 때문에 무측천을 경계하는 무리가 적었다. 그러므로 무측천은 새로운 기회를 잡을 수가 있었다. 태자의 마음을 얻었다 해서 무측천이 주위 사람들에게 방자하게 굴었었다면, 그 잠깐은 기쁨을 누렸겠지만 장차 큰 일을 도모하지는 못했을 것이다. 겸손한 마음으로 숨죽이고 일을 하면서 준비한 결과 죽음의 고비에서 새 삶을 찾을 수 있는 계기를 만들 수 있었던 것이다.

마음에 큰 뜻을 담았다면 작은 즐거움은 버릴 줄 알아야 한다. 작은 즐거움을 찾아 경거망동한다면 큰 즐거움을 얻기 힘들다.

승부사 무측천! 천하를 지배하다

15. 남자를 평화롭게 만드는 힘

이치의 어머니 장손왕후는 엄격했다. 장손왕후는 장손무기의 여동생이며 태종의 황후였다. 13세에 당시 16세인 태종과 혼인하였는데, 성품이 온순하고 부드러웠다. 태종은 문덕 장손황후가 젊은 나이로 병사한 후 새 황후를 책립하지 않았다. 그녀는 태종 이세민에게 3남 3녀를 낳아주었는데, 셋째인 이치는 모정를 느껴보기도 전에 어머니를 잃어서인지 성격이 나약하였다.

권력 암투가 치열한 황궁 생활에 이치는 쉽게 지쳤고, 그럴 때마다 어린시절의 행복감을 회상하며 어머니의 품을 항상 그리워했다. 그러다보니 이치는 자연스럽게 그 지친 마음을 자기보다 연상인 여인에게 기대어 쉬고 싶어했다. 의지가 강하고 성숙한 여인이면 더욱 그러했다. 이모든 조건을 갖추고 이치 앞에 나타난 여인이 바로 무측천이었다. 넘쳐흐르는 열정과 기질, 그리고 아름다운 미모는 이치의 지친 마음과 욕망에 새로운 불을 지피기에 충분했다.

어린 나이에 온갖 고초를 다 겪은 무측천은 이치의 마음을 누구보다 잘 이해할 수 있었다. 그래서 이치 앞에서는 어머니와 누나 역할을 해주었다. 또한 둘만이 있을 때는 누나라고 부르는 것을 허용하여 누나처럼 이치를 감싸주었고 부드러운 손길로 어루만져 주었다. 무측천은 자신의 말이라면 이치가 귀를 기울이도록 서서히 분위기를 주도하여, 마침내 무측천이 어떤 의견을 내놓아도 이치는 듣는 습관부터 생겼다. 뒷날 이치가 조정의 정사를 무측천에게 믿고 맡길 수 있는 초석을 놓은 셈이었다. 이것이 바로 누나가 되어도 좋다고 한 깊은 뜻이었다. 그러나 이치는 무측천의 깊은 뜻을 전혀 헤아리지 못하고 따뜻하게 느껴지는 품만 파고 들었다. 인생에서 가장 행복을 찾았다는 기쁨만이 있었다.

어느 날 이치는 무측천에게 오색 앵무새를 선물하였다. 이치가 시 읊기를 즐기는 것을 알고 있던 무측천은, 금으로 만든 새조롱 앞에서 이치가 좋아하는 시를 반복적으로 읊어 앵무새가 따라 하도록 하였다. 처음은 좀처럼 따라하지 않았다. 그러나 무측천이 참을성 있게 여러 번 반복하자, 앵무새는 가르쳐 준 시를 따라하게 되었고 익숙하게 외우기까지 하였다.

어느 날 이치가 취미궁에 왔을 때 무측천은 그의 손을 잡아끌고 새조롱 쪽으로 가서 앵무새가 시를 읊도록 하였다. 그러자 앵무새는 고개를 갸우뚱거리더니 이치가 즐겨 읊는 시를 읊기 시작하였다. 이것을 본 이치는 어린아이처럼 손뼉을 치며 기뻐하며 그녀를 끌어안고 큰 소리로 말하였다.

"미랑(媚娘: 태종이 무측천이 귀엽고 예쁘다고 하여 '무미' 라고 이름을 지어 줌),
미랑! 너무 놀라서 내가 죽을 것 같다!"

이치는 무측천의 아명을 여간해서는 부르지 않았었다. 그런데 그가
얼마나 좋았으면 부르지 않았던 아명을 불렀겠는가!

이치가 행복에 가득찬 웃음을 터드렸을 때, 무측천은 웃는 얼굴을 보
였지만 눈은 웃고 있고 않았다. 자신의 행운과 불행은 완전히 그의 손에
달려있기 때문이었다. 그녀에게는 할 일이 많았다. 우선 이치의 마음을
열게 하는 것이 가장 중요한 일이었다.

이치는 문학을 좋아했다. 그는 늘 무측천과 역사와 시에 대해서 이야
기를 나누었다. 밤이면 무측천은 말리꽃 향기나는 차를 그에게 받쳐주
기도 하고, 촛불 아래에서 맛 좋은 포도주를 마시며 시와 문학을 담론하
기도 했다. 이치는 무측천이 훌륭한 문학적 소양을 갖추고 있음을 알고
있어 더 없이 사랑스러워했다. 그녀는 그를 이끌고 밖으로 나와 정원을
산보하며 풍설(風說)을 담론하기도 하고, 달콤했던 밀회도 돌이키며 미
래에 대해 자유로이 상상도 했다.

성공 키워드 1-15

누나와 같은 따뜻한 위안과 손길을 주어라

　여인은 남자를 동생처럼 여기는 것을 싫어하지 않는다. 남자로 하여금 자기에게 의지하게 하는 것이다. 여인은 때로 남자에게 어머니 노릇도 해야 하고, 누나 노릇도 해야 하며, 처 노릇도 해야 한다. 그러나 어머니와 누나 노릇은 그냥 해줘서는 안 된다. 그 어떤 성과가 있어야 한다.

　그리고 남자의 마음을 잡아두려면 한편으로는 다양한 놀이 테마를 개발해야 한다. 운치가 있는 생활을 하도록 많은 것에 관심을 기울여야 한다. 여인의 생활 태도 역시 남자의 마음을 움직여 주는 악기의 현과 같다. 메마르고 거친 생활은 남녀의 정을 쌓기 힘들게 한다. 여자의 낭만은 남자를 평화롭게 만드는 힘이 있다.

　남자는 모두 어린아이다. 겉으로는 강한 체하지만 속으로는 여인으로부터 위안 받기를 원한다. 그렇지만 남자들이 근심 걱정과 어려움을 여인이 해결해 주었으면 하고 바라는 것은 아니다. 다만 어머니와 누나와 같은 따뜻한 위안과 포근한 손길을 원할 뿐이다.

승부사 무측천! 천하를 지배하다

16. 암 투

무측천은 28세 때 감업사의 한 전각에서 아들을 순산했다. 당시로서는 고령의 임산부였지만, 무측천은 건강한 체질이어서 산후 회복이 빨랐다. 이치에게는 다섯째 아들로, 이름을 홍(弘)이라 지었다. 그리고 아들을 생산한 무측천을 소의(昭儀: 황궁의 여성 관원, 비빈 중에서 높은 등급)로 봉하고, 감업사에서 황궁으로 돌아오게 했다. 소의가 된 무측천은 돌아가신 아버지에게도 벼슬을 내려줄 것을 고종 이치에게 청하였다. 자신의 출신 배경을 높이고자 함이었다.

고종 이치는 마음으로는 무엇이든 다 해주고 싶었지만, 대외적으로 특별한 명목을 찾지 못했다. 그래서 생각 끝에 내린 결론은 선제의 공신으로 무측천의 아버지를 추서하는 방법이었다. 어머니 양씨에게는 뜰이 있는 집 한 채를 내려주고 한국부인으로 추대하였으며, 무측천의 거처에는 황자 이홍의 유모 외에 시녀와 태감들이 새로 들어왔다.

소의가 된 무측천에게는 소숙비의 총명한 아들 이소절이 가장 큰 장애물로 등장하였다. 왕황후가 각종 수단을 이용해 방해를 하여도 소절을 태자로 내세울 가능성이 너무도 컸다. 무측천에게도 아들 이홍이 있지만, 지금의 판도에서 소숙비를 견제하기에는 역부족이었다.

무측천은 자신의 아들 이홍이 태자로 옹립되기를 원하지만 아직 출생한 지 얼마 되지 않은 갓난아기일 뿐이었다. 소숙비의 아들 소절을 제치고 태자가 된다는 것은 현재로서는 있을 수 없는 일이었다. 더구나 소절이 태자의 자리에 앉게 되면 소숙비는 자연스럽게 황후의 자리에 오르게 될 것이다. 소의에 불과한 무측천은 사이가 좋지 않은 소숙비가 황후에 오르면 더욱 어려운 처지에 빠지게 될 것이 뻔하였다. 그래서 가장 중요한 것은 현재 가장 힘이 있는 왕황후의 작전을 음으로 양으로 도우면서 새로운 방법을 모색하는 것이었다.

무측천은 일단 고종 이치를 독점하는 방법의 한 가지로 산후조리가 끝날 때까지 곁에 있어 달라고 부탁했다. 그리고 주변의 여러 시녀들로 하여금, 이 소식이 소숙비의 귀에 들어가게 했다. 소숙비는 이 소식을 듣고 화가 치밀어 발을 구르며 통곡했다. 그 무렵 소숙비도 왕황후와 무측천, 사족들이 자신의 세력을 없애기 위해 수단과 방법을 가리지 않고 있음을 알고 있었다. 자신도 이치를 독촉하여 이소절을 태자로 올려놓고 싶었다. 그녀는 이 목표를 실현하기 위하여 울며불며 이치에게 매달렸다. 결국 이치는 마지못해 구두상으로 그렇게 하겠노라고 대답을 하고 말았다.

이 소식은 즉시 무측천에게 전달되었고, 무측천은 지체하지 않고 왕황후에게 이를 알렸다. 왕황후는 너무도 고마워하며 외삼촌 유석 등을 찾아 대책을 세웠다. 그 결과 고종 이치는 여러 대신들의 압력으로 부득이 이충을 태자에 봉하였다.

그러자 소숙비는 분노와 절망, 비탄에 빠졌다. 이치가 자기에게 오는 것까지도 거절하였다. 이치도 미안한 마음이 커서 소숙비를 만나러 가지 못해 마음이 울적하였다. 오직 무측천을 찾아가야 울적한 기분을 풀수가 있었다.

무측천은 이번 일이 황제를 소숙비에게서 멀어지게 하는 좋은 기회가 될 것이라고 생각했다. 그래서 더더욱 성심을 다해 이치를 모셨고, 이치는 왕황후와 조정 대신, 소숙비를 모두 잊고 무측천에게서 평안을 얻게 되었다. 소숙비는 이 사건으로 무측천이 고종의 총애를 한 몸에 받고 있다는 사실을 뒤늦게야 깨달았지만, 이미 그 권세를 잃어 회복하지 못했다.

왕황후는 이충을 태자로 세우면서 소숙비를 좌절 속으로 몰아넣었다. 황궁의 여자에게 있어 태자 책봉의 향배는 목숨을 건 사투와 다름없다. 왕황후는 뜻대로 이충을 태자로 옹립하면서 새삼 권력이 주는 달콤함에 젖었다. 옆에서 크게 도움을 준 무측천은 그 공로를 인정받았다. 왕황후는 많은 선물을 무측천에게 보내어 깊은 애정을 표시하였는데, 무측천은 그 때마다 감사하며 예의 바르게 그 선물을 받았다. 그렇게 받은 물건들은 계속 새로운 정보와 바꾸어졌다. 무측천은 살아있는 정보가 목숨만큼 가치가 있다는 사실을 오래 전부터 알고 있었다. 이충이 태자로 옹립되었다고 해서 왕황후의 생각처럼 모든 것이 정리 단계로 넘어가는 것은 아니었다. 권력은 절대자가 나타나기 전까지는 순식간에 순풍이 피바람을 일으키는 광풍으로 변하는 속성이 있었다. 비록 권세를 잃었지만 자신에게 발톱을 세우고 있는 소숙비는 어떤가? 무측천은 왕황후와 소숙비가 "누구를 만나는가? 누구를 믿는가? 누구를 제거하려고 하는가? 누구에게 비밀을 털어놓는가?" 하는 등의 모든 정보를 얻기 위해 아까운 물건이라도 서슴없이 내놓았다.

무측천은 다시 임신을 했다. 훗날 왕황후를 몰락시키는 데 결정적인 희생양이 되는 딸이었다. 그리고 무측천은 점차 왕황후에 대한 태도를 바꾸기 시작했다. 임신을 핑계로 예전처럼 조석으로 문안을 드리는 일을 거르기 시작하였는데, 무측천이 문안을 가지 않으면 왕황후가 그녀를 만나러 일부러 처소로 왔다. 그러면 무측천은 여전히 정중하게 나와서 황후를 예의 있게 맞이하곤 했지만 태도는 뭔가 달라져 있었다.

무측천의 이번 임신은 첫아들 이홍 때와는 천지 차이었다. 벌써 황제는 소숙비에게 애정이 식은 뒤였고, 이충을 태자로 세웠음에도 왕황후와의 소원한 관계는 도무지 나아질 기미가 보이질 않고 있었다. 무측천은 자신이 수집한 정보와 이치의 태도, 왕황후의 야심의 크기, 소숙비의 재기계획 등을 종합해 볼 때 자신의 입지가 확실하게 넓어졌다는 것을 알 수 있었다. 자신의 입지가 넓어지고 견고해진 까닭은 고종 이치를 자신의 편으로 만들었기 때문이었다. 이제 더 이상 왕황후에게 자신을 낮추어가며 비굴하게 아첨할 필요가 없다고 생각하였다.

무측천의 세가 강해지자 공허와 적막감을 참을 수 없었던 왕황후는, 지난 날 적수였던 소숙비와 다시 손을 맞잡고 무측천과 대항해 싸워야겠다고 생각했다. 왕황후는 자기의 존엄을 돌보지 않고 친히 소숙비를 방문했다. 소숙비는 너무도 놀라 어찌할 바를 몰라 했고, 무슨 일이 발생한 것이라고 직감했다. 그렇지만 황제의 총애를 잃은 그녀로서는 전처럼 그렇게 교만하지가 않았다. 독수공방하며 외롭게 눈물을 삼키고 있는 자신의 처지를 생각했다. 왕황후와의 연대를 통해 어떻게든 무측천을 축출하고 싶은 마음이 컸다. 그리하여 과거의 숙적이었던 왕황후와 소숙비는 서로 손을 맞잡게 되었다.

왕황후와 소숙비는 은밀한 대화를 나누려고 주위의 시녀들을 멀리 물리쳤다. 그러나 벽 구석의 가구와 문 뒤에는 시녀와 태감들의 눈과 귀가 있었다. 무측천이 평소 깔아 놓은 정보망이었다. 두 여인의 은밀한 연대는 곧바로 무측천에게 알려졌다. 무측천은 놀라기는커녕 크게 웃었다. 불리한 여건에 처한 두 사람이 곧 자신을 제거하기 위해 손을 잡으리라는 계산은 벌써 해놓은 상태였다.

왕황후와 소숙비가 함께 있는 날은 무측천과 이치가 잠자리를 같이 하는 날이었다. 그러나 무측천은 임신해서 몸이 불편하다는 핑계를 대며 이치를 물리쳤다. 핑계를 대는 어투는 차가웠다. 이치는 무측천의 차가운 반응이 당황스러웠다. 당황스러움이 곧 서운한 마음으로 옮겨지자, 소숙비가 떠올랐다. 소숙비와 관계가 소원했던 것도 생각나서 발길을 소숙비 쪽으로 옮겨갔다. 이치가 자신의 처소를 찾아오자 소숙비는 마침 좋은 기회가 왔다고 여겼다. 소숙비와 왕황후는 이치에게 무측천에 대한 온갖 험담을 한바탕 늘어놓았다. 고종 이치는 왕황후가 소숙비의 처소에 와 있다는 사실이 뜻밖이었다. 지난 날 서로 적수였던 두 여인이었다. 이치는 혼란스러웠다. 이치는 한시바삐 무측천의 명쾌한 의견을 듣고 싶었다.

그러나 두 여인은 이치의 심정은 아랑곳하지 않고 무측천을 비난하며, 이구동성으로 요부망국설(妖婦亡國說)을 늘어놓았다. 이치의 용체를 중히 하라는 말도 빼놓지 않았다. 무측천에 대한 비방은 쉽게 끝날 것 같지 않았다. 아무리 정당한 이유라도 자기가 사랑하는 여인에 대해 수없이 욕을 한다면 그 누가 좋아하겠는가? 또한 예전에는 서로가 화합할 수 없는 물과 기름이었던 두 여인이 ……. 이치는 두 여인이 한 목소리로 무측천을 질투하여 공세를 펴는 것이 매우 불쾌했다. 그래서 숙소비의 처소에서 그만 나오고 말았다.

무측천은 이치 앞에서 왕황후와 소숙비에 대해 나쁜 말을 단 한 마디도 한 적이 없었다. 이 일이 있고 나서 이치는 무측천이 참으로 수양이 높다고 생각하게 되었다. 왕황후와 소숙비가 연합하여 무측천을 타도하려고 하면 할수록 그들의 성과는 정반대 결과로 나타났다. 이치는 무측천을 더욱 사랑하게 되었고, 더욱 존중하고 신뢰하게 되었다.

성공 키워드 1-16

연적과 싸우지 않고 이겨라

여인은 먼저 자기의 연적을 이해해야 한다. 이해를 한다는 것은 상대방의 장단점을 파악한다는 뜻이다. 장단점의 파악이 끝나면 신중하게 움직여야 한다. 연적에게 경계심이 생기면 자신도 더 많은 매력을 발산하려고 노력해야 한다. 싸우지 않고 상대를 이기는 방법은 경계심을 풀어주는 것이다. 여자가 얼굴만 믿고 마음 씀씀이를 아무렇게나 하면 남자는 반드시 싫증을 내게 된다. 마음은 늘 긴장하고 있어야 한다. 긴장을 푸는 순간 약점도 동시에 드러난다. 자신의 힘으로 연적을 다스리기가 어려우면 또 다른 인물을 내세우는 것도 큰 지혜이다. 일단 연적이 새로운 인물에게 신경을 쓰는 사이 자신은 남자에게 접근해서 매력을 발산할 수 있기 때문이다. 그렇게 되면 산마루에 앉아 범과 늑대가 싸우는 것을 구경하면서 내 것은 지킬 수 있게 되는 것이다.

무측천은 끝내 소숙비를 무너뜨리고 말았다.

17. 정보와 통찰

태종 이세민의 열일곱 번째 딸 고양공주는 태종의 총애를 한 몸에 받는 귀여운 금지옥엽 같은 인물이었다. 그러나 그녀는 방유애와 결혼을 한 후 한 승려와 불륜을 저질러, 그 승려가 허리를 잘리는 형벌을 받아 처참하게 죽고부터는 심성이 바뀌어 악독한 사람이 되었다.

고양공주와 남편 방유애, 고종의 형인 이각은 아무도 모르게 반역을 모의했다. 선제의 후궁을 임신시킨 고종 이치는, 그들의 눈에는 외척 장손무기의 꼭두각시일 뿐이었다. 그러나 고양공주의 감정만 앞세운 어설픈 역모는 곧 실패로 돌아갔다. 역모의 진상 조사는 장손무기가 도맡아서 처리하였다. 반역의 주모자는 고양공주와 방유애였지만, 반역죄로 몰린 이들은 평소 장손무기를 반대하던 사람들이 대부분이었다. 장손무기는 이 역모 사건을 자신의 반대파를 섬멸하는 데 이용하고 있었던 것이다.

승부사 무측천! 천하를 지배하다

무측천은 다시 한 번 권력의 잔인함을 깨달았다. 그 잔인함은 오직 권력을 쥔 자의 손에서 나온다는 것도 알았다. 권력이 아니라 인간의 속성을 본 것이었다. 사람은 죽으면 영향력이 사라진다. 권력은 늘 살아있는 사람에게서 나온다. 무측천은 권력 그 자체에 대한 통찰력으로 장손무기가 손아귀에 넣은 권력을 가지고 어떤 방식으로 사용하는가를 바라보았다. 오늘날로 치면 무측천은 장손무기를 벤치마킹한 셈이었다. 무측천은 감정을 앞세우지 않고 장손무기에 대해서 냉정하면서 객관적인 시각을 잃지 않았다. 상대의 장단점을 올바르게 파악하려면 감정이 가장 큰 방해 요소가 된다는 것을 고양공주의 실패에서 잘 알게 된 것이었다.

장손무기는 태종 이세민과 당나라를 세웠고, 여동생마저 태종에게 시집을 보냈다. 공신이면서 외척인 셈이었다. 그리고 문무에 통달한 인물로 행정에도 밝았으며 배짱도 두둑한 인물이었다. 무측천이 장손무기를 냉정하면서 객관적인 시각으로 지켜볼 수밖에 없는 이유였다. 권력이 장손무기를 만든 것이 아니라 장손무기가 권력을 만든 것이라는 것을 무측천은 확인하고 싶었다. 태종 이세민의 시녀로 있으면서 조정의 대사를 어깨 너머로 보던 때와는 권력의 의미가 사뭇 달랐다. 장손무기는 비록 신하였으나 권력과 능력면에서는 고종 이치를 압도하고도 남았다. 장손무기에 대한 무측천의 통찰력은 벌써 고종 이치보다 먼 곳을 바라보고 있었다.

고양공주와 오왕 이각은 고종 이치의 형제였고, 장손무기는 외삼촌이었다. 그런데 고양공주와 오왕 이각은 지금 반역죄로 처형당할 처지에

놓이게 된 것이었다. 피비린내 풍기는 권력 쟁탈전 한가운데 서있는 모든 인간의 불행한 말로를 무측천은 다시 한 번 보게 된 것이었다. 냉정한 시각으로 원인을 파악하고 처방을 제시하기에는 너무나 인간적이고 고민이 많은 남자 고종 이치는, 권력의 덧없음을 슬퍼하며 건강을 핑계로 좀 더 편안하고 무난한 삶을 추구했다. 그럴수록 무측천은 이를 악물고 권력의 중심에 서야 했고, 고종 이치가 권력에 염증을 느낄수록 무측천의 권력에 대한 목마름은 깊어갔다.

무측천은 이번 역모 사건의 결과를 중요하게 여기기보다 그 뒤에 벌어질 권력의 향배에 문제의 초점을 맞췄다. 무측천은 궁을 벗어날 수가 없기 때문에 정보 수집에 있어서의 취약함을 극복할 방법을 찾았다. 그 방법은 금전을 뿌려 사람을 모은 뒤 정보를 얻어내는 방법이었다. 그리고 믿을 만한 태감 몇 명을 선발하여 외부 사람들과 대신들을 접촉하게 하였다. 그리고 그것이 살아있는 정보인가 아닌가 그 적합성 여부를 신중하게 판단했다. 특히 반역자를 처형하는 날이면 무측천은 몇 명의 태감들을 따로 파견하였다. 그리고 처형장에서 일어나는 모든 일의 처음과 끝을 하나도 빠지지 않고 조심스럽게 살펴보고 기록하게 하였다. 무측천의 지시를 받은 몇 명의 태감들은 신분을 숨긴 채 제각각 백성들 사이에 섞여서 신분이 제법 높았던 관리들이 처형당하는 과정을 빠짐없이 지켜보았다.

아울러 무측천은 백성들의 반응도 자세하게 알아보도록 지시했다. 무측천의 지시를 받은 여러 태감들은 지시를 어기면 목숨이 날아가기 때문에 무섭기도 했지만, 상벌이 분명한 무측천에게 경쟁적으로 자세하게 보고를 올렸다. 보고 내용 중에는 훗날 무측천이 권좌에 앉았을 때 참고가 될 내용이 풍부했다. 예를 들어 일반 백성들은 고위관리가 처형될 때 슬퍼하기보다 기뻐할 때가 훨씬 많다는 정보가 있었다. 이 사실은 무측천에게 깊은 인상을 남겼다. 권력은 소수가 나누지만, 대상은 다수라는 사실을 뼛속 깊이 새겨 넣었다.

장손무기처럼 황제의 그늘만 차지하면 된다는 생각은 버렸다. 장손무기의 그런 면은 결국 훗날 큰 약점으로 작용하게 된다. 평소 정치적 결벽증이 있었던 장손무기는 백성의 민심 따위보다는 여러 고위관리들의 움직임에만 관심을 두었다. 하지만 무측천은 권력을 소유하는 데 있어서는 정보의 소유가 아닌 선택이 더 중요하다는 생각을 갖게 되었다. 황제와 고위관리는 분명 정보의 소유자이다. 이 소유자를 지배하는 것이 곧 권력의 핵심이라는 것이 장손무기의 방법이었다. 그러나 무측천은 소유하거나 지배하기 전에 스스로 움직이게 하는 방법을 터득했다. 스스로 움직이는 사람의 정보는 살아있기 마련이었다.

성공 키워드 1-17

정보의 활용을 구분하라

같은 정보라도 쓰임새가 다르면 결과도 다르게 나타난다. 많은 정보를 자신에게 유용하게 사용하는 것은 개인마다 기호와 취향이 다르고 목적이 다르다.

무측천에게 가장 필요한 정보는 상대를 적인가 아닌가로 나누는 일이었다. 장손무기가 그런 교활한 방법으로 반대파를 제거하는 것을 무측천은 자세히 알았다. 그 방법의 교활함을 마음 깊이 새겨 넣었다. 그리고 서서히 장손무기와의 대결을 준비하며 권력의 중심으로 다가가기 시작했다. 독수리가 먹잇감 위에서 선회하는 이유는 먹이에 대한 정보를 수집하기 위함이다. 단순한 독수리의 습관이 아닌 것이다. 사람은 큰일을 하려 할 때 우선 관찰을 해야 한다. 돈이 얼마나 있느냐가 해결책이 아니다. 정보는 현장 관찰에서 나온다.

18. '대범' 전략

측근의 입에서 나오는 결정적인 비난은 치명상이 될 수 있겠지만, 경쟁관계에서 나오는 비난은 다분히 의도가 있는 험담이 된다. 친한 사람이 한 칭찬보다 경쟁자가 자신에 대해 한 칭찬은 그 효과가 배가된다. 이미 자신과 왕황후, 소숙비와의 경쟁관계를 모르는 사람은 없다. 권력 다툼으로 친족까지 죽이는 일이 비일비재한 황궁이다. 고종도 두 사람의 의도를 이미 알고 있었기에 틈만 나면 해대는 무측천에 대한 왕황후와 소숙비의 험담이 더없이 귀찮게 느껴졌다. 험담을 통해 이치를 설득하려 하였으나 이치의 반응이 없자, 더 심한 험담을 하게 되었고, 그럴수록 이치의 반응이 더 냉랭해지는 악순환이 지속되었다.

이미 초보 궁녀 시절 다른 사람의 험담이나 악성 루머를 겪을 대로 겪었던 무측천은 두 사람의 비난에 전혀 동요하지 않았다. 평범한 여인 같았으면 화를 삭이지 못하고 같이 험담을 하거나 다른 곳에 분풀이를 했겠지만, 무측천은 마치 바다와 같은 넓은 마음을 가졌다는 듯이 그런 소리에 전혀 반응을 보이지 않았다. 고종을 비롯한 태감과 시녀들조차 무측천을 보고 감탄을 할 정도였다. 무측천은 차별화된 전략을 펼쳤다. 이치 앞에서 왕황후와 소숙비에 대한 나쁜 말은 단 한 마디도 하지 않을 뿐만 아니라 얼굴에는 미소가 맴돌았다. 이치의 눈에는 무측천의 이런 모습이 대범한 여인의 상징처럼 보일 수밖에 없었다. 이치는 무측천의 모습이 아름답고 귀하게 느껴졌다.

날마다 심해지는 황궁 여인들끼리의 암투를 어느 선에서 조율하고자, 이치는 왕황후와 여러 후궁들을 한 자리에 모이게 했다. 마음을 터놓고 이야기하다 보면 그녀들 사이의 오해가 풀리고 전보다 사이좋게 지낼 수도 있을 것이라는 생각에서였다. 무측천은 모임장소를 자신이 거처하는 취미궁에서 하도록 이치를 설득했다. 이치는 왕황후와 네 명의 비(妃), 그리고 아홉 명의 빈(嬪)을 취미궁에 모이게 했다. 각기 다른 생각과 이해관계를 가진 비빈들이었지만 굳이 서로 통하지 않아도 가질 수 있는 일관된 목표가 있었으니, 그것은 비구니에서 일약 스타로 도약한 무측천을 견제하려는 증오에 가까운 암투였다. 그 한가운데 이치가 앉았고, 무측천은 아는지 모르는지 성심성의껏 여인들을 접대했다.

황제와 비빈들을 모시는 태감과 시녀들은 이 모임에서 진작부터 살기를 느끼고 있었다. 왕황후를 비롯한 비빈들은 약속이나 한듯 한 목소리로 무측천에게 황제를 독점하지 말라고 질책했고, 태감과 시녀들은 왕황후를 비롯한 비빈들의 눈치를 보느라 정신이 혼미할 정도였다. 그러나 무측천은 차분한 얼굴로 쏟아지는 힐난을 묵묵하게 듣기만 하고 있었다. 이치는 무측천이 아무 말 없이 당하고만 있는 모습을 보고 가슴이 아팠다. 차마 더 보고 있을 수가 없어 서둘러 그녀들을 해산시키고 말았다. 황제와 비빈들이 모두 떠나자 무측천은 마음 속으로 회심의 미소를 지었고, 이치는 무측천을 위로해 주었다. 그러나 무측천은 자신을 되돌아본 좋은 기회였다고 겸손하게 말하며, 오히려 이치를 위로해 주었다. 최근에 공주를 낳은 다음 몸이 좋지 않아 때맞춰 왕황후와 소숙비에게 문안을 갈 수 없었다며 자신의 잘못을 인정했다. 또 다른 비빈들과도 친분을 많이 쌓지 못했음도 자책하며, 그래서 오해가 생긴 것이라고 말하였다. 이치의 눈에는 오히려 자신의 잘못을 시인하는 무측천이 더 크게 보였다.

그리고 무측천은 오히려 적극적인 자세로 왕황후와 소숙비를 비롯한 비빈들을 옹호해 주었다. 왕황후가 자식을 낳지 못하는 처지라 자신이 아기를 둘씩이나 낳은 것을 보고 마음이 언짢을 수도 있을 것이라 하였다. 또 소숙비는 자기 아들이 태자 자리에 오르지 못한 것을 두고 원망하는 것은 자연스러운 일일 것이라고도 하였다. 이치는 마음이 바다처럼 넓은 무측천에게 감동하지 않을 수 없었다. 신뢰가 듬뿍 담긴 눈빛으로 무측천을 바라보았다. 무측천은 이치에게 대범한 모습을 심어주며 말을 끝냈다. 그러나 겉과 달리 속으로는 황궁의 모든 여인들에 대해 칼을 갈고 있었다. 날카롭게 선 칼을 휘두를 때를 기다리고 있었다. 왕황후와 소숙비의 연합은 결국 무측천의 '대범' 전략으로 인해 이치를 움직이는

데 실패했다. 더구나 두 사람은 치명적인 약점을 가지고 있었다. 그들은 서로 물과 기름 같은 사이였기 때문에 왕황후와 소숙비의 연합이 제대로 힘을 발휘하지 못하자, 둘 사이의 관계는 오래지 않아 금이 가기 시작했다. 왕황후는 예전에는 적이었던 소숙비와 어렵게 손을 잡았으나 결국 실패하고, 아군이었던 무측천을 견제하면서 그녀와의 사이도 멀어지게 되었다. 그리고 소숙비는 이제 황제의 총애를 완전히 잃게 되었다. 그 결과를 보고 왕황후는 생각이 바뀌기 시작했다. 소숙비와의 연합을 지속하면 어떤 일이 벌어질지 알 수가 없는 두려움이 생겼다.

성공 키워드 1-18

참아야 할 때 참아라

　무측천에게는 큰 목표가 있었다. 그러므로 작은 일에 하나하나 반응하다가는 큰 목표를 찾는 길을 잃어버릴 수 있었다.

　무측천도 사람인 이상 억울한 질타에 대해 화가 치밀었을 것이다. 왕황후를 비롯한 비빈들의 질타는 무측천에게는 작은 고난이었다. 그러나 무측천은 속과 달리 대범한 모습을 연적들에게 보였다.

　참아야 할 때 참을 수 있는 자가 결국 성공한다.

19. 무심한 기회

무측천은 지난 날 태종에게 잠깐 총애를 받다가 차갑게 버림받은 일이 뼈에 사무쳐 있었다. 고종 이치도 언제 마음이 돌아설지 모르는 '남자'였다. 아들 하나, 딸 둘을 낳으며 정을 쌓아온 소숙비도 자신의 존재가 부상하면서 초라하게 뒷방으로 물러나 있었다. 무측천은 이치의 마음이 자신에게 왔을 때 재빨리 이홍을 태자로 삼아야 한다고 생각했다. 권력을 잡아야 자신이 궁지에 몰려도 당당하게 맞설 수 있기 때문이었다.

무측천은 왕황후부터 고종 이치에게서 완전히 떼어놓아야 했다. 왕황후가 물러나야 자신이 황후에 오를 수 있기 때문이었다. 아니 자신의 아들이 태자가 될 수 있는 여건부터 만들어야 했다. 그러나 왕황후와 이치는 10년 간의 부부의 정으로 얽혀 있었다. 또 조정에는 왕황후의 외삼촌을 비롯한 지지세력들이 적지 않아 경솔하게 행동할 수가 없었다. 게다가 왕황후는 자식을 낳지는 못했지만, 이미 이충을 양자로 들여 태자로 봉해놓고 있었다.

　무측천은 고종 이치의 사랑을 한 몸에 받으며 전에 없던 호사를 누리고 있었지만, 다시 새로운 인물이 이치 앞에 등장하면 자신도 곧 소숙비와 같은 처지가 될 수가 있다는 것을 알고 있었다. 당나라의 장안성은 온갖 문물이 모이는 국제도시였다. 황궁은 하루가 다르게 새로운 미녀들도 가득 찼다. 무측천은 시간이 없었다.

　이 무렵 무측천의 아들 이홍은 3살이 되었다. 이치는 무측천이 새로 낳은 공주를 무척 귀여워하고 사랑하였다. 늘 공주를 가까이에서 지켜보며 행복해 하였다. 황궁에서는 새 생명이 태어나면 모두가 축하를 해주는 것이 관례였다. 어느 날 소숙비와의 연합으로 무측천과의 관계가 소원해진 왕황후도 새로 태어난 공주를 보기 위해 취미궁으로 왔다. 이상한 것은 미리 예고도 없이 갑자기 나타난 것이었는데, 시녀도 없이 혼자였다. 예전 같으면 궁중의 여러 시녀들에 둘러싸여 다니는 것이 상례였다.

　그러나 왕황후가 취미궁을 방문할 무렵 무측천은 고종 이치를 만나러 양의전(兩依殿)으로 가고 있었다. 시녀들만 있는 전각에 단신의 왕황후가 들어왔다. 갓난아기가 잠들어 있는 방에서 왕황후는 시녀들과 유모에게 혼자서 어린 공주를 보려니 잠시 나가 있으라고 하였다. 어린 공주가 누워있는 방 안은 동으로 만든 화로의 숯불 때문에 따뜻하였다. 왕황후는 어린 공주를 잠깐 보고는 더운 듯이 방을 나와 자신의 처소로 돌아갔다. 무측천은 상주(上奏: 신하가 임금에게 아뢰는 글)를 읽고 지시하는 이치에게 아침식사 준비가 끝났음을 알리고 처소로 돌아와 잠든 아기를 보러 방으로 들어갔다.

「자치통감」은 이후의 상황을 이렇게 기록하고 있다.

무측천이 아무도 지키지 않는 공주가 잠든 방으로 조용히 들어갔다. 그리고 자기가 낳은 어린 딸을 두 손으로 목졸라 죽인 후 방에서 나와 옷 매무새를 가다듬자, 마침 조정 일을 끝마친 이치가 들어왔다. 무측천은 아무 일없는 표정으로 남편 이치의 손을 잡고 맞이하면서 자연스럽게 어린 공주가 자고 있는 방으로 함께 갔다. 무측천이 침상 곁에서 비단이불을 들추다 말고 갑자기 딸의 이름을 부르며 비명을 질렀다. 그리고는 이내 정신을 잃고 쓰러졌다. 이치는 무슨 영문인지 몰라 황급히 무측천을 안아 일으켰고, 무측천의 다급한 외침에 환관과 궁녀들이 달려왔다. 잠시 후 정신을 차린 무측천은 대성통곡하기 시작했고, 이에 놀란 유모와 시녀, 그리고 태감들이 급하게 방 안으로 뛰어들어와 비단이불을 들춰보니 어린 공주는 벌써 숨이 끊어진 상태였다(654년 초봄의 일이다).

이치는 주변 사람들을 심문하기 시작하였다. 그러자 시녀들과 유모는 이구동성으로 왕황후가 혼자 어린 공주방에 들어갔다고 말하였다. 점차적으로 사건의 정황을 파악한 이치는 많은 의문점이 쉼 없이 떠올랐다.

'왕황후는 무엇 때문에 혼자, 그것도 이른 아침에 무측천을 찾아왔을까? 무측천이 없는 데도 무엇 때문에 공주의 침실로 들어갔고, 시녀들에게 나가 있으라고 했을까? 평상시 무측천을 두고 험담을 하던 왕황후가 왜 갑자기 여기에 왔을까? 자기가 생산을 못해 질투한 나머지 악랄한 수

단을 썼을까?' 이치는 여기까지 생각하고는 즉시 왕황후를 데려오라고
태감에게 밀령을 내렸다.

고종 앞에 불려온 왕황후는 공주가 숨이 막혀 죽었다는 소리에 경악을
했다. 그리고 울분에 차 자신의 결백을 토로했다. 자신은 다만 귀여운
공주를 한 번 보고 온 것뿐이며, 자신이 그 때 공주를 죽였다면 자신의
죄가 명백해지는데 그런 멍청한 짓을 했겠느냐고 반문했다. 이치는 왕
황후를 공개적으로 심문해서 죄과를 가리고 싶었지만, 그녀의 지위 때
문에 그럴 수도 없었다. 왕황후를 궁지에 몰아넣기 위한 무측천의 계략
이라는 소리도 들리고 있었다. 이치는 황제임에도 막강한 대신들의 상
주를 감내하기가 어려워지자, 분하지만 이번 사건을 그냥 덮어야 했다.

성공 키워드 1-19

슬픔을 딛고 기회를 잡아 성공하라

기회는 무심하다. 기회는 당사자가 슬프거나 기쁘거나를
가리지 않고 온다. 만약 슬프다고 기회를 저버리면 한 차례
성공의 기회는 날아간다. 무측천이 친딸을 죽였을까?
이것은 오늘날까지 중국 역사에서 가장 논란이 많은 것 중
의 하나인데, 아마도 무측천이 목표를 달성하기 위해 친딸을
죽이는 아픔을 딛고 새로운 모략을 획책하였을 것이다.

20. 파멸을 자초한 연적(戀敵)

무측천은 공주의 죽음을 애통해하며 계속해서 이치에게 왕황후를 지목하며 복수를 해달라고 날마다 간청하고 있었다. 이치는 왕황후에 대한 신뢰가 바닥까지 떨어졌다. 그러나 왕황후의 죄를 입증할만한 확실한 증거가 없었다.

이치는 평소 왕황후가 머리가 좋고 교활한 여인이라고 생각했다. 무측천을 이용하여 소숙비를 견제하였다가, 무측천이 이치의 총애를 받자 그렇게도 앙숙이었던 소숙비와 손을 잡았었다. 그리고 둘이 연합하여 무측천의 험담을 아끼지 않았었다. 그런데 이번에 어린 공주가 왕황후의 방문을 받은 후 갑자기 죽었다.

과거 왕황후에 대해 불만은 있었지만 폐위까지는 생각하지 않고 있었다. 그러나 이 사건을 계기로 이치는 자신이 사랑하고 신뢰하는 무측천을 황후로 봉하고 싶어 하는 마음이 생기기 시작했다. 무측천에게는 지위가 어찌되었건 친딸을 잃은 가슴 아픈 사건이었다. 이것을 기회로 황후를 폐하는 것을 적극적으로 생각해야 했다.

막강한 비호 세력과 증거 불충분으로 일단 혐의는 벗었지만 공주를 죽였을 것이라는 심증이 늘 왕황후를 따라 다녔다. 이치로부터 신뢰를 잃고 자리마저 위태로워진 왕황후는 자신이 점점 궁지에 몰리자, 마침내 주술로 이 상황을 타개해 보려는 어리석은 생각을 하기에 이르렀다.

그리하여 태감을 시켜 수소문 끝에 경험이 풍부한 늙은 무녀를 입궁시켰다. 그 당시 조정에서는 주술행위를 엄금하고 있었다. 주술이 행해진 사실이 드러나면 무당은 물론 주술을 의뢰한 사람이나 그 가족들을 모두 처벌하고 있었다.

무측천은 정보망을 통해 이 사실을 알게 되자, 곧바로 황제에게 왕황후가 무녀를 불러 굿을 한다는 사실을 알려 주었다. 이치는 노발대발하며 즉각 태감을 시켜 왕황후의 거처와 침실을 수색하게 하였다. 그러자 한 태감이 왕황후의 침대 밑에서 동목인(桐木人: 오동나무로 만든 인형, 증오하는 상대를 동목인을 이용해 저주하는 주술)을 발견하였다. 태감이 동목인을 살펴보니 무미(武媚)라는 두 글자가 쓰여 있었고, 동목인의 복부와 흉부에는 대못이 박혀 있었다.

이 주술에 쓰인 동목인을 정말 왕황후나 그 어머니 양씨가 만들었을까? 만약 왕황후나 양씨가 만들었다면 왜 미련하게 쉽사리 발견할 수 있는 침대 밑에다 숨겨 놓았을까? 아마도 무측천은 왕황후가 굿을 한다는 정보를 사전에 매수한 태감으로부터 전해 듣고, 몰래 동목인을 만들어 왕황후의 침대 밑에 놓아두게 했을 것이다.

이치는 대노하여 국법을 위반한 왕황후를 폐위해야겠다고 생각하고 정식으로 왕황후를 처소에 연금한 후, 그 어머니 양씨의 입궁을 금지시켰다. 왕황후의 외삼촌 유석은 재상 자리를 박탈하고 수주좌사로 좌천시켰으며, 무당은 잡혀 죽음을 당했다.

이를 계기로 황궁의 모든 여인들은 무측천 쪽으로 대세가 기울어가는 것을 느끼고 몸을 떨었다.

성공 키워드 1-20

연적을 고립시켜라

무측천은 한 사람도 도우려는 자가 없도록 연적을 고립시켜 곤경에 빠지게 했다. 연적으로 하여금 지지자를 잃고 무리를 떠나 홀로 쓸쓸하게 살게 하는 것은 바로, 날개가 부러진 새와 같아 날아가려고 발버둥을 쳐도 한갓 몽상에 지나지 않음을 알게 하는 것이었다.

주술이란 빌미를 제공한 왕황후는 결국 폐위되고 말았다. 왕황후 자신이 소숙비를 견제하려고 무측천을 입궁시켰었다. 그러나 자신이 파놓은 함정에 자신이 빠진 것이었다. 무측천은 왕황우가 미처 정신을 차리지 못할 정도로 재빠르게 여러 가지 사건을 일으키며 왕황후를 몰아붙였다. 왕황후의 막강한 세력도 계속되는 무측천의 놀라운 전략 앞에서 무력해졌다. 왕황후를 비호하는 가장 강력한 세력인 어머니, 외삼촌 등이 유배를 떠나면서 무측천은 큰 승리를 얻게 되었다.

21. 비호세력을 키우다

　왕황후가 황후로서 가장 중요한 소임인 자손을 낳지 못하였고, 혼인 후 시종일관 황제에게 외면을 당하다가 후궁의 딸을 죽인 혐의가 있으며, 황실에서 금하는 주술을 행하다 발각되고도 여전히 황후의 자리에 남아 있는 것은 사족들의 비호가 아니면 불가능했다.

　무측천이 아무리 왕황후를 흔들어도 그녀는 휘어질 뿐 부러지지는 않았다. 무측천은 그 사실을 너무도 잘 알고 있었다. 자신도 그와 같이 막강한 비호세력을 만들지 않고서는 잦은 허물 앞에서 쉽게 무너질 수도 있었다. 이중 삼중의 보호막을 만들어 두어도 안심할 수 없는 곳이 권력의 주변이었다.

　무측천은 자신을 업신여기는 사족들과 달리 자신을 기꺼이 지지하고 보호해 줄 신진 관료들을 확보하여 그들을 권력의 핵심에 심기로 했다. 무측천은 적당한 인물을 물색하던 중에 허경종(許敬宗: 절강성 사람, 학문적

소양이 대단한 인물, 후에 무측천의 측근이 됨)을 발탁하였다. 허경종은 자기 아버지를 살해한 원수의 발밑에서 무릎을 꿇고 구걸하며 살아온 사람으로, 가슴에 품은 감정이 남다른 사람이었다. 마침 조정에서 맡은 관직도 무기와 말과 차를 관리하는 자리였다.

허경종은 최근 후궁에서 벌어지고 있는 일에 대해 자세히 관찰하고 있었다. 이제 왕황후는 희망이 없고, 새롭게 등장한 무측천의 전도가 찬란할 것이라는 생각을 하고 있었다. 사실상 허경종은 누가 황후가 되어도 자신에게는 문제가 전혀 되지 않았다. 다만 어떠한 관료의 지지도 받지 못하고 있는 무측천을 주목한 후, 만약 무측천에게 발탁되면 현재 제도를 구가하고 있는 장손무기(長孫无忌) 일파처럼 자신도 세를 형성할 수 있으리라 생각하고 있었다.

무측천은 어머니 양씨에게 예물을 주어 허경종을 방문하게 했다. 양씨는 허경종에게 지금 황제는 무측천을 새 황후로 맞이하려 하지만 태위 장손무기 등이 반대하고 있는데, 허경종이 나서서 도움을 주면 후사하겠다고 하며 넌지시 부탁을 하였다.

허경종은 쾌히 자신이 무측천을 위해 나서겠다고 다짐했다. 그리고 바로 장손무기에게 찾아가서 무측천의 황후 옹립 문제를 거론했다. 물론 장손무기는 허경종을 책망하고 내쫓았다. 이 사실을 들은 무측천은 감동하여 허경종에게 많은 금과 은, 비단을 하사하였다.

허경종은 이에 고무되어 장손무기에 대해 반감이 있는 왕덕검과 이의부 등 몇몇 관료들과 연합을 했다. 왕덕검은 허경종의 외조카로 유주 사람이고, 관직은 중서사인으로 총명하였으며, 목덜미에 혹이 있어서 당시 사람들이 지낭(智囊)이라고 불렀다고 한다. 이의부는 영주 요양 사람으로 감찰어사, 태자사인을 거쳐 승현관직학사에 오르게 된다. 당시 이들은 장손무기의 정치 세력에 위기 의식을 느끼고 있었다.

이치는 침실에서 이의부의 상주를 받았다. 그 뜻은 왕황후를 폐하고 무측천을 황후 자리에 세우자는 것이었다. 상주를 읽은 이치는 내심 기뻤다. 무측천을 황후로 세워야 한다고 말해 주는 사람이 있었기 때문이었다. 이 일로 하여 이치는 이의부의 강직을 취소하고 그냥 현직에 남아 있게 하면서, 앞으로 무측천이 황후에 오를 수 있도록 보좌에 힘쓰라는 부탁까지 했다.

이의부가 황실에서 나올 때 이치는 그의 충성심에 주옥(珠玉)을 하사하였다. 이의부가 기뻐하며 집으로 돌아오자, 곧 이어 무측천의 밀사가 와서 무측천의 뜻을 전달하고 돌아갔다. 이의부는 감동과 동시에 장손무기에 대한 투지가 불타올랐다.

무측천은 어떤 대신이든 자기가 투자한 만큼 돌아온다는 진리를 믿고 있었다. 자기만 적극적으로 움직이고 확고한 신심이 있으면 한 사람이 아니라 천만 명이 일어나서 자기에게 도움을 줄 것이라는 것을 확신했다. 그래서 지금 자기를 위해서 일하는 사람들의 관직을 올려줌으로써, 앞으로 자기를 위해 목숨 걸고 일하도록 하고자 하였다.

이치가 허경종을 예부상서의 원래 관직을 회복시켜 주고, 이의부를 중서시랑(중서성의 실질적인 장관)으로 승직시키는 것을 본 많은 사람들이 무측천이 예견한 대로 이의부의 곁으로 몰려들기 시작하였다.

그리하여 무측천을 옹호하는 무리의 세가 급성장하였다. 무측천의 빛나는 용병술의 시작이었다.

성공 키워드 1-21

자신을 옹호하는 비호세력을 키워라

무측천은 용병술로 자신을 옹호하는 비호세력을 키웠다. 세력이 있는 사람과 연고가 있어야 성공할 수 있기 때문이었다. 든든한 이웃사촌이 많으면 형제가 땅을 사도 배가 아프지 않다. 아무리 못난 여인이라도 주위에서 아름답다고 하면 아름다워지는 법이다.

그만큼 든든한 이웃사촌의 형성은 인생을 지켜주는 방패막이가 된다.

22. 가랑비처럼 남자를 적셔라

고종 이치는 일단 무측천을 '신비'라는 새로운 지위를 만들어 앉혔다. 황후로 올리려는 준비작업의 일환이었다. 당시 정2품 소의였던 무측천이 바로 황후의 자리에 앉는 것은 대의명분에 어긋나는 일이었다. 그렇다고 소의 위로 현비, 덕비, 숙비, 귀비가 차례로 있는데 바로 귀비로 올릴 수도 없었다.

그러나 무측천을 '신비'에 봉한다는 조서는 대신들의 강력한 반대에 부딪쳤다. 이미 오래 전부터 실행되고 있는 비빈제도가 있는데, 새로이 '신비'를 만들 이유가 없다는 것이었다. 물론 조정 대신들도 무측천을 황후에 앉히려는 고종의 의도를 알고 있었기에 반대를 하는 것이었다. 조정 대신들이 모두 반대하자 유약한 고종으로서는 힘이 없었다. 고종은 서둘러 조서를 취소하였다.

대신들은 왕황후가 정식으로 태종의 유지를 받아 세워진 황후이므로 함부로 폐해서는 안 된다고 주장했다. 게다가 무측천은 태종의 재인이었으므로 도덕적으로 황후의 자리에 오를 수 없다고 강력한 반대를 펼쳤다.

고종이 달리 방법을 찾지 못하자 무측천은 특유의 인내력으로 버티었다. 무측천은 조정의 중요한 일은 모두 장손무기 한 사람의 뜻에 따라 움직이고 있다는 것을 알고 있었다. 이를 통해 왕황후를 정식 폐위시키려면 먼저 장손무기를 넘어서야 한다는 것을 깨달았다. 무측천은 이치에게 장손무기의 사택을 방문하자고 매달렸다.

관례상 황제가 소의 무측천을 데리고 장손무기의 사택에 가는 것은 있을 수 없는 일이었다. 아무리 정치 실권이 장손무기의 손에 있고, 또 이치의 외삼촌이라고는 하지만 그는 일개 관료에 불과했다. 정식 방문은 아니지만 황제가 신하의 사택을 찾는 일은 큰 영예였다. 뿐만 아니라 이치는 장손무기에게 금은보화와 비단 등을 열 수레나 하사했다.

장손무기는 황제와 무측천을 맞아 즉시 성대한 연회를 베풀었다. 무측천은 이것이 사택에서 진행되는 연회인 만큼 장손무기의 애첩과 아이들도 참석할 것을 요구했다. 이치는 내당에서 나온 장손무기의 두 아들에게 조산대부오품(朝散大夫五品)이라는 관직을 하사하였는데, 이것은 직무가 없는 영예직무로 덕망이 있는 문관에게 주는 관직이었다.

장손무기는 이렇게 갑작스레 황제가 방문하여 많은 상금을 하사하고, 자신의 아들들에게 관직을 준 것에는 다른 의도가 있으리라는 것을 알았다. 그것이 무엇인지도 너무나 잘 알고 있었다. 장손무기가 더 이상 무측천을 반대하지 않았으면 하는 황제의 말없는 부탁이었다. 물론 무측천을 대동한 것은 자신과 더 이상 세를 다투지 않겠다는 것을 의미했다.

이제 장손무기가 그 행보를 확실히 해야 할 때였다. 왕황후를 선택하든 무측천을 선택하든 더 이상 미룰 수 없는 상황이 되고 말았다.

술이 몇 차례 돌아 술기운이 오르자, 이치가 찾아온 참뜻을 말하였다.

"왕황후의 주변이 확실히 시끄럽다. 그대는 지금 상황을 어찌 보는가?"

이치는 장손무기가 자기의 뜻에 따라 대답하기를 바랐다. 그러나 장손무기는 동문서답을 하였다. 그 문제에 대해서는 언급을 하지 않고 있었다. 옆에서 지켜보고 있던 무측천은 장손무기의 의도를 알아차리고 더 머무를 필요가 없다고 판단되자, 즉시 이치에게 부탁하여 일찍 자리를 떴다.

그 이튿날 장손무기는 '이런 귀중한 물건을 신은 감히 받을 수가 없습니다.' 라는 상소와 함께 예의상 일부는 남기고, 그 외 열 수레의 물건은 고스란히 황제에게 다시 바쳤다. 이런 수모를 당하면서도 무측천은 방문할 때마다 많은 예물을 준비하여 몇 번 더 장손무기의 사택을 방문하였다. 그러면서 장손무기가 자신과 타협하여 자기를 지지하는 편에 서 주기를 간절히 바랐다.

성공 키워드 1-22

부드러움으로 강함을 녹여라

장손무기는 무측천이 포기하기에는 너무나 큰 인물이었다. 황제가 깊이 의지하는 외삼촌일 뿐만 아니라 뛰어난 지략과 엄청난 세도를 부리고 있었다. 그를 손에 넣으면 무측천은 세상을 얻을 수 있다는 것을 알고 있었다. 사람을 얻기 위해서는 꾸준한 관리와 진심어린 관심이 필요하다. 장손무기가 굳은 바위처럼 움직이지 않아도 어려운 걸음을 몇 번씩이나 하며 장손무기를 얻으려는 무측천의 노력을 간과하면 안 된다.

강한 남자를 힘으로 제압하기란 현실적으로 어렵다. 남자가 강해지면 그 힘이 두려워서 고독해지기 마련이다. 그래서 부드러움을 찾는 것이 인지상정이다. 가랑비에 옷이 젖는 법이다. 부드러움이 잦으면 강함은 녹아내린다.

23. 방심하지 않고 늘 경계한다

왕황후의 폐위 시기가 늦춰지면 무측천에게는 유리할 것이 없었다. 왕황후는 계속되는 실수를 딛고 곧 견고하게 방어막을 칠 것이기 때문이었다. 무측천은 주사위를 던져야 할 때가 왔음을 직감했다. 장손무기가 큰 장벽이지만 그 때문에 뜻을 굽힐 수는 없었다. 고종의 마음을 확실하게 잡을 수 있을 때 그나마 형성된 신진관료들의 도움을 받아 황후에 올라야 했다.

드디어 고종은 황후 존립의 향배를 가를 내전회의를 열기 위해 장손무기, 이적, 우지령(선비족의 귀족 출신, 당 태종의 대외정벌에 참여하여 태자 이승건을 보좌함), 저수량(태종 때 중서령을 지냄, 태종의 유조에 따라 고종을 보좌) 등 네 명의 중신을 불러들였다. 상황의 급박함을 깨달은 이적이 몸이 불편하다는 핑계로 곧바로 돌아가자, 저수량은 고종 앞에 무릎을 꿇고 아뢰었다.

"왕황후는 명문 출신으로 선제께서 특별히 간택하여 주셨고, 즉위 이전부터 폐하의 왕비가 아니었습니까? 신하는 아직까지 왕황후의 그 어떤 과실도 듣지 못했습니다. 어찌 경솔하게 폐위하려 하십니까? 지금 황제께서 선제의 뜻을 거스르려는 일을 하고 있으나, 이것은 황제의 본의가 아니라고 봅니다. 그리고 무측천은 원래 선제의 재인이 아닙니까? 어떻게 황후로 세운다는 겁니까?"

저수량이 반박하는 논리는 분명했다. 고종은 저수량의 말에 한 마디도 반박할 말이 없었다. 불쾌한 자리를 박차고 일어나 후궁으로 돌아가고 말았다. 무측천은 들어오는 고종의 얼굴을 보고서도 결과에 대해서 아무것도 묻지 않았다. 무측천은 답답한 마음에 자신이 직접 대신들의 말을 들어보기로 하였다.

이튿날, 무측천은 대전으로 나갔다. 고종이 앉은 옆에 푸른색 휘장을 치고, 그 휘장 뒤쪽에 앉았다. 잠시 후 어제 모였던 대신들이 다시 불려왔다. 고종이 그동안 황후가 저지른 실책들을 일일이 제시하며 황후의 폐위를 거론하자 저수량이 아뢰었다.

'황제께서 황후의 허물을 참을 수 없다면 황후를 바꾸십시오. 그러나 꼭 황후를 바꾸시려거든 명문가의 규수 가운데서 선발하시면 됩니다. 무소의(무측천)를 꼭 고집해야 한다고는 하시지 않을 겁니다. 무소의가 선제의 후궁이었다는 것은 모든 사람들이 다 아는 사실인데, 천하의 눈과 귀를 속이지는 못할 겁니다. 황제께서 심사숙고 하신 다음에 행하시기를 바랍니다. 신하는 황제의 뜻을 거역하였으므로 백 번 죽어 마땅하

옵니다.'

저수량은 이 말을 마치고 손에 쥐었던 홀(笏: 임금을 만날 때 손에 들던 상아나 나무 패쪽)을 바닥에 내려놓았다. 그리고 갑자기 돌계단에 머리를 여러 차례 찧고 쓰러졌다. 순간 피가 사방으로 튀었다. 의식을 잃은 저수량의 얼굴은 피로 물들었다. 황제의 명령에 신하가 할 수 있는 강력한 거부 방법이었다. 황궁에서, 그것도 황제 앞에서 고의적으로 유혈 사건을 빚어내는 것은 그 어떤 이유를 붙여도 모두 무례한 거동으로 간주되던 시대였다.

고종은 대노하여 태감들에게 "그를 끌어내라!"는 명령을 내렸다. 그와 동시에 고종 옆의 푸른 장막 뒤에서 분노에 찬 여인의 목소리가 들려왔다.

"죽여 버려라!"

고종보다 더 분노한 무측천의 외마디 비명같은 외침이었다. 이 때 장손무기가 저수량을 부축하며 입을 열었다.

"저수량은 선제가 임명한 사람이니 죄가 있다 하더라도 처형할 수는 없습니다!"

그 목소리는 너무나 단호해서 마치 명령 같았다. 일순 침묵이 대전을 감쌌다. 고종과 무측천 대 장손무기와 대신들의 팽팽한 긴장이 표면화되어 폭발한 현상이었다.

이치는 저수량의 조정 출입을 금하고 자택에서 휴양하라고 명했다. 사실상의 연금이었다. 시중(侍中) 한원(韓瑗)이 사건의 전모를 듣고 저수량의 뜻에 공감한 나머지 황제를 배알할 것을 요청했다. 그는 고종 앞에서 무소의를 황후로 세우는 것은 불가하다는 간언을 올렸다. 처첩에 미련을 두고 조정의 정사를 소홀히 하는 황제는 슬픈 존재라고 말하였다. 다음 날 한원은 다시 배알을 요청하며 읍소하였다. 이틀씩이나 와서 읍소하는 것을 참아낼 수 없었던 고종은 결국 태감을 시켜 한원을 끌어내게 하였다. 한원은 황제가 만나주지 않자 상소문을 올리면서 계속 무측천의 황후 등극을 강력하게 반대했다.

"필부도 아내를 신중히 선택합니다. 하물며 황제께서는 더욱 신중하게 하셔야 합니다. 황후의 자리는 나라의 모든 여성에게 전범이 되며 국가의 성쇠와 관련됩니다. 과거 달기(은나라를 멸망하게 한 미모의 여인)가 조정을 전복했고, 포사(당 시절의 미인으로 주나라의 멸망을 초래했다)가 대대로 이어오던 왕조를 멸하였습니다."

무측천은 한원이 자신을 달기와 포사에 비유했다는 말을 듣고 이를 악물었다. 무측천은 저수량을 비롯한 이 무리들을 어떻게 처리할 것인가를 고종에게 물었다. 그러자 고종은 대신들 모두가 높은 관직에 있고 원로여서 처벌 수위를 신중하게 고려할 수밖에 없다고 대답했다. 무측천은 단호하게 대처할 것을 요구했다. 저수량의 처벌 수위는 관직을 낮추어 장안에서 쫓아내는 것으로 하여 다른 대신들에게 본보기를 보였다. 고종은 저수량을 장주도독으로 임명하였다. 저수량의 갑작스런 강직으로 장손무기파의 충격은 이만저만이 아니었다. 반면 고종은 무측천을 돕고 있는 관료인 이의부를 655년 7월 중서시랑, 참시정사에 임명하였다. 무측천을 황후에 앉히기 위한 정치적인 포석이었다. 날이 갈수록 왕황후의 폐위를 지지하는 자들은 힘을 얻고, 반대하는 자들은 차례로 제거되어갔다.

성공 키워드 1-23

마음을 모두 드러내지 마라

마음을 보이지 말고 보이는 일만 가지고 행동해야 한다. 또 자신의 의도를 남에게 드러내지 않도록 주의해야 한다. 여인들은 어려운 일이 생기면 약해지기 쉽고, 자칫 약해져서 자신의 약점을 드러내기 쉽다. 내면을 모든 사람에게 열어 보이는 것은 비난의 실마리를 제공하는 것이다. 마음을 적당히 감추면, 적은 온갖 추측으로 시간을 허비할 것이고, 친구는 신중한 침묵에 기대할 것이다.

24. 남자를 강하게 밀어붙여라

고종은 나름대로의 권위를 가지고 대신들을 대했지만 그것은 궁여지책에 불과했다. 무측천은 지지부진한 상황을 하루빨리 해결해야만 했다. 신속히 해결하지 않으면 목숨을 잃을 수도 있는 것이었다. 남자가 망설일 때 여인에게 계획이 있으면 주도적으로 해결을 해야 한다. 남자는 의리에 연연해서 큰일을 망치는 경우가 많다. 무측천은 또 한번 치밀한 계획을 세웠다.

고종이 점심 식사를 하기 위해 양의전에서 무측천의 처소로 왔다. 무측천은 어선방(御膳房: 임금의 음식을 만드는 곳)에 이치가 즐겨먹는 요리 몇 가지를 준비하게 했다.

그리고 고종과 함께 술도 마실 생각이었다. 바로 이 때 무측천의 심복인 한 시녀가 들어왔다. 왕황후가 보내온 술에 대한 보고였다. 그 술은 본래 소숙비가 직접 빚은 술로 왕황후에게 보내졌었는데, 왕황후가 그

술을 모두 마실 수가 없어 무측천에게 보내왔다는 장황한 보고였다. 이치도 전에 소숙비가 직접 빚은 술을 마신 적이 있었다. 이치는 소숙비가 빚은 술을 가져오라고 하여 무측천에게 그 술을 함게 마시자고 했다. 무측천은 웃으며 고개를 끄덕였다.

시녀가 그 술을 황제와 무측천의 술잔에 부어주었다. 이치가 마시려 할 때 무측천은 갑자기 그 술잔을 저지한 후, 만일을 생각해서 먼저 봉어(奉御)에게 맛보게 했다. 봉어는 황제의 의복이나 식사, 의약품, 숙소, 수레 등을 관장하는 책임자로, 임금의 식사 전 모든 음식에 독이 있는지를 먼저 맛보는 관직이었다. 봉어가 그 술을 마신 뒤 갑자기 배를 움켜쥐고 바닥에 몇 번 구르더니 코로 피를 흘리며 곧 숨이 끊어지고 말았다.

"세상에 이런 일이 있는가? 감히 황제의 술에 독약을 타다니?"

무측천은 노하여 큰 소리를 질렀다. 그리고 왕황후와 소숙비를 비난했다. 이치는 너무 놀라 한동안 말을 하지 못했다가 정신을 가다듬은 후, 태감을 시켜 왕황후와 소숙비를 즉시 압송해 오라는 명을 내렸다. 그러나 무측천은 태감을 저지시키며 이치에게 그녀들을 압송해 와도 인정하지 않을 것이니 먼저 가두어두자고 건의했다. 두 사람을 감금한 후 며칠 동안 심문할 내용을 준비하자고 했다. 고종은 고개를 끄덕이며 동의했다. 무측천은 사람을 시켜 봉어를 땅에 묻게 하였다. 그리고 누구도 입을 열면 목숨이 위태로울 것이라고 엄중하게 경고했다. 며칠 뒤 고종은 황제의 이름으로 조서를 내렸다.

"왕황후와 소숙비는 술에 독을 넣어 나를 죽이려 했으니 서인(백성)으로 강등하고, 그 모친과 형제들은 제명하고 영남으로 유배시킨다."

왕황후와 소숙비 측의 입장에서는 날벼락과 같은 조서였다. 손 쓸 여유도 없이 두 사람은 유폐되고 모든 상황은 끝이 나고 말았다.

성공 키워드 1-24

남자를 강하게 밀어붙여라

여자가 남자를 대적하려면 남자를 강하게 밀어붙여야 한다. 남자는 지난 의리에 연연해서 큰일을 망치는 경우가 많다. 남자가 망설일 때 여인에게 계획이 있으면 주도적으로 진행해야 한다. 여인의 냉정함은 그 어떤 추진력보다도 강하다.

25. 명목을 위해 명분을 찾다

계획에 따라 신진관료들은 무측천을 위해 최선을 다하고 있었다. 고종이 황후를 폐한다는 조서를 내린지 6일 만에 문무백관(文武百官)들은 동시에 상소를 올렸다. 상소문은 대부분 무측천을 황후로 봉할 것을 요청하는 것이었다. 고종은 즉시 새로운 조서를 내렸다. 조서의 첫머리는 이렇게 시작하고 있었다.

"무측천은 명문 출신이다. 무측천에 대해서는 말이 많으나 선제(태종)의 재인으로, 선제께서 짐(朕)에게 하사한 사람이다."

이것은 무측천의 신분에 대해 정통성을 회복하려는 과정이었다. 조서로 발표된 것은 무측천이 황후가 되는 데 두고두고 활용될 것이다.

당시 조정의 세 원로인 저수량, 장손무기, 이적은 모두 왕황후의 편에서 있었다. 그런데 조정의 세 원로 중 한 사람인 이적(李勣)은 병을 핑계로 이번 일을 피하고 있었다. 무측천은 이적의 행동을 유심히 살펴 보았다. 무측천은 고종을 통해서 병을 핑계로 뒤로 물러서려는 이적의 까닭을 알아보고 싶었다. 이적의 대답은 이러했다.

"황후를 세우는 일은 황제의 집안 일인데 남에게 물을 필요가 있습니까? 황제가 처를 얻고 첩을 두는 일을 언제 대신들에게 물어서 하였습니까?"

사실 이적의 발언은 이치의 우유부단함을 단적으로 지적하는 것이었다. 이 말을 들은 무측천은 더없이 기뻤다.

무측천은 상쾌한 아침을 맞았다. 허경종을 궁으로 불렀다. 그리고 이적의 발언을 자세하게 알려 주면서, 허경종에게 이 기회에 이적의 발언을 여론화하라고 지시했다. 과연 그 다음날 아침 조회에서 허경종은 기다리는 군신 사이를 오가며 이적의 발언을 퍼뜨렸다.

"일개 촌놈도 열 되의 밀을 더 수확했다고 새 여자를 얻어 오는데, 하물며 황제는 어떠하랴! 하필이면 조정의 신하들에게 의견을 물어야 하는가?"

이렇게 모두 다 들을 수 있게 큰 소리로 말했다.

허경종의 이런 말은 무측천이 황후가 되는 데 매우 큰 선전 작용을 했고, 권력과 관련없는 이들은 다른 각도에서 이 문제를 생각해 보게 하였다. 허경종은 또 무측천의 뜻대로 군신들과 연합하여 상소를 올렸을 뿐만 아니라, 자신도 상소를 올려 무측천을 황후로 세울 것을 요구했다. 허경종을 제외한 조정의 일반 신하들도 이치의 동향에 대하여 매우 민감하여 마음 속으로는 어떻게 해야 한다는 것을 다 잘 알고 있었다. 때문에 문무 백관들은 연합하여 상소를 올려 무측천을 황후로 세울 것을 요구했다.

성공 키워드 1-25

명분을 찾아라

명분은 저절로 생기는 것이 아니다. 약점을 숨기기 어렵다면 당당하게 드러내고, 명분이 없다면 찾아야 한다. 무측천은 자신의 최대 약점이 '선제의 여자(才人)'라는 과거를 당당하게 드러냄으로써 '선제가 하사한 여인'으로 고종 이치와의 관계를 정당화했다. 또한 아내를 얻는 것은 황제의 사사로운 문제라며 여론을 형성했다.

떳떳한 명목을 위해서는 명분을 찾아야 한다.

26. 권력 싸움에서의 승자와 패자

    왕황후와 소숙비는 황궁의 별원에 감금되었다. 무측천은 별원의 모든 문과 창을 빛이 전혀 들어오지 않도록 단단히 봉한 후 아무도 들어가지 못하게 막고, 왕황후와 소숙비에게 소량의 음식과 물만 제공하도록 했다. 그곳에서 두 여인은 눈물로 세월을 보냈다. 그러나 황제 고종은 두 여인에게 측은한 마음을 가지고 있었다.

    「자치통감」의 기록에는 두 여인이 곤장 100대를 맞고 손과 발이 잘린 채 술독에 넣어져 뼈가 무를 때까지 담겨 있었다고 한다. 게다가 사망한 뒤 술독에서 꺼내져 다시 부관참시까지 당했다고 한다. 실로 잔혹한 죽음이었다.

    여인이 한을 품으면 오뉴월에도 서리가 내린다고 했던가? 역사적으로 무측천의 선배로 삼을 만한 여인이 있었는데, 예전 한나라 고조 유방의 부인인 여태후였다. 그녀도 연적인 척부인을 잔혹하게 죽였다.

사마천의 「사기」에 따르면 한고조 유방의 후궁인 척부인은 대단한 미모를 가지고 있었는데, 정실인 여태후와 파워 게임을 하다 여태후의 노여움을 샀다. 여태후는 실권을 장악한 후 척부인의 팔과 다리를 절단한 후 독이 든 약을 먹여 목소리를 잃게 했으며, 눈을 뽑고 귀를 불로 지져 없앤 다음 돼지우리에서 거하게 했다고 한다. 그리고 그녀를 '사람돼지'라 부르며 구경하고는, 혼자 보는 것도 아까워 아들 혜제를 불러 같이 보았다고 한다. 혜제는 처음에는 이상한 동물인 줄 알았다가 그것이 척부인이라는 것을 안 후로는 정사를 돌보지 않고 몸을 망쳤다는 후기가 있다.

「자치통감」을 쓴 사마광이 이 여태후의 이야기를 교과서 삼아 무측천이 왕황후를 술독에 넣어 죽였다는 기록을 지어내었을까? 「구당서」를 비롯한 다른 기록에는 두 사람이 목을 매어 스스로 자결하도록 명을 받았다는 이야기만 나온다. 아마도 무측천이 술독에 두 사람을 빠뜨려 죽였다는 이야기는 후대에 무측천의 잔혹함을 알리기 위해 지어낸 이야기일 가능성이 있다. 두번째 설을 근거로 하여 그 때 상황을 설명한 이야기는 이렇다.

어느 날 고종이 별원에 감금된 왕황후와 소숙비를 만났다. 그래도 고종은 왕황후와 소숙비를 더 외지고 은밀한 서산 황가구주택구에 유폐시켜 놓을 계획이었다. 그러면 무측천이 아무리 손을 써도 두 사람을 해치지 못할 것이라고 생각했다. 고종은 곧바로 심복인 태감에게 지성(旨成: 황제의 명령)을 주어 은밀하고 신속하게 처리하게 했다.

그러나 황실 내의 정보망을 한 손에 움켜쥐고 있던 무측천을 속이기는 어려웠다. 무측천은 은밀한 작전을 수행하려는 태감을 불러 한바탕 훈계를 한 후, 황제의 의지가 담긴 지성을 빼앗아 찢어 버렸다. 고종은 자신이 내린 지성의 처리 여부가 궁금하여 심복인 태감을 불러 물어 보았다. 그러자 태감은 사람을 시켜 왕황후와 소숙비를 서산으로 보냈다고 거짓 보고를 올렸다. 이 모든 것을 지시한 사람은 무측천이었다.

며칠이 지난 후 황제는 서산에 사람을 보내 왕황후와 소숙비를 보고 오라고 했다. 그런데 보지 못했다는 보고만 올라 왔다. 고종은 무측천에게 두 여인이 어떻게 되었는지 아느냐고 물어 보았다. 그러자 무측천은 황제의 성지를 우연히 알게 되어, 성지의 내용대로 왕황후와 소숙비를 서산으로 보냈다고 하였다. 고종이 그 뒤 다시 어떻게 되었냐고 물었다. 무측천은 그 때 이렇게 말했다.

"서산 노비들의 말을 들었습니다. 두 사람은 서산에서 이틀 동안 있으면서 깊이 반성했다고 합니다. 예전에 황제께 나쁜 짓을 많이 했는데, 좋게 대해 주는 것을 오히려 죄송스럽게 생각했는지 끝내 목매어 자살했다고 합니다."

이치는 무측천의 대답을 전부 믿을 수는 없었다. 무측천은 이치의 속마음을 꿰뚫어 보면서도 아무 거리낌 없이 계속 말을 이어 나갔다.

"누가 감히 황제를 속이겠습니까? 벌써 땅속에 묻었는데 지금 와서 무슨 말을 한들 소용이 있겠습니까?"

고종은 몇 가지 의혹이 있었지만 입 밖으로 내지는 않았다. 왕황후와

승부사 무측천! 천하를 지배하다

소숙비의 죽음을 받아 들여야했다. 권력 게임에 패배한 황궁 여자의 말로란 그런 것이었다.

성공 키워드 1-26

확실한 승리를 만들어라

고종 이치는 지난 날의 연정 때문에 왕황후와 소숙비의 목숨만은 살려주어야겠다는 마음을 갖고 있었다. 하지만 무측천의 입장에서는 두 여인을 제거하지 않으면 편안하게 발을 뻗고 살 수 없는 형편이었다.

왕황후는 막강한 사족들의 권력을 업고 있었고, 소숙비에게는 아들이 있었다. 이들이 살아 있으면 불씨가 되어 언제 무측천을 위협할지 알 수가 없었다. 다른 한편으로는 이들의 죽음은 다른 비빈들에게 좋은 본보기가 되었다. 왕황후와 소숙비가 잔혹하게 죽음을 당하는 것을 본 황궁의 여인들은 무측천이 두려워 이후 감히 반항하지 못했다.

승부는 최후의 일각까지 확실하게 하여야 한다. 적의 주력을 궤멸하고 그 수령을 잡으면 그 전체 역량을 섬멸할 수가 있는 것이다. 무측천은 바로 이런 것을 확실하게 했다.

제 2 편

참 극

1. 일석이조의 방책

14살에 황궁에 들어간 후 28살에 아기를 낳을 때까지 무측천의 인생은 고난의 연속이었다. 여인의 일생 중 가장 찬란히 빛날 시절에 무측천은 온갖 풍파를 다 겪고 인내의 쓸개를 핥으며 살아왔다.

비구니에서 황후까지, 인류 역사의 많은 여왕 중에 극과 극을 첨예하게 달린 인물이라면 동서양을 막론하고 무측천을 능가할 여인은 없을 것이다.

무측천은 황후의 자리에 오르기까지 황궁에 사는 많은 여자들의 생리를 철저하게 터득했다. 황제가 어떤 여자를 가까이 하느냐에 따라 권력의 향배까지 움직일 수 있었다. 때문에 무측천은 황후의 자리에 오르고 나서 시급하게 처리해야 할 일이, 다른 여자들로부터 고종 이치를 고립시키는 것이었다. 황후라는 자리는 몰락하면 가장 미천한 궁녀보다도 더 비참해질 수 있었다.

무측천은 곧바로 '특별 조치'를 마련하여 황궁 안의 모든 여자들을 황제로부터 차단하는 한편, 황제의 관심을 자기에게만 집중시키는 방법을 모색했다. 그 '특별 조치'는 황제가 건강해야 나라가 바로 서므로 지나친 비번들의 수를 제한한다는 논리를 담고 있었다. 언뜻 듣기에는 황제를 위한 충언같았지만 실제로는 황제가 여자를 가까이 할 기회를 최대한 줄이겠다는 의도였다. 여자를 차단하면 태어날 소생도 없을 것이므로 무측천에게는 일석이조의 방책이었다.

무측천은 19등급으로 나누어진 황궁 안 여자들의 계급과 명칭을 통폐합하기 시작했다. 먼저 귀비제도를 없앴다. 귀비는 황후 다음으로 고종 이치를 가까이 할 수 있어 가장 먼저 손을 댔다. 그리고 각각 한 명씩인 정1품 후궁 지위의 숙비, 덕비, 현비도 없앴다. 비(妃) 역시 경계의 고삐를 늦춰서는 안 되는 높은 지위였다. 정2품 후궁인 소의를 비롯한 같은 등급의 수의, 충의, 소용, 수용, 충용, 소완, 수완, 충완도 없앴다. 그들은 고종 이치가 궁 안을 거닐다 쉽게 접할 수 있는 여인들로, 그녀들 역시 고종 이치가 마음만 먹으면 언제든지 가까이 할 수 있는 자리였다. 그리고 모두 아홉 명인 정5품 후궁인 재인도 없앴다. 무측천도 한때 재인으로 있었다. 보림은 정6품 후궁을 이르는 명칭으로 모두 스물일곱 명이었는데, 이도 마찬가지로 없앴고, 한 단계 아래인 정7품 후궁인 어녀도 없앴다.

그리고 비빈제도를 7등급으로 간략화하여 축소하기는 했지만, 여자들을 황제로부터 완전히 차단하기는 어려웠다. 무측천의 최종 목적은 황궁 안의 모든 여자의 '여자'로서의 퇴출이었다. 경쟁자가 없는 상태를 만드는 것이었다. 병법에서 말하는 싸우지 않고 이기는 법에 해당한다고 할 수 있었다. 무측천은 궁에서 여자가 할 수 있는 것은 여자로서의 '일'에만 국한시킴으로써, 고종 이치의 건강 악화를 불러일으키는 데 궁 안의 '여자'가 문제가 된다면 엄벌하겠다는 강력한 의지를 표출했다. 고종 이치의 시중을 드는 일은 '여자'가 아닌 오로지 '궁녀'로서만 한정했다.

그러나 고종 이치에게는 삼궁육원(三宮六院)이 남아 있었다. 삼궁육원이란 보통 황제와 후비들이 생활하는 후궁을 가리키지만 실제로는 3대 후궁과 동서의 6궁을 뜻한다. 3대 후궁이란 건청궁(乾淸宮), 교태전(交泰殿), 곤녕궁(坤寧宮)이다. 그러나 명목일뿐 후궁 중 누구도 고종 이치와의 정사를 기뻐하는 여인은 없었다. 고종 이치의 눈에 드는 즉시 무측천이 가하는 강력한 보복을 감내해야만 했다. 그 한 일화가 전해진다.

어느 날, 고종 이치는 무측천이 없는 틈을 타서 한 궁녀에게 다가갔다. 하지만 궁녀는 고종 이치를 보고 얼른 피했다. 고종 이치는 궁녀의 태도가 괘씸하여 도망치는 궁녀를 붙잡아 천자의 권위를 거듭 내세우면서 궁녀를 안으려고 했다. 하지만 궁녀가 살려달라고 우는 바람에 흥이 깨지고 말았다. 고종 이치는 하는 수 없이 다음을 기약하며 궁녀를 돌려보냈다. 그리고 잊지 않도록 한 개의 옥패를 궁녀의 손에 쥐어주었다.

하지만 무측천에 대한 두려움에 떨던 그 궁녀는 하루도 버티지 못하고 스스로 무측천에게 달려가 고종 이치가 약속의 정표로 준 옥패를 내놓고, 무측천 앞에서 울면서 자신을 비판했다. 무측천은 모든 것이 이치의 건강을 지키려는 이유라고 궁녀를 안심시킨 후 돌려보냈다. 그러나 사실은 그 궁녀를 살려두어서 소문을 터뜨릴 생각이었다. 무측천 자신의 말 한 마디가 법이요 진리라는 것을 알렸다. 무측천은 강압적인 방법으로 황궁의 여자들로부터 이치를 고립시킨 후, 자신만이 권력의 최측근에서 국정을 장악하기 시작했다. 호랑이 새끼는 아예 살려두지 않는 법을 알고 있었던 것이다.

그런데 인간이란 하지 말라고 하면 할수록 더 하고 싶어지는 법이다. 무측천은 모든 여성으로부터 이치를 고립시켰다고 안심했으나, 작은 틈에서 이미 물이 졸졸 새고 있었으니 바로 등잔 밑이 어두운 경우였다.

무측천은 감업사에서 나와 입궁한 후 어머니 양씨(영국부인)와 언니 무씨(한국부인)를 황궁으로 불러들여 살도록 했다. 고종은 무측천의 서슬에 다른 궁녀들을 가까이 하기 어려웠으므로 욕구 불만에 싸일 지경이었다. 무측천의 언니 한국부인은 여러 해 전 남편이 죽어 역시 외로운 하루하루를 보내고 있었다. 모성애로 자신을 감싸주는 여성을 좋아하는 고종 이치와 한국부인 사이에 묘한 공감대가 형성되기 시작했고, 머지않아 두 사람은 곧 깊은 관계로 발전했다. 이 사실은 사람들의 설왕설래로 무측천의 귀에까지 들어갔다.

무측천은 기가 막혔지만 겉으로는 태연자약하게 이 사건을 덮고 넘어갔다. 친언니였기 때문에 여자라는 사실을 잊고 방심한 결과였다. 이전에 태종에게 외면당했던 일을 떠올렸다. 피비린내 나는 암투 속에서 아찔하리만큼 힘들게 살아온 무측천은 자신의 친언니가 자신의 눈앞에서 자신을 위협하는 행동을 대담하게 저지른 사건을 듣고 경악과 분노로 몸서리쳤다.

고종 이치와 한국부인 사이를 확인한 후에도 무측천은, 한국부인과 친자매 사이이기 때문에 드러내놓고 핍박할 수는 없었다. 직접적인 조치보다는 우회적인 방법을 사용하여 고종 이치로부터 한국부인을 괴리시켰다. 남녀관계를 너무 쉽게 생각한 자신의 발등을 찍고 싶을 만큼 후회했지만, 어쨌든 일은 이미 벌어진 후였다. 그리하여 한국부인을 황궁에 발붙일 수 없도록 쫓아버렸다. 이치와 한국부인의 스캔들은 훗날 무측천의 둘째 아들이자 다음 황제 계승자인 태자 이현이 바로 이치와 한국부인 사이에서 출생한 아들이라는 근거가 제기되면서, 또다시 피비린내 나는 사건을 가져온다.

성공 키워드 2-1

착한여자 컴플렉스를 버려라

안데르센의 동화 「인어공주」에서 인어공주는 착한 여자였다. 착하고 성격이 좋아서 남자에게 순종하는 모습으로 사랑을 얻으려 했다. 인어공주는 자기 목소리를 버리는 대신 두 발을 얻어 왕자의 사랑을 받고자 했다. 그러나 결국은 목소리를 잃어 왕자의 오해를 사서 죽게 되는 비극을 맞는다.

만약 인어공주의 상황이 현실에서 발생한다면 어떤 선택을 할 것인가? 인어공주처럼 목소리까지 희생하면서 남자를 따라갈 필요가 있을까? 목소리도 잃지 않으면서 사랑도 얻을 방법은 얼마든지 있다.

인어공주보다 천 년도 더 앞선 시대를 살았던 여인인 무측천은 어떤 방식으로 목소리도 지키고 사랑도 얻을 수 있었을까?

사랑은 타고난 미모가 주는 것도 아니고, 착한 성격이 주는 것도 아니다. 남자를 이용하려면 먼저 착한 여자에게 집착해서는 안 된다. 심약해서 주변성이 조금도 없는 착한 여자에 머물지 말고, 자기에게 주어진 조건과 환경을 노력으로 극복하면서 때가 왔을 때 기회를 놓치지 말아야 한다.

2. 달이 안 보여도
달을 가리키는 손가락은 자르지 않는다

무측천이 황후가 될 때까지 가장 큰 공을 세운 인물이 이의부(李義府)
였다.

「구당서」에 보면 이의부를 다음과 같이 말하고 있다.

이의부는 겉으로는 얌전하고 공손했으며, 사람들 앞에서는 늘 미소를
잃지 않았다. 그러나 그는 실제로는 냉혹하고 음흉하여 자신의 뜻에 반
대하는 자는 바로 모함하여 죄를 물었다. 게다가 돈을 받고 관직을 팔아
그의 주변에는 항상 벼슬을 사려는 사람들로 들끓었다. 또한 그를 '이묘
(李猫: 고양이)'라고도 불렀는데, 겉으로는 온화한 척하지만 속으로는 냉
혹하고 잔인한 그를 일컫는 말이었다.

무측천에게 신임을 얻기까지 이의부는 더 할 수 없는 충직한 '사냥개'
노릇을 했다. 결국 무측천은 황후에 오른 뒤 이의부에게 여러 직위를 내
려 주었다. 그리고 대신으로서 화려함의 정점인 조정의 정사를 주관하

승부사 무측천! 천하를 지배하다

는 재상의 자리까지 오르게 했다. 충직한 '사냥개'에게 내려진 지상 최대의 밥그릇인 셈이었다.

그런데 이의부는 권력과 가까워지자 곧 주인인 무측천 외에는 아무나 무는 줄 풀린 '사냥개'의 본성을 드러냈다. 이의부의 교만, 방탕과 잔혹함은 도를 넘어 법까지 마음대로 넘나들었다. 이의부의 권력 남용을 극명하게 드러내는 일화가 있다.

낙양에 순우부인이라는 예쁜 여자가 있었다. 그 순우부인은 죄를 짓고 투옥되어 있었는데, 절세미인이 투옥된 사실은 곧 사람들 사이에 회자되었고, 그 내막이 갖가지 소문으로 부풀려지면서 뭇남성들의 호기심을 자극했다. 여자를 탐하는 이의부가 이 소식을 놓칠 리 없었다. 이의부는 순우부인의 이야기를 듣자마자 곧바로 순우부인이 투옥된 감옥으로 찾아가서, 담당자인 대리시승(대리시는 감옥 일을 전담하는 관청, 대리시승은 종6품의 관리) 필정의(畢正義)에게 순우부인을 당장 석방시키고 가까운 곳에 아담한 집을 마련해 놓으라고 압력을 행사하였다. 자신이 순우부인을 첩으로 삼고 계도하겠다는 말도 안 되는 명령이었다. 필정의가 말을 듣지 않자 여러 가지 방법으로 협박을 가하였다. 필정의로서는 답답한 노릇이었다. 이 일을 듣고 대리시경(종3품 장관) 은보현이 격노하여 이의부의 비행을 낱낱이 적은 상소문을 만들어 조정에 급히 상주하였다.

고종은 상소문을 접하고 혼란에 빠졌다. 상소문을 읽어갈수록 이의부의 권력 남용이 법을 넘어섰음을 알 수 있었다. 하지만 이의부는 무측천의 심복이 아닌가? 고종은 일단 한 발 뒤로 물러서서 이의부의 죄를 묻지 않는 척했다. 한편 무측천도 이의부의 죄가 지나침을 알았지만 이번만큼은 덮어주기로 했다. 이의부가 아무리 권력 남용을 일삼아도 무측천의 손바닥을 벗어날 수가 없고, 마음만 먹으면 언제든지 이의부를 제압할 수 있기 때문이었다.

고종 이치는 조정의 급사 중 유인궤에게 이 사건의 진상조사를 맡겼다. 그 결과 감옥에 갇힌 사람은 이의부가 아니라 상소문을 올린 대리시경 은보현이었다.

무측천은 아직 권력기반을 완전히 다져놓았다고는 생각하지 않았다. 그래서 지금은 죄를 지었으나 이의부에게 죄를 묻지 않았던 것이다. 죄를 물어서 이의부를 감옥에 보내기에는 아직 쓸모가 많았다. 그리고 필요할 때 도덕이니 윤리를 먼저 따지는 군자같은 인물보다는 이의부 같은 소인배가 더 필요한 때이기도 했고, 이의부와 같은 소인배들은 이익을 위해서라면 물불을 가리지 않는다는 사실을 잘 알고 있었다.

막강한 상대 장손무기가 가진 가장 큰 힘은 군대를 장악하고 있다는 사실이었다. 무측천이 아무리 고종 이치와 많은 조정 대신들을 설득해도 군대를 장악하고 있는 장손무기와의 권력투쟁은 시기상조였다. 무측천은 장손무기와 목숨을 건 권력투쟁의 날이 가까이 오고 있음을 감지했다. 권력투쟁에서 승리하려면 장손무기와 대등한 힘을 가진 이의부가 필요했다. 이의부는 바둑으로 치면 중요한 순간에 둘 수 있는 요긴한 한 수였다. 자칫 이의부의 죄를 섣불리 묻는다면 한쪽 팔을 자르는 것과 다름이 없는 것이었다. 달이 안 보여도 달을 가리키는 손가락을 함부로 자

승부사 무측천! 천하를 지배하다

르지 않은 이 사건으로 인해, 무측천은 고종 이치의 마음이 변할까 평소
보다 더 신경을 썼다. 모든 권력은 밖이 아니라 안으로부터 다져야 하는
것이다.

어리석은 남자도 참고 지켜보아라

최고의 처세술은 어리석은 자라도 곁에 두고 다룰 줄 아
는 것이다. 언뜻 쓸모없는 것으로 간주되던 것이 오히려 큰
구실을 할 때가 있다. 단 한 가지라도 필요한 것이 있다면
참고 이용하는 것이 지혜이다. 지식과 미모를 겸비한 여인
들은 인내심이 부족하기 쉽다. 지식이 많아질수록 남자에
대해 성급하게 판단하고 행동한다. 어리석은 남자라도 쓸모
가 있다면 참고 지켜볼 줄 알아야 한다.

3. 남자를 외롭게 만들다

왕황후가 술독에 넣어져 생을 마감하자 무측천은 왕황후 가문의 성씨를 왕씨에게 망(蟒: 이무기)씨로 바꾸어 자손대대에 걸쳐 굴욕을 안겼으며, 왕황후와 같은 길을 걸은 소숙비의 가문도 성이 소씨에서 효(梟: 올빼미)씨로 바뀌었다. 조정에도 한 차례 피바람이 불 것이 예견되었다. 기득권 세력인 왕황후를 내세운 사족들이 무측천을 지지한 신진관료들에게 밀리면서 당나라 지배층에는 급박한 권력이동이 있었다.

장손무기와 왕황후의 적극적인 지지를 받아 태자가 된 이충도 예외는 아니었다. 무측천이 황후에 오르자 그는 좌불안석이었다. 황후에게 친자가 있을 경우 당연히 그가 태자가 되어야 했다. 그래서 태자 이충은 스스로 부족함을 호소하며 태자 자리에서 물러나겠다고 말했다. 태자 이충이 스스로 태자 자리를 내놓자마자 무측천은 장자 이홍이 태자 자리를 계승(656년 정월)하게 하였는데, 이홍이 태자 자리에 올랐을 때 불과 5

살이었다. 조정은 태자가 바뀜과 동시에 고위관리의 인사이동이 유난히 많았다. 이것은 단순한 인사이동이 아니었다. 무측천이 고종 이치의 신변과 조정 곳곳에 자신의 심복을 한 명 한 명 배치하는 전략이었다. 그러면서 장손무기를 위시한 사족들은 조정의 주요 관직에서 제외되었다.

무측천은 허경종과 이의부를 불렀다. 반대세력에 대한 보복 수위를 결정하려는 것이었다. 먼저 은나라를 멸망시킨 달기나 주나라를 멸망시킨 포사에 자신을 비유하며 천하의 요물로 몰아붙인 한원과 래제(장손무기, 저수량, 우지녕, 유석, 한원 등과 더불어 왕황후의 폐위와 무측천의 황후 책봉을 반대했던 인물)를 역모죄로 탄핵하게 했다. 허경종과 이의부는 한원과 래제의 처형에 필요한 죄목을 결정한 후 함께 모의한 관료들을 장손무기의 측근에서 골랐다. 특히 장손무기의 오른팔이나 다름없는 계주의 저수량은 무측천을 '아버지(태종)와 아들(고종)을 넘나들며 패륜을 저지른 비천한 여자이므로 결코 황후로 모실 수 없다.'며 돌층계에 자신을 던져 자해까지 한 인물로, 이 모의에서 그를 뺄 수는 없었으므로 역시 이 역모사건에 함께 엮어 넣었다. 그러나 한원, 래제, 저수량은 무측천의 강력한 희망에도 불구하고 처형은 면하였다. 왜냐하면 아직은 그들을 지지하는 세력이 남아 있었고, 장손무기도 자리를 지키고 있었기 때문이었다. 그러나 그들은 사형은 면했지만 관직이 강등되어 먼 곳으로 좌천당했다. 무측천은 장손무기를 죽일 수 없다면 그들을 멀리 떨어뜨려 놓아 장손무기의 세력을 와해시키기 위해 치밀하게 유배지를 선택했다. 이제 장안에 남은 무측천의 반대파 중 힘 있는 사람은 장손무기뿐이었다.

이 모든 일은 조정에서 무측천의 수족이 되어 뛰어다닌 이의부와 허경종의 맹목에 가까운 충성심이 이룩한 일이었다. 무측천은 장손무기까지 엮고 싶었으나 그는 쉽게 걸려들 사람이 아니었고, 무측천이 역모죄로 몰린 사람들을 아무리 심하게 고문해도 장손무기를 거론하는 사람은 없었다. 무측천은 분한 마음을 삼키며 후일을 도모해야 했다.

그런데 장손무기의 몰락은 뜻밖의 사건에서 실마리가 풀리기 시작했다. 무측천의 신경이 미치지 않는 일개 낙양 현령이 올린 상소문 한 장이 최강의 적 장손무기를 무너뜨릴 계기를 제공한 것이었다. 그 상소문은 위례방(韋季方) 등이 반란을 일으키려고 군대를 조직하고 병장기를 모으고 있다는 충격적인 내용이었다. 무측천은 사태의 위급함을 고종 이치에게 알렸다. 고종 이치는 반란 사건을 처리할 적임자로 마땅한 인물이 떠오르지 않아 고심했다. 이 때 무측천은 학문이 깊고 판단력이 비상한 허경종을 추천했다.

고종 이치는 냉혹한 소인배 허경종의 사람 됨됨이를 알고 있었지만 순순히 허락해 주었다. 허경종이 반란 사건을 책임지고 조사한다는 것은 무엇을 의미하는 것일까? 무측천에게 위계방 따위는 중요하지 않았다. 무측천은 몸이 아픈 고종 이치를 대신해서 허경종과 반란 사건에 대하여 상의하기 시작했다. 어떻게 해서라도 장손무기를 이 반란 사건에 끌어 넣으려는 의도였다.

허경종은 반란의 주모자로 체포된 웨계방을 모진 고문과 회유로 강하게 압박하였다. 반란 사건의 배후에 장손무기가 있다는 것을 자백하라는 것이었다. 그러나 위계방은 결정적인 증언을 거부하였다. 그러자 허경종은 남의 글씨체를 모방하는 데 뛰어난 실력을 가진 사람을 수소문하여, 위계방의 필적을 여러 날에 걸쳐 모사하게 했다.

누가 보아도 위계방의 글씨체로 된 고소장이 만들어졌다. 아니 고소장이라기보다 참회에 가까웠다. 내용은 위계방과 장손무기는 같은 당이라는 사실이 쓰여 있었다. 이어지는 내용은 장손무기가 이 사실이 알려질까 두려워서 자객을 보내 자신을 죽이려고 한다는 내용이었다. 고소장을 다시 한 번 읽어본 후 허경종은 위계방을 불렀다. 고소장에 위계방의 손도장이 필요했기 때문이었다.

고종 이치는 이 고소장을 보고 깊은 회한에 잠겼다. 자신을 허수아비로 만들어 권력을 쥐락펴락했던 외삼촌 장손무기였지만, 이 고소장은 무측천이 권력의 중심에 완벽하게 진입했다는 통고문 같았다.

고종은 장손무기의 모든 관직을 박탈한다는 내용의 조서를 내렸다. 조서는 허경종이 장손무기의 집에까지 찾아가서 전달하였다. 어림군(御林軍)의 호위를 받은 허경종의 화려한 행보였다. 조서 끝에는 장손무기를 양주 도둑으로 임명한다고 쓰여 있었다.

고종 이치는 곧이어 조서를 한 장 더 내렸다. 허경종과 이적, 신무에게 반란 사건의 배후를 철저하게 조사하라는 명령이었다. 이적과 신무, 두 사람은 반란 사건을 조사하면서 상반된 행동을 보였다. 이적은 반란 사건 조사에 소극적인 자세를 보인 반면, 신무는 허경종의 명령이라면 적극적으로 수행했다. 무측천은 고종 이치의 관심을 신무에게 돌렸다.

신무라면 무측천의 사람임을 고종 이치가 눈치 채지 못할 것이라 생각했기 때문이었다. 고종 이치의 뜻은 음모를 밝혀내는 것이었으나, 무측천의 뜻은 음모를 덮는 것이었다.

허경종은 원공유(袁公瑜: 진주 사람으로 여러 관직을 거쳐 무측천의 황후 옹립에 전력을 다한 인물)라는 인물에게 장손무기의 최후를 맡길 셈이었다. 원공유도 출세에 목마른 인물이었다. 허경종은 장손무기의 최후가 원공유의 세치 혀에 달려 있음을 강조하며 계책을 알려 주었다. 원공유는 장손무기를 찾아 양주로 떠났다.

장손무기는 초췌한 모습이었다. 장손문기를 만난 원공유는 고종 이치가 벌써 저수량에게 사약을 내려 죽게 했다는 믿을 수 없는 말을 했다. 장손무기는 한 가닥 믿음마저 손가락 사이로 빠져 나가는 것 같았다. 고종 이치가 저수량을 죽였다는 원공유의 말은, 장손무기를 깊은 절망감에 빠뜨렸다. 장손무기에게 자결을 명한 것이나 다름없었다. 만약 장손무기가 자결하지 않고 끝까지 버틴다면 자신을 교살하여 자살한 것처럼 위장이라도 할 것 같았다. 더 이상 자신이 빠져나갈 수 없다고 판단한 장손무기는 원공유 따위에게 모욕을 받느니 차라리 자살하는 것이 낫다고 생각하였다. 한 시대를 풍미했던 권력자 장손무기의 마지막 자존심이었다.

그러나 자살을 하면 '반란(장손무기와 한원, 유석의 재산은 몰수당했고 가족은 영남으로 유배되어 노비가 되었으며, 유석과 한원은 참수당했다)'을 인정하는 것이어서 쉽게 죽을 수도 없었다. 장손무기는 원공유의 말과 혹독한 고문으로 고통스러운 나날을 보내다가 더 견딜 수 없게 되자 결국 자살을 했다.

고종 이치는 장손무기로부터는 자유를 얻었지만, 다르게 보면 이제 무측천 외에는 아무도 의지할 사람이 없게 된 것이었다.

성공 키워드 2-3

외로운 남자를 이용하라

아무리 하찮은 친구라도 작은 도움을 기대할 수 있는 법이다. 주변에 사람이 없는 남자는 남에게 속기도 쉽고 스스로 발전하기도 힘들다. 여자도 마찬가지이다. 사람들로부터 고립되는 순간 위기가 닥친다.

외로운 남자는 손발이 끊어진 것처럼 의지할 곳이 없기에 이용하기가 쉽다. 모든 사람들 속에서 바보로 있는 것이 혼자 현명하게 있는 것보다 낫다.

4. 입지(立志)를 다지다

황궁의 여자들은 숨조차 죽이고 살았고 조정 대신 중 그 누구도 무측천의 권위에 드러내 놓고 도전하는 사람은 없었다. 가장 큰 라이벌인 장손무기와의 암투도 거의 마무리되어 가고 있었다. 무측천 정권은 이러한 때에 더욱 기반을 다지기 위한 일련의 프로젝트를 수행했다.

먼저 이의부와 허경종이 주창하여 태종 때 편찬한 「씨족지」를 고쳐 「성씨록」을 만들었다. 「씨족지」는 당대의 사족 가문을 정리한 것으로, 내로라하는 가문은 모두 수록되어 있었는데, 이 「씨족지」에 수록되어 있지 않은 가문의 사람들은 출세하기가 힘들었다.

그런데 무측천의 집안은 그 「씨족지」에 수록되어 있지 않았다. 그러나 「씨족지」가 「성씨록」으로 개편되면서 무측천의 가문은 명문가로 수록되었고, 기존의 기득권 세력인 사족들은 「성씨록」에서 그 수가 줄어 수록되었다.

또한 「성씨록」은 가문 대신 관직의 차등에 따라 9등급으로 기재하여 새로 승격된 사족들의 벼슬길을 열어주었다. 기존 사족들의 세력이 약화되고 새로운 신진 사족이 등장한다는 것은 무측천을 압박하는 기득권 세력의 약화를 의미하므로 그만큼 무측천의 권력은 굳건해졌다.

이듬해 무측천은 고향의 아버지 산소를 찾아 대규모 추모의식을 거행하였는데, 단순한 추모의식이 아니었다. 무측천의 세상이 왔음을 알리는 일종의 선포가 담긴 추모의식의 뜻이 더 강했다. 그것이 반드시 고종 이치가 무측천과 함께 고향에 가서 추모의식에 참가해야 하는 이유였다. 무측천은 고종 이치에게 함께 갈 것을 강력하게 제의하였다. 그러나 고종 이치는 황제의 신분으로는 황후 친족의 추모의식에 참석하지 않는 것이 관례라고 말하였다. 고종 이치의 자존심이고 당시의 법도였다. 그러나 무측천은 포기하지 않고 고종 이치를 날마다 설득했다. 결국 고종 이치는 무측천의 금의환향 소원을 못이기는 척 들어주기로 했다.

대규모 인마가 동원되었다. 수행 관원과 시녀, 그리고 병마의 대오가 수십 리까지 이어졌다. 대규모 인마가 지나가기 위해서 무측천은 많은 사람들을 도로 확장 공사에 투입했다. 표면적인 목적은 아버지 무사확(지금의 산서성 문수현 사람, 당 황실 창업 후 공부상서와 도독을 역임)이 묻힌 묘지로 가는 길을 넓힌다는 것이었으나, 사실 무측천이 의도한 것은 문무백관과 백성들 앞에서 진짜 '황제'가 누구인지를 드러내려는 의도였다. 장인 무사확의 추모의식에 참가한다는 것은 관례에 어긋나는 일임을 고종 이치는 잘 알고 있었다. 그러나 고종 이치는 무측천의 고집을 꺾기보다는, 무측천이 몸이 아픈 자신을 대신해서 조정의 정사를 무리없이 처리하는 점을 높이 평가했다. 그래서 법과 전통을 초월하는 무측천의 소원을 들어주기로 했다. 고종 이치로서는 관용 외에 선택할 수 있는 것이 없는 것이나 마찬가지였다.

웅장한 추모곡이 울려퍼지는 가운데 고종 이치와 무측천은 무사확의 묘지 앞에 섰다. 그런데 무측천은 고종 이치의 손을 잡고 이치가 땅에 엎드려 절을 할 때 외에는 놓아주지 않았다.

고종 이치의 행동은 모든 관원들을 어리둥절하게 만들었다. 고종 이치가 땅에 엎드려서 큰절을 한다는 것은 통례에 어긋나는 일로, 황제는 허리를 굽혀 절을 하면 안 되었다.

무사확의 묘지에서 돌아오는 길에 무측천은 고종 이치의 곁에서 자신이 고종 이치보다 낮은 몸임을 거듭 강조하였다. 그리고 무측천은 자신이 고종 이치에게 일부러 법도를 어기라고 한 것이 아님을 설득했다. 고종 이치는 화가 났지만 자신에게도 허물이 있었기 때문에, 무측천이 자신에게 엎드려 절을 하게 한 것에 대해서는 더 이상 묻지 않았다. 한 달이 지난 뒤 고종 이치와 무측천은 완공한 합벽궁(合璧宮: 본래는 팔관궁이었는데, 660년에 합벽궁으로 개칭)이 있는 낙양 동부로 왔다.

무사확의 추모의식 다음으로 무측천이 거행한 더욱 거대한 행사는 봉선대전이었다. 봉선대전이란 태산 위에서는 하늘에 제를 올리고 태산 아래서는 땅에 제를 올려 천지신명께 감사하는 의식으로, 막대한 비용과 노동력이 들어가기 때문에 대부분의 황제들은 봉선대전을 거행하지 않았다. 태종 이세민 조차도 중신들이 봉선대전을 거행할 것을 여러 차례 주청했음에도 사양한 이유가 여기에 있었다. 그러나 무측천은 봉선대전을 성대히 거행하여 만천하에 자신을 각인시켰다.

성공 키워드 2-4

자기 이미지 메이킹을 시도하라

인간의 심리란 같은 값이면 다홍치마이다. 사람은 어떻게 사는가도 중요하지만, 어떻게 보이는가도 그에 못지 않게 중요하다.

수많은 사람들의 반대 속에서 피의 대가를 치르고 황후에 오른 무측천은 3가지 계획을 시행하면서 황후로서의 면모를 과시하였다고 한다. 그것은 반대파에게 자신의 위치를 공고히 함으로써 입지를 다지는 연출을 감행한 것이었다.

5. 수렴정치(垂簾政治)

무측천은 고종 이치가 지병인 풍현(風眩: 오늘날의 고혈압)이 악화되어 집무하기가 어려울 정도로 건강이 악화되자, 휘장(수렴정치: 원래 황태후가 어린 황제를 대신하여 정치에 참여하는 것을 말함. 당시 남녀유별을 지키기 위해 황태후가 신하들과 만날 때에는 그 앞에 휘장을 드리우도록 했다) 뒤에서 조정의 정사를 맡아 처리했는데, 그 모습이 여러 사료에 나와 있다.

문무백관들이 늘어선 열 앞쪽에 큰 휘장이 드리워졌고, 휘장 뒤에 무측천이 앉아 문무백관들의 상주를 전혀 망설임 없이 신속하게 척척 처리하였는데, 균형감을 잃거나 하지 않았다. 무측천은 실권을 쥐면서 탁월한 정치력을 발휘했는데, 그녀의 뛰어난 행정력은 남자도 행하기 어려운 것을 막힘없이 처리함으로써, 허경종이나 이의부 같은 재상마저 덩달아 발전하게 만들었다.

무측천이 누구인가? '정관의 치'(貞觀之治: 이세민의 치세(626~649)를 '정관의 치'라고 하는데, 정관은 태종 때의 연호이다. 중국 역사상 3대 성세(창조의 강희, 옹정, 건륭 세 황제가 통치한 130년 간의 강건성세, 서한의 문경영의 치)의 하나라는 유명한 태평성대를 이룬 당 태종 이세민의 시중을 들면서 장막 뒤에서 실제 정치를 익힌 여인이었고, 끊임없이 책을 읽고 학문을 닦아 조정의 신료들도 찬탄해 마지않는 지식인이었다. 고종 이치는 뛰어난 지혜와 과감한 결단력, 그리고 좌중을 휘어잡는 카리스마로 자기 대신 정무를 무리 없이 처리하는 무측천의 모습을 보고 그녀를 더욱 신뢰하게 되었다.

이 무렵 고종은 아버지 태종이 무참히 패한 고구려와의 전쟁을 다시 계획하고 있었다. 태종이 닦아놓은 국력을 토대로 무측천이 지략으로 자기를 받쳐 주기를 은근히 기대하며 안정된 정권 속에서 이제 원대한 전쟁을 치뤄 자신의 능력을 만천하에 알리고 싶어 했다. 그 이면에는 자신이 아버지 태종에 비해 나약한 황제로 비치는 것과 아내인 무측천에게 대부분의 정무를 맡긴 데 대한 열등감을 만회하려는 생각도 있었을 것이다. 그리하여 이치는 고구려와의 전쟁에 친히 출정하겠다며 의지를 강하게 주창하였다.

그러나 고구려는 과거 수나라의 양제가 여러 차례 출정하여 싸웠지만 번번히 패하였었고, 아버지 태종도 전쟁을 일으켰지만 패한 막강한 군사력을 가진 나라였다. 고종 이치는 고구려를 이기고 싶었겠지만 냉철하게 판단하면 전쟁이 그리 간단한 문제는 아니었다. 그래도 무측천은 고종의 고구려 원정 계획을 높이 받들며, 조정 대신들에게도 고종의 자존심을 높이 세워주게 하였다.

당시 고구려는 백제를 지원하여 신라를 압박하고 있었는데, 신라의 김춘추는 당에 원조를 요청하고 있었다. 고종 이치는 소정방 등의 장수에게 10만 대군을 주어 출병시켜 백제를 공격하는 한편 고구려를 압박하였는데, 고구려는 그리 쉽게 허물어지지 않았다. 그래도 고종 이치의 입장에서는 무측천이 자신의 의견을 존중하여 주고 자신을 높이 세워준 것에 만족했다.

성공 키워드 2-5

남자의 자존심을 세워줘라

여인의 따뜻하고 상냥함은 남자의 천적이다. 여인은 그것을 어느 때나 다 사용할 수 있다. 일과 자존심은 비례한다. 일이 없는 남자일수록 자존심을 세워 주어서 다시 일을 하게 만들어야 한다. 남자의 자존심을 남겨 두는 여자는 보험을 드는 것과 다름없다. 남자의 보루(堡壘)는 자존심이다. 여인은 남자의 자존심을 깎아내리지 않는 것이 좋다.

6. 미색으로 남자의 보루를 폭파하다

무측천이 황후가 되면서 친언니 무씨는 한국부인에 봉해져 보잘 것없는 과부 신세에서 부와 권력을 거머쥐는 인생 역전을 맛보았다. 그러나 무측천이 황후가 된 후 고종 이치와의 부적절한 관계가 드러나 황궁에서 쫓겨났지만, 무측천의 친언니였기에 그나마 목숨을 건지고 황궁 밖에서 자녀를 키우며 자유롭게 살 수 있었다.

한국부인에 대한 노여움이 옅어질 만큼 세월이 흘렀을 때, 무측천은 셋째 아들(훗날 예종)를 잉태했다. 무측천의 배가 점점 불러오자 고종 이치는 무측천에게 "오랫동안 많은 고생을 했으니 휴양이라도 하시오!"라고 말했다. 그동안 무측천에게 일임한 정무를 이 기회에 자연스럽게 되찾을 생각이었다. 그러나 고종 이치의 예상과 달리 무측천은 아이를 가졌음에도 건강이 좋아, 날마다 쉬지 않고 부지런히 정무를 처리하였다.

고종 이치는 해가 갈수록 강해지는 무측천의 세력을 보면서 견재할 필요가 있음을 느꼈다. 그래서 한 가지 꾀를 생각해 내어 장안의 대명궁을 새로 수리할 것을 명령하였다. 표면상으로는 "장안은 수도이므로 국가의 큰 행사가 있을 때에는 매번 동도 낙양으로부터 장안까지 8백 50리나 되는 길을 와야 하니 그 얼마나 번거로운 일이냐? 새로 황궁을 단장하여 장안에서 정무를 봐야겠다."라는 이유였지만, 실상 장안보다 낙양을 좋아하는 무측천을 견제하여 장안에 새로운 궁을 지으려는 것이었다.

무측천은 고종 이치의 의도를 간파했음에도 겉으로는 순종하는 듯하였다. 무측천의 입장에서 고종 이치의 의도는 사소한 것이었다. 다만 고종 이치에게 불안한 마음을 심어 주려고 하지 않았다. 일종의 배려인 셈이었다. 무측천은 언제나 고종 이치의 권위를 세워 주었고, 천자에게 갖추어야 할 예의에 위반되는 일은 하지 않았다.

사실 아이를 갖고 날마다 황제의 일을 대신 하는 데에는 건강에 어려움이 많았다. 무측천이 아무리 건강한 체질을 타고났어도 복잡한 사안을 처리하다 보면 자연히 지칠 때가 많았다. 어머니 영국부인을 비롯한 황후 주변의 시녀들과 태감들은 무측천의 건강을 염려하지 않을 수 없었다.

황제의 정무를 대신하며 아이를 출산한 무측천은 기진맥진이었다. 고종 이치는 몸도 아플 뿐 아니라 무측천까지 자신을 상대해주지 않자 우울한 나날을 보내고 있었다.

당나라는 새 황자가 태어나 온통 축제 분위기였다. 황족들은 저마다 새로 태어난 황자를 축복해 주기 위해 황궁에 입궁하여 무측천에게 예를 갖추었는데, 한국부인도 오랜만에 무측천을 배알할 수 있었다.

무측천은 위엄을 갖추고 한국부인을 맞았다. 둘째 아들 이현이 한국부인의 친자라는 소문에도 불구하고 무측천이 그녀의 입궁을 다시 허락한 것이었다. 그 후로 한국부인은 다시 황궁 출입이 잦아졌고, 고종 이치도 자연스럽게 그녀와 만나게 되었다. 고종은 몸이 병들고 권력은 무측천이 모두 점령한 이름뿐인 황제가 되어 지난 날의 연인을 만나게 되자 만감이 교차하여 다시 그녀의 품에 뛰어들었다.

무측천이 고종 이치와 한국부인의 만남을 모를 리 없었다. 은밀히 전해진 보고를 받고도 무측천은 대응하지 않고 묵묵히 정사를 처리할 뿐이었다. 명분도 얻으려면 권력과 마찬가지로 참을 인(忍)이 필요하다.

두 사람이 방심할 때를 기다려 무측천은 두 사람이 함께 있는 정사 현장으로 나는 듯이 달려갔다. 여러 궁녀들을 시켜 문밖을 지키게 하고 침실로 들어갔다. 두 사람은 얼음 조각처럼 굳어 무측천을 바라보았다. 무측천은 그런 두 사람을 바라만 보다가 조용히 다시 나왔다.

이 사건 뒤에도 무측천은 고종 이치와 함께 나란히 앉아 조정의 정사를 처리했다. 무측천과 고종 이치 사이에 모종의 협상이 이루어졌다는 것을 알 수 있었다. 무측천은 권력을 얻었고 이치는 한국부인을 얻은 것이었다. 무측천은 고종 이치의 마음을 이용하여 조정에서 황제와 나란히 앉는 '조용한' 혁명을 이룬 것이었다.

지혜로운 여인은 다른 여인의 미모도 자기 것처럼 사용하기도 한다. 적은 아무리 하찮거나 대단해도 적일 뿐이다.

성공 키워드 2-6

다른 여자의 미모를 자기 것처럼 이용하라

　훌륭한 여인은 미색으로 폭탄을 만들어 남자의 질투를 폭파시킨다. 남자와 정면 충돌을 하지 않고 우회 진공을 하며 남자의 약점을 이용하여 폭탄을 만든다.

　미녀는 남자 면전의 영원한 통행증이다. 강한 여인은 일생 동안 이 통행증으로 자기의 권리를 행사할 줄 알고, 자기 사업이 막힘없이 통하게 한다.

승부사 무측천! 천하를 지배하다

7. 심복도 버려야 할 때가 있다

무측천을 등에 업은 이의부에게 고종 이치는 더 이상 '천자'라 일컬어지는 단 한 사람이 아니었다. 고종 이치의 권위도 이의부 앞에서는 사라졌다. 고종 이치는 화가 났지만, 그를 믿고 있는 무측천을 생각하며 화를 꾹 눌렀다.

이의부는 과거 무측천이 후궁의 자리에 있을 때 가장 먼저 무측천을 황후의 자리로 올려야 한다고 주청한 인물이었다. 조정에 세력을 가지고 있지 않은 무측천에게는 너무나 고마운 관료였고, 이의부를 필두로 하여 여러 신진관료들이 자신을 지지해준 덕택에 세를 얻어 황후의 자리까지 오를 수 있었다. 그런 까닭에 무측천은 이의부가 끊임없이 매관매직을 일삼고 각종 악행을 저질러도 그 죄를 다 덮어주었었다.

그러나 꼬리가 길면 잡히는 법이다. 이의부의 관직을 팔아 재산을 불리는 행위가 점점 도를 넘어서게 되자, 어떤 사람이 고종 이치에게 이의부가 행한 더러운 행위를 상세하게 적은 상소를 올렸다.

고종 이치는 상소에 적힌 적나라한 내용 때문에 무릎을 쳤다. 드디어 황제 무서운 줄 모르는 이의부를 처단할 기회가 왔다는 생각이 들자, 위엄을 세우고 체포 명령을 내렸다. 전광석화 같은 결단이었다.

하지만 그 때까지도 이의부는 자신에게 닥칠 불행을 알지 못한 채, 무측천의 인자함을 기다리며 침착하고 당당하게 행동하고 있었다.

고종 이치는 무측천의 반대를 의식해서인지 무측천과의 사전 상의도 없이 신속하게 명령을 내렸다.

"사형부상서 유상도와 사공 이공에게 명한다. 이의부를 탄핵하고 끝까지 심문하여 털끝만치의 거짓도 없이 모든 죄를 낱낱이 밝혀내라!"

서슬 퍼런 황제의 명이었다. 하지만 이 지경에 이르러서도 이의부는 무측천을 굳게 믿으며 여유를 부렸다.

"마음대로 해보아라. 황후마마께서 어떻게 처리하실지 몰라서 이러느냐!"

오히려 이의부는 유상도와 이공을 은근히 협박하기까지 했다.

무측천은 이의부의 사건을 보고받았다. 그녀는 은혜는 반드시 갚고 원한은 철저하게 갚는 스타일을 고수해 왔었다. 은혜와 원한에 대한 태도가 분명한 여인이었다. 적에 대한 복수는 잔혹하리만큼 철저했지만, 자기를 위해 고군분투한 사람은 절대 잊지 않았었다. 누구든지 자기를 도와준 사람에 대해서는 잊지 않고 여러 방면으로 도와주었다. 설사 죄를 지었더라도 너그럽게 용서하는 모습을 보였다.

이의부는 지난 번 순우부인 사건 때도 무죄로 풀려났었다. 평소 무측천의 태도라면 이의부는 얼마간의 죄는 문책받겠지만 큰 화를 입지는 않았을 것이다. 모두들 그렇게 생각했고, 이의부가 고종 앞에서 당당했던 것도 그와 같은 계산이 잠재해 있기 때문이었다.

무측천은 이의부를 조사하면서 차츰 이번 상소가 심상치 않다는 것을 알았다. 수많은 관민들이 이의부에 대한 처벌을 원하고 있었다. 무측천은 사람들의 원한의 정도가 자기가 생각하고 있는 것과 너무나 차이가 나자 당황했다. 그리고 무엇보다도 고종 이치의 분노가 다른 때와는 달랐다.

"이번에도 이의부를 구해준다면 황제와 정면으로 맞서는 모양새가 되겠구나!"

무측천은 이의부를 버려야 할 때가 왔음을 알았다. 심사숙고 끝에 무측천은 더 이상 이의부 사건에 개입하지 않기로 했다.

독도 약으로 사용하면 일반 약물보다 더 큰 효과를 볼 수 있다. 만약 독이 몸에 해로울 정도로 사용된다면 신속하게 그 독을 버려야 한다. 무측천은 앞으로 이의부라는 독을 다시 쓸 필요를 느끼지 않았다. 이의부는 투옥되어 혹독한 고문을 받은 후, 모든 관직을 박탈당하고 기나긴 유배형을 받았다. 이의부가 받은 유배형은 훗날 종신형으로 확정되었다.

성공 키워드 2-7

남자를 버려야 할 시점을 깨달아라

남에게 도움만 받으려는 사람과 도움을 받아 일어서려는 사람의 가치를 구별해야 한다. 남에게 도움만 받으려는 사람은 차츰 버림을 받지만, 도움을 받아 일어서려는 사람은 시간이 흐를수록 가치를 인정받는다. 사람과 교류함에 있어서는 시대적 요구와 정세를 잘 알아야 한다. 적절한 시기가 될 때까지 교류를 할지 말아야 할지를 결정해야 한다. 다시 말해서 정에 얽매이지 말고 그 사람의 가치를 판단해야 한다.

무측천이 이의부를 버린 것은 자기에게 해롭기 때문이었다. 쓰면 뱉고 달면 삼키는 식이 아니었다. 도와주는 것도 일종의 투자다. 망할 줄 알면서도 계속 투자하는 것은 철학도 아니고 고집도 아니다. 바보짓일 뿐이다.

무측천이 고종 이치에게 이의부 사건을 양보한 것은 나름대로 고종 이치의 가치를 본 것이었다. 그리고 이의부를 포기한 것은 그 가치가 남을 해치는 것으로 가는 것을 보았기 때문이었다. 여자와 남자는 친구가 될 수 없다고 한다. 친구는 가치이다. 신뢰하며 함께하는 가치인 셈이다. 서로 가치를 발견하고 인정하는 것, 그것은 지속적인 교류를 의미한다. 여자는 남자를 버려야 할 시점을 잘 알아야 한다. 그것이 여자의 지혜이다.

8. 골육상잔(骨肉相殘)

무측천은 둘째 아들 이현이 한국부인의 소생이라는 말이 파다한 상태에서, 그 소문이 사실이든 아니든 한국부인을 그냥 두기에는 꺼림직했다. 황자의 숨은 어머니라는 사실은 새로운 권력을 만들어 낼 수도 있기 때문이었다. 고종이 지난 날 왕황후를 버렸듯이 자신도 그녀처럼 될 수 있다는 경보가 무측천의 뼛속까지 울리고 있었다.

얼마 후 무측천만큼이나 정력적이던 한국부인이 원인 모를 병으로 급사를 했다. 그 죽음은 베일에 싸여 있었지만 사람들은 무측천이 내린 결단이라고 믿었다. 무측천은 한국부인이 죽은 후 그녀의 남은 두 자녀를 각별한 애정을 가지고 보살폈다. 한국부인의 딸 하관은 위국부인으로 봉해졌는데 당시 그녀는 16세의 꽃다운 나이로 미모가 출중했으며, 아들 하란민지 역시 외모와 학식이 뛰어난 촉망받는 젊은이로 성장하고 있었다.

부모를 모두 잃은 오누이는 할머니 영국부인과 무측천의 부름을 받아 자주 황실에 드나들었다. 위국부인 하관과 하란민지는 어린 나이였지만, 어머니 한국부인과 고종의 관계에 대해서 알고 있었다. 또 생기 넘치던 어머니가 어느 날 갑자기 죽음을 맞은 이유가 모두 이모 무측천에게 있다고 생각하고 있었다. 그러므로 그들은 무측천에 대해 반감이 컸지만 두려움도 그에 못지않아서 내색하지는 못했다. 무측천의 내심이 어떠했는지 알 수는 없으나, 부모를 모두 잃은 두 조카에 대해서는 꽤나 관대하고 각별한 애정을 보였다.

그런데 고종 이치는 한창 피어나는 아름다운 위국부인을 단순히 처조카로만 바라보지 않았다. 위국부인이 황궁에 들르면 고종 이치와도 종종 마주쳤는데, 시간이 흐를수록 위국부인과 고종 이치가 마주하는 시간이 많아졌다. 무측천이 언니 한국부인을 제거할 수밖에 없었던 이유가 권력 구조에 있다는 사실을 온실의 꽃처럼 살아온 위국부인은 알 수가 없었다.

고종 이치는 어느덧 꽃다운 위국부인에게 빠져들었다. 무측천은 믿을 수 없는 사실을 보고받고 심한 충격을 받았지만, 질녀라는 이유로 다른 궁녀들을 처단할 때처럼 섣불리 행동하지는 않았다. 무측천이 언니의 죽음과 무관하지 않다는 소문, 좀 더 정확히는 무측천이 언니를 독살했다는 소문에서 자유로울 수 없었기 때문에, 조카딸에 대해서 단호하게 처단할 수 없으리라는 계산을 하였는지 고종 이치는 위국부인을 황후의 바로 아래인 귀비에 봉하려고 시도하였다. 조카딸을 후궁에 두는 것이

전혀 흉이 되지 않던 시대였으므로 고종의 결심에 잘못된 것은 없었다. 심정적으로는 무측천이 걸리지만 귀비 하나 두는 것이 어떻단 말인가? 무측천만 눈감아 준다면 아름다운 위국부인과 꿀처럼 달콤한 나날을 보낼 수 있을 것이었다.

무측천은 사태가 점점 심각하게 전개되자 이쯤에서 두 사람의 관계를 정리해야겠다고 생각했다. 두 사람이 은밀하게 정념을 불태우는 것을 눈감아 줄 수는 있지만 공식적으로 귀비가 되어 고종의 총애를 독차지한다면, 위국부인 스스로가 원하지 않는다고 하더라도 권력의 냄새를 맡고 모여드는 나방들은 위국부인을 그냥 두지 않을 것이었다.

그러다가 위국부인이 고종의 아이라도 갖게 된다면, 새로운 세력으로 끊임없이 용상을 위협할 수도 있음을 무측천은 너무나도 잘 알고 있었다. 게다가 한국부인의 죽음과 둘째 아들 이현의 일도 마음에 걸렸다. 목숨을 걸고 탈취한 권력을 아무것도 모르는 어린 질녀에게 넘길 수는 없었다.

무측천은 어머니 영국부인에게 위국부인의 행실을 넌지시 상의하고, 이쯤에서 위국부인에게 적당한 혼처를 소개하는 것이 좋을 것 같다는 뜻을 비쳤다.

영국부인은 큰딸 한국부인에 이어 손녀인 위국부인까지 고종 이치와 관계한 사실을 알고 마음을 졸였다. 일이 더 커지기 전에 수습하려 했지만 위국부인은 의외로 완강했다. 영국부인은 이대로 가면 위국부인이 목숨을 유지하기 어렵다며 간곡히 타일렀지만, 위국부인은 어머니 한국부인의 일까지 들추며 노골적으로 무측천에 대한 반감을 드러낼 뿐이었다. 영국부인은 위국부인을 설득하기 어려워지자, 오래 전 자신과 무측천을 구박한 의붓아들들이 어떤 말로를 맞았는지 떠올리고는 긴 한숨을 쉬었다.

무측천의 아버지 무사확이 첫번째 부인으로부터 얻은 무원경, 무원상 형제는 새어머니인 영국부인을 무척이나 괄시했었다. 무측천도 아버지를 여의고 이들 이복 오빠들에게 의지해 살며 구박과 무시를 당해야 했었다. 무측천은 황후가 된 후 과거의 일을 덮고 이복 오빠들에게 높은 벼슬을 내렸지만, 이들 형제는 고종이 황후에 대한 예의로 내린 형식적인 벼슬일 뿐이라며 감사하지도 않았고 반기지도 않았었다.

게다가 이복 오빠 무원경, 무원상은 어머니 영국부인과 만난 자리에서 두 모녀의 성공을 빈정대며 황후의 오라버니로서 벼슬에 오른 것이 부담스럽다고 말해 영국부인의 심기를 건드렸다. 영국부인은 이 사실을 바로 무측천에게 아뢰며 한탄했다. 불같이 노한 무측천은 그 날로 고종 이치에게 찾아가 두 형제의 관직을 낮추어 변방으로 발령내어 버렸는데, 변방으로 쫓겨간 무원경은 시름시름 앓다가 용주에서 병사했다. 무측천이 마음만 먹으면 못할 일이 없다는 것을 영국부인은 잘 알고 있었다. 때문에 손녀 위국부인에 대해서 더욱 불안한 마음을 감출 수가 없었다.

무측천은 친정으로부터 아무 도움도 받지 못하고 순한 난관을 헤쳐내고 황후에까지 올랐기 때문에 오빠, 언니, 조카의 행실에 더욱 분노했다. 언니 한국부인이 고종 이치와 부적절한 관계로 있다가 급사하였고,

온갖 구박으로 자신의 어린 시절을 우울하게 만들었던 이복 오빠들은 과거의 잘못을 뉘우치기는커녕 벼슬을 내려도 비웃었으며, 하나뿐인 조카딸은 어머니의 행실에도 불구하고 그 처지를 가엾게 여겨 정을 주었는데도 자신을 배신하고 황제를 유혹해 귀비에 앉으려고 하자, 무측천은 어머니 영국부인을 빼고는 믿을 친족이 아무도 없다는 것을 알게 되었고, 무측천의 친가에 대한 분노는 곧 무서운 결과로 나타났다.

때는 666년이었다. 무측천과 사촌지간인 무유량, 무회운 형제가 무측천에게 진귀한 음식을 진상했다. 무측천은 곧 어머니 영국부인, 무유량, 무회운 형제와 위국부인, 하란민지 등 일가 친척을 불러 연회를 베풀었다. 속으로는 심기가 불편했지만 겉으로는 화기애애한 분위기가 무르익었다. 만찬을 즐기는 가운데 이윽고 무유량과 무회운 형제가 바친 음식이 상에 올랐다. 그런데 음식을 맛본 위국부인이 갑자기 피를 토하며 상위에 엎어져 숨을 거뒀다.

연회에 참석한 이들은 모두 놀라서 숨을 죽였다. 곧 무유량과 무회운 형제가 위국부인을 독살한 죄로 잡혀갔다. 하란민지는 죽은 누이의 시체를 두려움에 떨며 바라보았고, 영국부인은 올 것이 왔다는 듯이 비통해 하며 자리를 떴다.

역사서에는 이 날의 사건을 무측천이 고의로 독을 타서 위국부인을 살해한 후, 그 죄를 두 형제에게 씌워 제거한 것으로 기록하고 있다. 무측천은 무유량, 무회운을 사형에 처하고 '무' 씨 성을 가질 자격이 없다 하여 '복' 씨로 바꾸었고, 이복 오빠인 무원상을 이 사건과 연루하여 유배를 보내 죽게 만들었다.

무측천은 자신에게 도전하는 이가 있다면 형제든 친척이든 가리지 않고 철저하게 응징했다. 어려서부터 죽을 고비를 넘기며 황후의 자리에까지 오른 무측천으로서는 권력의 비정함을 누구보다 잘 알고 있었다. 그렇기 때문에 주도권을 장악하고, 그것을 지키기 위해서 무측천은 사사로운 정까지 끊어야 했다.

성공 키워드 2-8

어려움을 극복하고 전진하라

넘어야 할 산이라면 그것을 넘어야 다음 여정을 향해 갈 수 있다. 어떠한 어려움에도 굽히지 말고 극복하며 전진해야 한다. 때로는 성공을 위해 마음에 독을 품는 강인함도 필요하다.

매일 조금씩 독을 마시며 독의 면역을 몸 안에 얻는 사람처럼, 무측천은 친한 사람들을 처단하며 마음에 슬픔거리를 안고 살았다. 자신을 이용하여 권력을 탐하고, 급기야 자신을 위협하는 데도 처단하지 못하고 그를 안고 산다면 슬픔거리를 마련하는 일일뿐이다.

9. 위기는 위험한 기회다

　무측천과 고종 이치는 낙양성에서 봉래궁으로 황궁을 이전했다. 무측천은 장안보다는 낙양을 더 선호하여 대부분 낙양에 머물렀으나, 고종 이치의 뜻에 따라 대명궁을 봉래궁으로 바꾼 장안으로 돌아온 것이었다. 그러나 봉래궁으로 온 후 궁녀들이 왕황후와 소숙비의 혼령이 궁에 나타난다 하여 혼비백산하는 일이 벌어지자, 무측천은 의아하게 생각하면서도 소란을 잠재우고자 무당을 불러 향을 피우고 혼령을 달래는 굿을 하였다.

　과거 왕황후가 무측천에게 주도권을 빼앗긴 이유 중의 하나가 황궁에서 은밀하게 주술을 행한 것이었는데, 그것을 누구보다 잘 알고 이용한 무측천이 그와 같은 일을 자신이 스스로 벌일 만큼 정신 상태가 올바르지 못했다는 반증이기도 했다. 무천측은 봉래궁으로 이궁하면서 왕황후와 소숙비를 무참히 죽인 당시의 기억이 되살아나면서 밤잠을 설쳤고,

자신의 코 앞에서 고종과 한창 염문을 퍼뜨리고 있던 위국부인 문제도 신경에 거슬렸으며, 황제를 대신하여 처리해야 하는 나랏일에 이르기까지 많은 스트레스를 받고 있었다. 무측천에게도 어디까지나 인간적인 약점이 있었던 것이다.

그런데 당 황실은 주술행위를 엄격하게 규제하고 있었고, 주술행위 자체가 국법을 어기는 일이었다. 주술행위는 무측천이 모르는 사이에 입에서 입으로 은밀하게 전해져 급기야 고종 이치의 귀에까지 들어가게 되었다. 아마도 무측천에게 눌려있던 고종 이치는 당시 마음이 위국부인에게 기울어져 있었기 때문에, 그와 같은 빌미를 제공한 것을 반기고 있었을 것이다. 관료들은 그들대로 이번 주술사건을 공론화하여 무측천을 실각시키는 기회로 삼고자 했다.

중국 역사에서 어린 왕을 보필하던 태후라면 몰라도, 장성한 황제의 황후가 조정을 좌지우지하는 것을 탐탁지 않게 생각하고 있었기 때문이었다. 무측천이 아무리 유능하게 정사를 처리해도 그들은 다만 무측천이 여자이며 황후라는 이유로, 내내 못마땅한 마음을 가지고 있었다.

어쨌던 무측천을 실각시키고자 하는 쪽에서는 이번 주술행위를 천하에 둘도 없는 호기로 생각하여, 이 기회를 틀어쥐어 무측천을 일거에 무너뜨릴 전략을 짰고, 일단 칼을 빼든 이상 물러설 수 없는 상황이 되었으므로 사생결단의 각오로 무측천을 폐위해야 한다는 상황에까지 이르게 되었다. 이들은 무측천이 힘을 모으기 전에 신속하게 일을 처리하기로 했다.

고종 이치도 그동안 무측천이 국정에 많은 도움을 주고는 있었으나 조정의 주요 요직에는 무측천의 사람들이 앉아서 자신을 감시하고 무측천의 의견을 대변하는 모습을 보면서 어지간히 마음이 굳어져 있었다.

황제는 이치 자신인데 정치는 무엇하나 자기 마음대로 할 수 있는 것이 없었고, 후궁들도 무측천의 기세에 눌려 자신이 마음대로 안을 수 없는 상황이 되어 있어 위국부인을 염두에 두지 않고서라도 무측천에 대한 서운한 마음이 컸다.

이렇게 무측천이 주술행위를 했다는 정황을 두고 고종 이치는 재상 상관의를 불러 황후를 폐위한다는 조서를 쓰게 하였다.

무측천이 심어놓은 정보통이 재빨리 이 중대한 소식을 무측천에게 전했다. 이에 놀란 무측천은 의관을 제대로 갖출 새도 없이 황급히 고종 이치에게 나는 듯이 달려갔다. 고종은 상관의와 무천측의 폐위 조서를 막 끝내고 있었다. 무측천은 황제가 들고 있는 먹물도 마르지 않은 폐위 조서를 빼앗아 찢어버리고 황제에게 억울함을 하소연하였다.

"봉래궁으로 이궁한 후 궁녀들 사이에 왕황후와 소숙비의 혼령이 나타난다는 얘기를 못들으셨습니까? 밤이면 여기저기 나타나 궁녀들을 괴롭힌다는 흉흉한 소문이 돌고 있습니다. 나는 후궁들을 안정시키고자 승려를 불러 혼백을 달랜 것이지 염승술을 행한 것이 절대 아닙니다."

기록에 따르면 눈물어린 황후의 호소에 고종은, 무측천 몰래 급하게 폐위 조서를 쓴 일을 부끄러워하며 고개를 들지 못했다고 한다. 그리고 황후 폐위를 거론한 죄를 재상 상관의에게 몰아붙였다.

모든 일이 순식간에 일어났고, 고종 이치는 오히려 무측천의 눈치를 보며 이 일은 자신과 상관없는 일이라고 변명하기에 급급했다. 결국 상관의는 폐태자 이충과 모의하여 황후 폐위를 도모한 후 황제까지 이충으로 바꾸려 했다는 역모죄로 몰려 옥사하였고, 그의 가족은 황궁의 노비가 되었다.

이 사건에 억울하게 연루된 폐태자 이충은 왕황후와 장손무기의 주청으로 태자가 되었다가 무측천이 황후가 되자, 무측천의 아들 이홍에게 태자 자리를 빼앗긴 후, 무측천에게 살해당할까 두려워 집밖에도 마음대로 다니지 못하고 숨을 죽이고 살고 있었다. 무측천은 상관의가 이충을 황제로 세우기 위한 역모의 일환으로 자신을 무고했다며, 그런 이충에게도 사약을 내려 죽게 하였다. 역시 반대파의 숙청에는 철저한 무측천이었다.

이 사건 이후 공식석상에서 무측천의 국정 참여를 못마땅해 하는 관료들은 없었다. 무측천은 절대절명의 위기를 일시에 호기로 전환시키는 재기 넘치는 전략을, 이 사건을 통해 보여 주었다.

그러나 이 사건을 겪으면서 무측천은 자신이 황궁에 주술사를 불러들여 반대파에게 빌미를 제공한 것을 후회했다. 자칫 황후의 자리를 잃을 수도 있는 위험한 일이었다. 결국 재빠른 대응과 기지를 발휘해서 위기를 넘겼지만, 고종 이치와 상관의와의 사이에 치밀한 계략이 있었다면 무측천은 헤어나오기 힘든 위기에 봉착했을 수도 있었다. 이번 주술사건은 무측천에게 큰 타격이 아닐 수 없었다.

무측천은 고종 이치가 완전히 자기 손아귀에 있다고 방심했었음을 인정했다. 고종 이치가 그렇게 신속하게 일을 처리할 줄은 몰랐었다. 고종 이치를 너무 믿은 탓이었다.

"너무 소홀했다. 황제의 행동에 계속 경계를 늦추지 말아야 했다......."

무측천은 자책했다. 그리고 황후의 지위는 어디까지나 황제에게 예속된 자리임을 뼈저리게 느꼈다. 무측천은 권력을 지키는 데 고려해야 할 가장 큰 적이 누구도 아닌 황제임을 알았다. 만약 고종 이치가 황후전에서 주술을 행한 사건을 빌미로 황후를 폐한다는 조서만 발표했어도 문제는 돌이킬 수 없는 것이었다. 그 종이 한 장이 황후를 일개 천한 궁녀로 만들거나 목숨을 앗아갈 수도 있었기 때문이었다.

취약한 황후 자리에 연연하면 언제 목숨을 잃을지 모를 일이었다. 길은 천자가 되는 것 외에는 없었다. 그러나 유사 이래 여제(女帝)가 출현한 적은 없었다. 전통을 뒤집어엎는다는 것은 하늘에 올라가는 것보다더 어려운 일이다. 그렇다면 천자의 이름은 없을지라도 '천자'의 실권은있어야 하지 않겠는가!

이번 사건을 계기로 무측천은 황실의 권력을 손아귀에 꼭 틀어쥐어야겠다고 결심하게 되었다. 자기의 생명과 안전을 확고히 하는 방법은 '천자'가 아니라도 '천자'의 권력을 손아귀에 넣는 것이었다.

성공 키워드 2-9

위기는 위험한 기회이다

어떤 일을 이룬 후, 곧 자만하게 되면 나락으로 떨어지기 쉽다. 곤란을 극복하는 것은 스스로에게 희망을 건다는 뜻이다. 먼저 어떤 일이든지 성공하려면 건강해야 한다. 모든 준비는 건강에서 나온다. 건강하지 못한 사람은 위기 대처 능력이 있어도 제대로 발휘하지 못한다. 왕성한 투지력만큼 신경써야 할 것이 건강이다. 피곤하면 판단력도 흐려지고 신경도 날카로워진다. 이런 상태가 지속되면 남자는 떠나가기 마련이다.

위기 대처 능력은 어디서 나오는 것일까? 평소 쌓은 실력으로 기지나 임기응변을 발휘하는 것이다. 여자에게 있어 위기를 꿰뚫는 능력이 있다는 것은 대단히 중요하다. 여자는 사회적 약자이기 때문에, 아무래도 위기에 봉착할 경우가 많다. 그럴 때 자신이 처한 현실을 냉정하게 돌아보아야 한다. 여자의 위기는 대부분 자신이 처한 현실에서 일어나는 법이다. 사업이나 연애의 성공이나 실패는 모두 자기가 처한 현실에서 결정된다. 옳은 일을 할 때라도 그 때를 놓치면 아무 소용이 없다. 위기는 위험한 기회다.

승부사 무측천! 천하를 지배하다

10. 장악력을 과시하다

　봉선대전은 태평성대를 이룩한 황제가 하늘과 땅에 감사를 드리는 의식이다. 태종 이세민은 100일이 넘게 걸리는 봉선대전을 거행할 경우, 백성들의 생활에 피해를 줄 수 있음을 들어 대신들을 만류했었다. 몇 번에 걸쳐 주청이 올라왔지만 그때마다 태종은 거절했었다. 태종도 한편으로는 봉선대전을 통해 자신의 덕을 당당하게 보이고 싶었겠지만, 재정적인 어려움을 이유로 들어 만류하는 관료들도 있었기 때문에 겉으로는 백성들을 위해 거절해온 터였다. 그 결과 '정관의 치'를 이루며 당나라를 만세에 안정시킨 태종도 봉선대전만은 하지 못하고 세상을 떠났다.

　그러나 무측천은 신료들이 봉선대전을 치를 것을 주청하자 당당하게 허락하였다. 그리하여 역사적인 봉선대전이 665년 10월 28일 낙양을 출발하는 것으로 시작되었다. 봉선대전을 축하하기 위해 고구려, 페르시아 등의 외국 사절들도 황제와 황후를 알현했다. 수백 리에 달하는 의식대열이 이어지는 장관이 펼쳐졌다. 그해 12월 행렬은 태산에 도착하였다. 원래 봉선대전에서 황후는 그 역할이 미미했는데, 무측천은 법을 고쳐 봉선대전을 자신이 주도하기 시작했다. 여자들을 위주로 한 봉선대전을 주도하며 남자만의 전통을 하나씩 타파했다.

태극궁에서 문무백관과 외국 사절들을 접견하는 일도 무측천이 직접했다. 무측천은 남존여비의 전통사상에도 도전하여 매번 승리를 거두었던 것이다. 이것 역시 정권을 더욱 공고하게 하려는 기초가 되는 것이었다. 무측천의 위력을 새삼 느낀 고종 이치였다. 무측천의 요구와 의견에 대해 고종 이치는 최대한 이해하려고 노력했다.

고종 이치는 건국의 영웅도 아니고 정치나 경제 그 어떤 분야에도 창조적 업적을 남기지 못했었다. 타고난 약한 몸이 첫번째 이유였고 섬세한 감수성이 두번째 이유였다. 봉선대전을 여자가 주도한다는 것은 역사적으로도 흔하지 않았다. 고종 이치는 마치 꿈을 꾸는 것처럼 무측천을 지켜볼 뿐이었다.

무측천은 이번 봉선대전을 통하여 세상 모든 사람들에게 자신의 풍모와 성공을 과시하며, 마치 여신처럼 군림했다. 그러면서도 고종 이치에 대한 예의는 잃지 않았다.

봉선대전이 점점 무측천의 주도로 넘어가는 동안 고종 이치는 더욱 공허해졌다. 조정에서 무측천과 자리를 같이 하고는 있으나 정치권은 무측천의 손아귀에 장악되어 있었다. 봉선대전 이후 무측천이 더욱 빛났다면 고종 이치는 더욱 그 빛이 바랬다. 고종 이치는 38살이었으나 마음은 훨씬 늙어 투지도 없었고 또 몸도 허약하였다. 희망도 없고 신명나는 일도 모두 잃어버렸다. 고종 이치의 유일한 위안이 되었던 위국부인마저 급사하여 더욱 정서가 메말라갔다. 이제는 어느 누구도 고종 이치의 심정을 위로해 줄 사람이 없었다.

고종 이치는 오래된 두통이 재발되어 무겁게 가라앉았다. 우울증도 찾아왔다. 몸이 아픈 고종 이치는 정사를 건성으로 살피기 일쑤였고 실무는 참여조차 하지 않고 있었다. 고종 이치는 이제 권력을 정식으로 아들 이홍에게 넘기려고 했다. 하지만 무측천이 장악하고 있는 현실을 생각하면 망설여지기만 하는 고종 이치였다. 그리고 무측천의 무서운 태도를 생각하면 이홍의 앞날에 대해 불안한 마음을 떨칠 수가 없었다.

성공 키워드 2-10

카리스마로 좌중을 장악하라

    권위는 스스로 세워야 하지만, 권위를 굳건히 세우기 위해서는 눈에 보이는 모습도 무시할 수가 없다.

    무측천은 남성들의 의식인 봉선대전을 주도적으로 거행하면서 한층 강한 카리스마로 좌중을 휘어잡음에 따라, 고종 이치마저 무측천에 대해 경외심까지 갖게 만들었다.

    무측천은 선제도 하지 못한 봉선대전을 거행하면서 내외에 강한 장악력을 보여 주었다.

11. 호색한의 말로

황후의 집안에는 대를 이을 아들이 없었다. 무측천은 고심 끝에 아버지 무사확의 후사로 언니 한국부인의 아들인 하란민지를 양자로 들이기로 했다. 하란민지는 어머니와 누이를 졸지에 잃고 마음이 황량한 가운데 황후의 부름을 받았다. 어머니와 누이의 죽음에도 무측천에 대한 태도가 불손하지 않았다. 그는 수려한 외모에 학문에 대한 열의도 높고 때묻지 않은 심성을 가진 청년이었다. 무측천은 그를 매우 신임하여, 아버지 무사확의 대를 이을 인물로 손색이 없다고 판단했다. 그래서 하란민지의 성을 무씨로 바꿔 무민지로 개명한 후 황후의 사가를 이을 후사로 삼았다.

무민지(원래는 하란민지)는 무사확의 양아들이 되면서 막대한 부와 명예를 손에 쥐게 되었다. 결혼도 하지 않은 청년이 돈과 명예를 얻자, 장안의 모든 여성들은 그를 선망하기 시작했다. 그러나 무민지는 갑작스런 신분의 변화를 감당하기에는 너무 어렸다. 할머니 영국부인은 손자를 마냥 사랑스러워만 했고, 다른 집안 어른들은 무측천이 뽑은 양자에게 싫은 소리를 했다가 미움을 받을까 두려워 감히 나서지 않았다. 무민지는 어른들의 방임 속에서 점차 학문을 멀리 하고 소인배들과 몰려다니며 돈을 물쓰듯 하며 타락해 갔다. 무민지의 악행이 점점 도가 지나쳐 그 원성이 무측천에게까지 들렸다. 그럴 때마다 무측천은 '너무 깨끗한 연못에는 물고기가 살 수 없는 법이다. 사내가 큰일을 도모하려면 그만한 일은 모른 척 해주어야지'라며, 무민지의 악행을 젊은이가 겪는 한때의 방황쯤으로 여겼다.

그러면서도 무측천은 무민지를 종종 불러 근엄하게 타일렀지만, 그럴 때만 잠깐 뉘우치는 듯한 모습을 보일 뿐 무측천에게서 물러나오면 또 마찬가지로 행동하였다.

그 무렵 무측천은 태자 이홍을 혼인시키기 위해 태자비를 물색하고 있었다. 양사검의 딸이 마음에 들어 태자비로 삼기로 하고 택일을 하였는데, 예비 태자비가 황궁에 드나드는 사이에 무민지와 눈이 맞아 사단이 나고 말았다. 태자비는 장안에 소문난 미소년이 자신에게 관심을 보이자 이를 거절하기 어려웠을 것이다. 잠깐 시간을 보내고자 하였으나 결국 무민지가 자제심을 잃고 그녀를 겁탈하고 말았다. 이 소식을 듣고 무측천은 너무나 놀라 말문이 막힐 지경이었지만, 언니 한국부인과 질녀 위국부인을 생각해서 그 일을 덮고 무민지를 문책하지는 않았다.

얼마 후 자택에서 근신 중이던 무민지가 앓아누운 영국부인을 위문하기 위해 찾아온 무측천의 막내 태평공주를 성희롱하는 일이 발생하였다. 태평공주는 무측천과 고종이 가장 사랑하는 막내딸로 각별한 사랑을 받고 있었다. 어린 딸이 무민지에게 희롱을 당하자 무측천은 말할 수 없는 분노에 쌓였다. 그러나 영국부인이 병환이 깊은 중에도 무민지를 두둔하여 이 일도 그냥 덮어야 했다.

그로부터 얼마 지나지 않아 영국부인은 별세(670년 8월)하였는데, 마음 둘 곳이 없던 무측천이 유일하게 믿고 의지하던 어머니였다. 영국부인의 죽음은 무측천에게 하늘이 무너지는 슬픔을 안겨 주었다. 무측천은 영국부인의 양아들 무민지에게 많은 돈을 주어 불상을 만들고 어머니의 명복을 빌게 했다. 그러나 무민지는 불상도 대충 만들었을 뿐만 아니라 명복도 제대로 빌지 않고 상 중에도 주색에 빠져 무측천을 분노하게 만들었다.

더 이상 참을 수 없었던 무측천은 무민지의 악행은 하나도 드러내지 않고, 다만 행실이 바르지 못하다는 모호한 죄목으로 무민지의 성을 다시 하란씨로 바꾸고 양자를 폐한 후 변방으로 유배를 보내 버렸다. 그러나 하란민지는 유배지에 도착하기 전에 말고삐에 목이 매여 숨진 채 발견되었는데, 스스로 처지를 비관하여 자결한 것인지, 아니면 누군가가 교살한 것인지는 알려지지 않았다.

성공 키워드　2-11

지혜롭게 남자를 부리기 위해
감시와 통제가 필요하다

무측천은 특유의 인내심으로 하란민지의 끊임없는 악행에도 그를 벌하지 않고 묵인하여 주었다. 어쩌면 한국부인이나 위국부인을 떠올리며 하란민지만큼은 온전하게 곁에 두고 싶었었는지도 모른다. 훗날 알려진 악행이 이 정도라면 당시에 하란민지의 행실이 어떠했을지는 추측하기조차 어렵다.

이의부를 처리하듯 무측천은 일단 자기 사람이라고 믿으면 행실이 나쁘거나 큰 실수를 했다 하더라도 의를 저버리지는 않았었다. 무측천이 사람을 다루는 기본 원칙을 엿볼 수 있는 대목이다.

그러나 그들 두 사람을 보내면서 무측천은 자기 사람을 믿고 지켜주는 것이 옳은 일만은 아니라는 것을 깨달았다. 방임은 배은망덕이 되어 자신을 욕먹였다. 무측천은 지혜롭게 남자를 부리기 위해서는 감싸주고 믿는 것도 필요하지만, 그 이면에는 그들을 감시하고 통제하는 것도 필요하다는 사실을 새삼 되새겼다.

무측천이 친족들을 엄하게 단속하자, 비천한 신분에서 황후를 죽이고 그 자리에 앉은 무서운 여자라고 수군대던 백성들도 무측천을 마음으로부터 따르기 시작하였다.

12. 의지는 세울수록 강해진다

　무측천의 첫아들 태자 이홍은 자라면서 유교에 심취하여 책 읽는 것을 좋아했다. 성격은 적극적이지 못했으나 이치에 맞는 행동을 좋아하고 효심이 지극하여 모범적인 태자로 인정받았다.

　일례로, 어느 해 재해가 심해 장안의 백성은 물론 금위군 등의 많은 하급관리들까지 기아에 처하는 사태가 발생하자, 태자 이홍은 즉시 명령을 내렸다.

　"황궁에 저장해 둔 양곡을 병사들과 가난한 백성에게 나누어 주도록 하라."

　백성들은 굶주린 백성을 생각하는 태자의 인자함에 감격하여 장래에 태자 이홍은 꼭 어진 황제가 될 것이라며 기뻐하였다.

　그런데 시간이 흐를수록 태자 이홍은 문벌귀족 등 보수세력의 옹호를 받는 대상이 되었다. 반면 무측천은 늘 귀족을 압제하고 정치의 흐름을 자기 쪽으로 돌려놓는 자기중심적인 인물로 왜곡되었다. 인사이동이 있을 때마다 보수세력들은 교묘하게 태자 이홍을 내세웠다. 그러자 태자와 무측천은 피할 수 없이 정치적인 대립각을 세우게 되어 점점 무측천과 태자 이홍의 갈등은 깊어져 갔고, 모자간의 감정마저도 복잡해졌다. 이 때 무측천의 심복이었던 허경종은 이미 죽고 없었고, 중요한 관직은 태자 이홍을 옹호하는 관원들이 하나 둘씩 자리를 차지하고 있었다. 고종도 무측천이 더 이상 권력을 휘두를 수 없도록 태자에게 황위를 물리겠다는 의지를 내비쳤다. 고종은 당시 너무나 몸이 좋지 않아 정상적인 생활이 불가능할 정도였다.

고종은 여름이 되어 장안의 날씨가 몹시 더워 건강이 악화되자 휴양을 위해 합벽궁으로 피서를 갔다. 효심이 깊은 태자 이홍도 고종을 모시고 합벽궁으로 갔는데, 이홍은 더위로 인해 고질적인 결핵이 심해진 상태였다.

"몸은 좀 괜찮아졌느냐?"

"합벽궁에 오니 많이 나아진 것 같습니다."

"네가 세상의 이치를 이미 깨닫고 있고 황제의 길에 나아감에 부족함이 없음을 나는 알고 있다. 네 병이 깊어 내 참아왔으나, 이제 네가 제위를 물려받을 때가 된 것 같구나."

양위의 뜻을 들은 태자는 아직 고종이 건재한데 자신이 황위에 오르는 것은 있을 수 없는 일이라며 자리를 물러나왔다. 대신들은 태자에게 그동안 무측천이 황제를 보필하면서 정무에 어려움이 많았다며, 어서 제위에 올라 바른 정치를 펴라고 간청하였다. 그들은 황후가 여러 대신들의 직위를 마음대로 바꾸어서는 안 된다고 강조하며, 황제에게 넘겨받을 정권이 태자에게 있다고 알려주었다. 그리고 이제 황후는 후궁으로 돌아가 고종 이치만 돌보게 해야 한다고 했다. 그리고 조정의 일은 태자가 결정하고, 만약 결정하지 못할 일이 있을 때에만 무측천과 상의하라고 권유했다. 그리고 황후에게는 더 이상 조정 뒷전에 앉아 정치를 간섭하는 일을 자제해 달라고 했다. 당 제국의 위상을 손상시킨다는 것이 가장 큰 이유였다.

무측천은 이 말을 전해 듣고 깜짝 놀랐다. 이홍이 대신들에게 이용당하는 나약한 황제가 될 수도 있기 때문이었다. 대책을 세우지 않으면 자신이 쌓아온 과업을 아귀같은 관료들이 먹어치울 것이 분명했다. 무측천은 새로운 방향으로 선회하지 않으면 지금까지 만든 권력이 물거품처럼 사라질 위기임을 상기했다. 무측천은 밤새 고민했다. 국정의 책임자로서 나라를 생각하는 고민이었고, 어머니로서 태자 이홍의 행보를 고민했다.

다음날 무측천은 오찬을 함께 하자며 아들 이홍을 불렀다. 태자 이홍은 어제 황제에게 양위에 대한 말을 듣고 심한 부담감에 잠을 자지 못했기 때문에 창백한 낯으로 모습을 드러냈다. 음식을 입에 대는 것도 어려운지 술만 반 잔 정도 마시고 전체로 나온 음식에는 거의 손도 대지 않았다. 무측천은 양위와 관련해서 태자의 의중을 파악할 생각이었지만, 태자의 건강이 염려되어 서둘러 오찬을 끝냈다.

무측천은 그날 시종 우울했다. 감업사에서 잉태되어 자신을 구해준 태자였다. 이홍을 키운 무측천의 애정은 각별했지만, 장성한 태자 이홍은 대신들과 마찬가지로 자신이 황제를 보필하는 일을 바람직하게 생각하고 있지 않은 것 같았다.

태자는 합벽궁 안의 기우전으로 향했다. 함께 온 태자비 백씨가 이홍을 부축했다. 태자 역시 우울하고 앞날이 불안했다. 어릴 때부터 무측천의 행동양식을 눈으로 보아온 자신이었다. 어머니 무측천이 반대파를 어떻게 물리치고 오늘에 이르렀는지 누구보다 잘 알고 있었다. 어머니는 아버지 쪽의 친족은 물론이고 이모와 외삼촌, 외사촌까지도 죽음으로 몰아넣었다. 이제 자신이 황위에 오르면 어떤 인물이 어머니의 타깃이 될지 알 수는 없으나 권력의 이동으로 다시 피바람이 한차례 몰아칠 것임은 예측할 수 있었다.

사실 태자 이홍은 어제 일이 마음에 걸려 밤새 심하게 앓았기 때문에, 몸이 불편하여 아침에 일어나기도 힘들었다. 황후의 명으로 간신히 일어나기는 했으나 오찬에 참석하지는 않으려 했다. 태자비 백씨도 태자 이홍을 만류했다. 하지만 태자 이홍은 황궁의 예법을 중하게 여기는 인물이었다. 오찬 후 기우전으로 돌아온 태자는 태자비에게 몸이 좋지 않아 쉬고 싶다며 침대에 누었다. 밤새 앓았던 터라 태자비는 태자를 쉬게 하려고 자리를 피해 주었다. 그런데 얼마 지나지 않아 시녀가 급히 태자비에게 찾아왔다. 태자 이홍이 심하게 경련을 일으킨다는 것이었다. 태자비는 놀라서 전의를 부르라 하고 태자에게 달려갔다. 그러나 숨을 헐

떡이던 태자는 곧 숨을 거두었다. 그 때 나이 24세였다.

무측천은 이홍을 잃은 아픔이 지나쳐서인지 시종일관 비통한 모습이었다. 태자 이홍의 죽음으로 모든 조정의 정사가 3일 동안 중단되었다. 고종은 자신이 병약한 태자에게 부담을 주어 병을 악화시킨 것이라며 심하게 한탄하고 있었다.

세인들은 황제가 양위의 뜻을 밝힌 합벽궁에서 갑자기 죽은 태자 이홍의 죽음을 두고, 권력을 잃을 것을 염려하여 무측천이 독살했다고 수군거렸다. 과연 무측천이 권력 때문에 아들이며 태자인 이홍을 독살했을까! 무측천은 죽은 이홍을 효경황제로 추증하고, 고종은 병 중에도 「효경황제 예덕기」를 지어 아들의 죽음을 기렸다.

성공 키워드 2-12

남자에게 기대지 마라

의지는 세울수록 강해지고 기대려는 마음은 한 번 빠지면 헤어나올 수 없는 함정이 된다. 스스로를 돕는 것은 행운도 기적도 아닌 목표에 대한 의지이다.

남성 중심사관이 강한 중국의 역사에서 대부분은 무측천을 악독하게 묘사하고 있다. 무측천에 대한 여러 가지 설이 많아 어느 한 가지 설을 정론으로 취할 수는 없다. 중요한 것은 무측천과 여러 남자들이 벌이는 권력 싸움과 그 방법에 관한 우리의 이해이다. 그리고 현명하게 권력을 지켰던 무측천의 판단력과 과감성이 오늘날 나약한 마음으로 남자에게 기대려고 하는 여자들의 마음을 잡아준다.

여자는 남자에게 기대려는 마음이 없어야만 어떠한 유혹에도 마음이 흔들리지 않게 된다.

13. 유언비어(流言蜚語)

고종 이치는 태자 이홍이 사망하자 둘째 이현을 태자로 책봉하였다. 이현의 나이 22세였다. 이현은 어렸을 때부터 학문을 넓고 깊게 이해하려고 했었다. 학문을 좋아하는 둘째를 보는 고종 이치의 마음도 깊어갔다. 고종 이치는 비록 권력욕은 없었으나 스스로가 학문에 뜻을 두기도 했다. 태자라는 신분이 오히려 그것을 막은 셈이었다.

첫째 이홍과 비교해 보아도 장점이 많은 이현이었다. 가무와 여색을 밝히고 다소 보수적인 편이라는 기록도 있지만, 무엇보다도 몸이 건강하여 활쏘기, 말타기, 사냥하기와 공차기도 즐겨했다.

조정 대신들은 문무를 겸비한 이현이 조부 태종을 닮았다고 했다. 반면 태자 이홍은 총명했으나 몸에 열이 많고 허약했다. 작은 일에도 화를 잘 내어 조정의 모든 신하들이 불안해했었다. 태자 이현을 두고 보수파이건 혁신파이건 모두 기뻐하였다. 그리고 새로운 태자의 출현이 새로운 조정을 만들 것이라는 기대감을 불러일으켰다. 태자 이현을 믿고 무측천을 반대하는 대신들의 목소리가 점점 높아졌다.

그들은 "급사한 태자 이홍의 사건을 철저하게 조사해야 한다.", 그리고 "국가 이념인 유교로 나라를 다스려야 한다."며 무측천에게 퇴진할 것을 압박했다. 천하의 정치는 반드시 가문이 깨끗한 귀족 출신의 남자가 해야 한다는 목소리가 높아졌다. 무측천 같은 천한 출신의 여자는 정사에 관여해서는 안 된다는 것이었다.

고종 이치에 대해 희망을 거는 사람은 아무도 없었다. 명민한 태자 이현만이 무측천을 견제할 수 있다는 희망이 퍼지고 있었다. 태자 이현의 건강한 몸과 지혜라면 무측천과 맞설 수 있으리라는 생각에서였다. 무측천이 아무리 탁월한 정치적 감각이 있어도 결국은 여자라는 한계를 드러낼 것이다. 그리고 상대는 나날이 중요해지는 인물 태자 이현이 아닌가? 무측천이 태자 이현을 증오하지 않으리라는 생각도 깔려 있었다. 그러나 조정 대신 중 그 누구도 무측천이라는 인물의 넓이와 깊이를 모르고 있었다.

태자 이현은 모든 일을 신중하게 처리했다. 무측천이 끝을 알 수 없는 지혜와 무서운 결단력을 가진 어머니라는 사실을 항상 경계했다. 그래서 조용히 자기 세력을 확대해 나갔다.

태자 이현의 불행은 어디에서부터 온 것일까? 그동안 조용한 행보를 보이던 태자 이현은 어느 날부터 대대적으로 세력을 확충하기 시작했다. 조정의 정사에도 적극적으로 관여하기 시작했다. 무측천에 대한 일종의 선전포고였다. 하지만 성급한 선전포고는 돌이킬 수 없는 비극을 불러왔다.

무측천은 태자 이현이 형성한 세력을 냉정하게 지켜보고 있었다. 태자 이현의 조용한 행보에 대한 정보를 조용하게 수집하고 있던 무측천이, 태자 이현이 더욱 세력을 넓혀서 자기를 위협할 정도까지 가게 할 것인가?

태자 이현을 막는 데 실패하여 태자가 힘을 가진 명실상부한 황제가 된다면, 무측천은 후궁에 유폐될 것이 분명했다. 하지만 무측천은 겉으로는 아무런 움직임도 보이지 않고 평소처럼 일을 처리했다.

태자 이현이 조정의 정사에 적극 관여하면서 무측천과 정치적 갈등이 자주 빚어졌다. 그 가장 큰 이유는 조정의 정사에 대한 다른 견해였다. 태자 이현은 보수적인 성향을 가지고 있는 반면, 무측천은 인재를 등용할 때 능력 위주로 발탁했다. 출신 성분이나 학문의 깊이는 아무런 의미가 없었다. 인력을 적재적소에 배치하는 것을 더 우선시했다.

무측천은 이현 조차 자신의 뜻과 달리 다른 길로 가고 있는 것을 지켜보면서 마음이 어떠하였을까? 당시 황궁에는 태자 이현이 무측천이 낳은 아들이 아니라, 고종 이치와 한국부인 사이에 태어난 황자라는 소문이 돌고 있었다.

'태자 이현은 무측천이 낳은 것이 아님이 확실하다. 왜냐하면 무측천이 2년 사이에 아이 셋을 낳을 수 없기 때문이다(무측천은 654년 정월 혹은

653년 말에 안정공주를 낳았고, 그 해에 둘째 이현을, 다음 해 정월에 셋째 이철을 낳았다). 그 무렵 한국부인과 황제가 가까웠으므로 분명 이현은 한국부인의 소생이다.'

평소의 무측천이라면, 또 무측천이 태자 이현을 아꼈다면 당장 그러한 소문은 진상이 밝혀지고 소문을 퍼뜨린 자는 색출되어 보란 듯이 혹형을 받아 다른 이들이 그 모습을 보고 입을 단속했겠지만, 무측천은 이현에 대한 소문에도 태연했다.

소문은 효과가 바로 나타났다. 태자 이현의 세력권에 든 대신들 중 그 소문을 듣고 의지를 꺾는 대신들이 속출하기 시작했다. 태자가 무측천의 언니 한국부인의 소생이라니! 앞날이 캄캄했다. 태자 이현을 황제로 옹립하려던 계획은 불리한 쪽으로 급물살을 탔다. 태자 이현이 한국부인의 소생이라면 정통성의 문제가 일어난다. 그 때 태자 이현과 관련 사실이 드러나면 오히려 목숨마저 잃을 수도 있었다. 그러자 여러 대신들이 태자 이현을 대하는 눈길이 점점 달라지기 시작했다. 태자 이현의 세력들은 흔들리기 시작하였고, 태자 이현이 사태의 심각성을 깨달았을 때는 이미 수습할 단계를 벗어나 있었다.

이 무렵 낙양에는 명승엄이라는 술사가 널리 인기를 얻고 있었다. 그는 점을 치고 주술을 행하여 이름을 널리 알리고 있었는데, 이것이 황궁까지 전해져 무측천의 부름을 받았다.

무측천은 명승엄에게 그 성향이 보수적이며 벌써 대신들과 세를 형성해서 자신과 종종 부딪치며 권력의 맛을 들여가고 있는 태자 이현의 관상을 보게 했다. 이는 무측천이 자신에게 반기를 드는 이현을 모함하기 위해서가 아니라, 그의 됨됨이 자체가 황제로서 자질이 있는지 알아보기 위함이었다.

이현의 관상을 본 명승엄은 무측천에게 '태자 이현은 황위에 오를 상이 아닙니다.' 라고 아뢰었다.

이로 인해 명승엄은 무측천에게 신임을 받았지만, 이를 전해들은 이현은 명승엄을 향해 심하게 화를 냈다. 그리고 얼마 후 명승엄은 의문의 죽음을 당하였다.

그러나 명승엄의 비어는 날마다 꼬리에 꼬리를 물고 퍼져 나갔고, 이현의 이미지는 점점 더 추락했다. 무측천은 자식이기에 마음이 좋지 않았지만, 이현이 소문에 대처하는 방법이 황제로서의 자질에 크게 미치지 못한다는 것을 알았다.

성공 키워드 2-13

유언비어에 현혹되지 마라

현대 교육은 자유로운 생각을 적극 장려한다. 때문에 그 어느 때보다도 이중인격자나 다중인격자가 많이 생기는 부작용도 속출하고 있다. 이럴 때에는 유언비어를 가장 경계해야 하며, 유언비어에 현혹되지 않기 위해서는 인격을 길러야 하는데, 인격을 기르기 위해 가장 중요한 것이 진실한 마음이다.

항상 타인에 대한 평가를 객관적으로 하려면 여러 사람의 평가를 수렴할 수밖에 없다. 사람의 인격은 혼자서 판단하기가 어렵다.

소인은 소문에 흔들리고 대인은 소문을 조용히 수렴한다.

승부사 무측천! 천하를 지배하다

14. 모성(母性)이 없는 여자?

명승엄이 죽은 이후 태자 이현은 불안한 마음을 술로 달랬다. 술은 태자 이현에게 일시적으로 용기를 주었으나, 술이 깨면 더 참담한 마음이 들게 하였다. 태자 이현의 주량이 하루하루 늘어감에 따라 명민하던 태자 이현의 얼굴은 핼쑥해졌고 어둠이 짙게 드리워졌다. 무측천의 냉담한 대응이 집요하게 태자 이현의 영혼을 파고들었기 때문이었다.

날마다 마신 술로 태자 이현은 흐트러지기 시작하여, 동궁에 기거하는 시녀들을 보면 아무렇게나 희롱하고 심지어 학대조차 하였다. 예전의 늠름하고 명민하던 모습은 찾아볼 수가 없게 되었고, 나중에는 충복 조도생과 동성 연애를 하기에까지 이르렀다.

상사(上司)는 태자 이현의 상태가 돌이킬 수 없는 심각한 상황이라는 생각이 들어, 태자 이현에게 충언을 하기로 마음먹었다.

"태자마마! 지금이 가장 중요한 때입니다. 제발 자중하소서."

그러나 무측천의 냉담한 침묵에 사로잡혀 있는 태자 이현의 귀는 벌써 닫혀 있었다. 예전의 모습을 회복하기 어려운 상태가 된 태자 이현에게 상사의 충언은 곧이 들리지 않았다.

그런데 태자 이현은 겉으로는 비행을 일삼았지만, 비밀리에 병장기를 모으며 모반을 준비하고 있었다. 그러나 무측천은 불안정한 심리상태의 태자 이현을 꿰뚫어 보고 아무도 모르게 이현을 조사하고 있었다. 그리고 곧 이 사실이 무측천에게 보고되었다.

무측천은 사실 여부를 다른 경로로 여러 차례 확인해 본 결과, 태자 이현이 몰래 병장기를 모으고 있다는 것이 사실로 드러났다.

무측천은 여러 조정 대신들에게 이 사실을 알리고, 고종 이치에게도 전하도록 했다. 그리고 태자 이현이 기거하는 동궁을 기습적으로 수색하여 동궁의 마구간에서 500근이나 되는 무기를 찾아냈다. 더구나 태자 이현의 충복 조도생은 태자 이현의 명령을 따라 명승엄을 살해했다는 자백을 하였다.

무측천은 사건 보고를 받고 고개를 끄덕였다. 예상대로 명승엄 살해 사건은 태자 이현의 소행이었다. 무측천은 먼저 명승엄을 살해한 조도생부터 처형했다. 그리고 반역죄를 물어 태자 이현 주위의 여러 조정 대신들을 차례로 처형하고 동궁에서 압수한 병장기는 다시 사용할 수 없게 불태웠다.

고종 이치는 무측천이 일사천리로 태자 이현의 반역죄를 다스리는 동안 아무 일도 할 수 없었다. 무측천은 거침없이 태자 이현을 반역죄로 다스려 투옥한 뒤 다시 파주(巴州)로 유배를 보냈다. 고종 이치는 이 모든 것을 병든 눈으로 바라보고 있을 뿐이었다.

유배지에서 실의의 나날을 보내던 태자 이현은 모든 사태가 돌이킬 수 없음을 알고 스스로 목숨을 끊었다. 이현의 나이 32세(684년)였다. 촉망받던 태자 이현의 비극은 유배지에서 이렇게 막을 내렸다.

태자 이현에게는 아들 삼형제가 있었다. 무측천에게 죽음을 당한 한 명 외에 다른 한 명은 병으로 죽었고, 나머지 한 명은 장기간 갇혀 있는 데서 오는 압박감으로 인해 폐인이 되었다.

기초를 탄탄히 하여 힘을 키워라

　무측천은 무서운 여자다. 그러나 자기 힘으로 목적을 이루기 위한 기초를 닦았다는 점을 주목해야 한다. 누구의 지시가 아닌 스스로의 판단과 추진력을 갖추었다는 것이다. 무측천이 무서운 여자라기보다 무서울 것이 없는 여자라는 점을 알아야 한다. 기초만 튼튼하면 무서울 것이 없다.

　이현은 나약한 남자의 모습을 드러내고 역사의 뒤안길로 사라졌다. 흔히 수단이 목적의 자리까지 차지하면 인간성을 상실하게 된다고 한다. 여자가 남자를 만날 때는 사랑을 받고 사랑을 주기 위함이지, 재산이나 명예가 먼저라서 만나는 것은 아니다. 사랑이 수단으로 전락한다면 남은 것은 목적이다. 자기 힘으로 이룬 목적이 아니면, 그 목적은 달성했다 해도 오래가지 못한다.

15. 바보가 아닌 셋째 아들

　고종 이치는 자신의 병세가 돌이킬 수 없음을 알고, 숨을 거두기 전에 시중 배염(裴炎)을 불렀다. 배염은 태자를 보좌한 경험이 많은 인물이었다.

　고종 이치는 배염과 무측천을 불러놓고 자신의 사후 태자인 셋째 아들 철(후에 현(顯)으로 개명)을 황제로 등극시킬 것을 분명하게 못박았다. 단, 그가 국가의 대사를 해결하지 못하는 경우에만 무측천에게 정무를 넘겨 처리하라는 유언을 남기고, 고종 이치(李治)는 683년 12월 4일 생을 마감했다.

　무측천은 고종의 유조에 따라 셋째 아들 이현(이철)을 황제로 등극시켰다. 그리고 웅대한 능(건릉)을 조성하여 엄숙한 의례로 고종을 안장하였다. 새 황제 중종(中宗) 이현은 28세의 평범하기 짝이 없는 인물이었다. 학문을 가까이 해서 통치력에 보탬이 된다거나 무예를 연마해서 건강한 몸을 유지한다거나 하는 노력이 없는 인물이었다. 생김새도 평범했다. 죽은 이홍이나 이현에 비하면 너무나 평범한, 아니 그 이하의 인물이었다.

중종 이현의 평범함은 곧 큰 화를 불러왔다. 평범해도 자신을 드러내지 않고 살아간다면 어느 정도 위치를 지킬 수 있다. 하지만 중종 이현은 그런 면에서 턱없이 부족했다. 천박하고 조잡하고 단순한 성격이었다. 때와 장소를 가리지 못하고 자신이 위대한 황제임을 내세웠다.

중종 이현의 황후는 위씨였다. 위씨의 부친 위현정은 원래 변방의 군인이었는데, 딸이 황후에 오르면서 일약 상주의 자사(刺史: 지방장관)로 올랐다. 위황후는 성격이 강하고 허영심이 대단했다. 또 무측천 정도는 아니었지만 나름대로 야심이 가득한 여인으로, 못난 남편 이현이 황제가 됨에 따라 행운에 가까운 기회를 잡아 황후가 된 여인이었다.

위황후도 무측천처럼 장막 뒤에서라도 정권을 쥐고 싶어 했다. 그 첫걸음으로 중종 이현을 날마다 채근하여 결국 아버지 위현정을 중앙의 요직에 올렸다.

그럼에도 위황후의 욕심은 끝이 없었다. 중종 이현을 휘어잡아 조정까지 마음대로 할 속셈으로, 아버지 위현정이 승직한 뒤에도 만족하지 않고 날마다 중종 이현을 졸랐다. 무측천을 밀어내고 휘장 뒤에서 조정의 정사를 마음대로 주무르고 싶은 위황후의 야심은 점점 커져만 갔다.

일이 이렇게 되자 태후가 된 무측천과 시중 배염은 불안한 마음이 생겼다. 중종과 위황후는 정사는 돌보지 않고 사리사욕에 끌려다니고 있었다. 무측천과 배염의 조종으로 중종의 요구가 거절당하는 일이 잦아

승부사 무측천! 천하를 지배하다

지자, 중종은 어느 날 좌우로 신하가 늘어선 조정회의에서 황제로서는 해서 안 되는 발언을 하였다.

"짐은 황제다. 황제가 원한다면 천하라도 나의 장인인 위현정에게 줄 수 있다. 지금 그에게 시중을 맡기려는데 뭐가 그리 잘못되었단 말이냐?"

이 말은 무측천에게 빠르게 전해졌다. 무측천은 중종 이현의 이 말을 믿을 수가 없었다. 황제의 입에서 나오는 말이라고 하기에는 너무나 한심한 말이었다. 이렇게 가다가는 조정의 정사는 물론이고 민심마저 잃을 수 있었다. 무측천은 고명대신 배염을 불러 낮고 차분한 목소리로 말했다.

"천하의 어떤 사람들은 여자가 정치에 종사하면 안 된다 하고, 더욱 조정의 정치는 듣기조차 해서도 안 된다고 하는데, 보다시피 이 나라 조정의 정사를 내가 관여하지 않아도 괜찮겠는가? 만약 내가 속수무책으로 있다면 이 나라의 근본은 어떻게 되겠는가?"

배염은 무능한 중종 이현이나 욕심만 많은 위황후보다는 무측천을 택했다. 지금까지 어떤 황제 못지않게 능숙하게 정사를 처리한 무측천이었다. 위황후에게 휘둘리면서 능력도 없는 위현정에게 시중 자리를 맡기려는 인물이 중종 이현이었다. 배염이 볼 때 중종 이현은 국력을 쇠약하게 만들 황제였다. 배염은 무측천이 한시적으로나마 조정에 나가 정사에 적극 참여하기를 간곡하게 청했고, 마침내 무측천과 배염은 중종 폐위까지 논의하기에 이르렀다.

얼마 후 낙양궁 건원전에서 조회가 열렸다. 중종은 근엄하게 황제 자리에 앉아 문무백관들을 내려다보고 있었다. 완전무장한 어림군(御林軍)이 중요한 장소에 배치되어 긴장감이 흘렀다. 건원전에 부는 긴장된 분위기가 문무백관들을 압도하였지만, 중종은 옥좌에서 이를 전혀 느끼지 못하고 있었다.

잠시 후 배염이 엄숙한 태도로 절을 올린 다음 칙령을 낭독하였다.

"오늘부터 천자를 폐위하고 여릉왕에 봉한다."

그러자 중종이 자리에서 일어나 배염에게 항의했다.

"내게 무슨 죄가 있어 나를 폐위한다는 것이냐?"

이 말에 무측천이 자리에서 일어났다.

"너는 천하를 네 장인 위현정에게 줄 수도 있다고 하였다. 이것이 죄가 아니고 무엇인가?"

무측천이 말을 마치자마자 배염은 성큼성큼 중종 이현 앞으로 걸어가 이현을 옥좌에서 끌어내렸다. 위현정을 비롯한 중종의 측근들은 고개도 들지 못하고 있었다. 중종 이현은 폐위되어 낙양성 별궁에 유폐되었다. 황제가 된지 40여 일밖에 지나지 않은 시점이었다. 무측천은 중종이 황제가 될 인물이 아니고 위황후는 야욕만 앞서 나라보다는 가문의 안위만을 생각하자, 도저히 중종을 그대로 황제에 둘 수 없다고 판단하여 일을 처리한 것이었다.

장안의 대명궁에서 태어난 무측천의 막내아들 예왕 단(旦)은 고종 이치의 여덟째 아들이며 무측천 소생의 막내아들이었다. 이단은 성품이 온화하고 언제나 예의가 바르고 공손했다. 이단은 태자를 거치지 않고

승부사 무측천! 천하를 지배하다

바로 황제가 되었기에 황제 교육을 제대로 받지 못했다. 나이도 어리고 자질도 부족했지만 중종보다는 뛰어난 머리를 가지고 있었고 무측천과의 사이도 원만하였다.

무측천은 태후나 황후가 황제를 대신하여 조서를 내릴 수 있도록 정식으로 법을 개정했다. 그동안 태후나 황후는 황제를 대신하여 보필하는 정도였지만, 이제는 휘장을 걷고 정치를 펼칠 수 있도록 제도를 고친 것이었다. 무측천은 25년이란 짧지 않은 세월 속에서 황제의 직무를 수행하면서도 관료들로부터 대접을 제대로 받지 못하고 있었다. 무측천이 여자라는 이유만으로 반감을 가진 대신들이 많았기 때문이었다. 중국의 오랜 전통인 "암탉이 울면 집안이 망한다."는 소리를 들으며 어린 황제를 보필하고 싶지는 않았다. 남아선호 사상이 뚜렷한 전통사상은 무측천에게 가장 큰 걸림돌이었다.

성공 키워드 2-15

능력을 키우기 위해 노력하라

실력과 상관없이 갑자기 좋은 자리에 오르는 것을 '낙하산' 인사라고 하는데, 낙하산 인사는 조직의 결속을 흔든다. 그러나 낙하산 인사 중에 실력이 있는 경우도 가끔은 있고, 낙하산 인사가 아니라도 상사에게 좋게 보여 고속 승진을 하는 경우도 있다.

그러나 고속 승진을 했다고 해서 금방 우쭐거리거나 아무렇게나 행동을 하면 또 금방 버림을 받는 것이 세상 사는 이치이다. 예를 들어 회사 사장의 조카나 친인척이라 해서 아무렇게나 행동을 하면 결국 사장에게 피해를 주는 셈이 된다. 남에게 기대는 것은 한계가 있다. 오로지 자기를 지킬 수 있는 것은 자기가 정성으로 쌓은 실력이다. 능력없는 중종은 황제에 오른지 40여 일 만에 폐위 당하였다. 기회가 와도 능력이 모자라면 그 기회를 살릴 수가 없다. 내일을 위한 투자는 다른 것에 있지 않다. 늘 깨어 자신의 능력을 재점검하고 능력을 키우기 위해 노력해야 한다.

16. 동지(同志)의 역모

고종 이치가 사망할 무렵 당나라는 홍수와 메뚜기떼의 출몰 등 극심한 자연 재해가 계속되어 경제적 기반이 흔들리고 있었고, 토번이나 돌궐 등의 주변 국가가 침략하여 방어하기에도 급급하였다. 식량 부족이 얼마나 심각했던지 장안에는 시체가 즐비하였고, 인육을 먹는 사람이 많아 인육을 암거래하는 상인들까지 있었다고 한다. 민심이 흉흉한 데다 정치까지 흔들리는 데도 새 황제 중종 이현은 처가의 안위만을 살피느라 분주한 처지였다.

무측천은 중종 이현을 폐위하고 예종을 즉위시켜 무측천 체제를 확고히 하여 나라의 불안을 잠재우려 했다. 고명대신인 배염을 비롯한 관료들도 여자인 무측천이 실권을 장악하는 것을 내심 반기지는 않았으나, 나라의 위기를 일단 수습하고 보자는 마음으로 어쩔 수 없이 지원해 주었다.

무측천은 예종을 즉위시키면서 고종의 장례를 신속하게 치르고 자신의 지배 체제를 확고히 하고자 무씨 5대조로부터 아버지 무사확에 이르기까지 조상들을 모두 왕과 왕비로 추증하였다. 이 처사는 당나라 황실 종친들은 물론이고 관료들의 엄청난 반대를 몰고 왔다. 고명대신 배염은 한나라의 여태후를 예로 들며 "태후의 지위를 나라가 아닌 개인을 위해 쓰시면 안 됩니다. 한나라의 여태후도 자기 친지들을 높여 수많은 피를 부르지 않았습니까?"라며 반대했다. 무측천은 "여태후는 살아있는 여씨에게 권세를 주어 문제를 일으킨 것이다. 나는 죽은 무씨를 높이려는 것인데 안 될 것이 무엇이냐?"며 자신의 뜻을 관철시켰다.

　　그러자 위기감을 느낀 종친들과 보수 관료들은 암암리에 무측천을 몰아내고 새 황제를 세우려는 역모를 감행하였다. 그 중심 인물로 떠오르는 이가 아이러니컬 하게도 무측천의 황후 입조를 도운 이적(서무공)의 손자 서경업이었다. 서경업 자신도 무측천이 황후가 될 무렵 큰 힘을 보탠 공신이었으나, 후에 뇌물사건으로 좌천되어 무측천에게 앙심을 품고 있었다.

　　서경업은 배염 등과 모의하여 태후를 황궁에서 강제로 유폐시키려 하였으나, 무측천이 이를 감지하여 일이 여의치 않게 되자 서경업은 '태후가 중종을 몰아내고 예종을 꼭두각시로 만들어 나라를 위태롭게 하고 있다. 내가 당나라를 원래대로 회복하려 한다.'는 슬로건을 내걸고 낙빈왕, 서경유 등과 거병(684년 9월)을 하였으나 실패로 끝나고 말았다.

　　이 때 낙빈왕이 무측천의 죄를 알리는 격문을 지었는데, 그 일부를 살펴보면 이러했다.

'무측천은 편전에서 황제를 모시다가 동궁에서 태자를 유혹해 부자가 난륜하게 만들었으며, 고종을 유혹하여 황후를 죽이고 그 자리를 차지했다. 또 친언니와 오빠를 죽이고 끝내 고종까지 해하였다.'

이 격문을 본 무측천은 화를 내기는커녕, 격문을 지은 자가 누구냐며 명문이라고 칭찬했다고 한다. 무측천은 낙빈왕 같은 인재를 제대로 보지 못해 반란군에 가담하게 한 것을 아쉬워했다.

지배층의 지지를 받으며 조직적으로 거병한 반란이었기에 재상인 배염은 사태 수습에 미온적이었다. 무측천은 당장 배염을 구속하여 역모죄로 다스린 후, 30만 대군을 보내 반란을 진압하였다.

서경업의 반란사건 이후 무측천은 사람에 대한 의심이 극도로 심해졌다. 반란의 가능성을 늘 염두에 두다 보니 자연 의심이 늘어났고 더 냉혹해졌다. 위험하다 싶은 인물에 대해서는 이유도 묻지 않고 처형을 하는 경우도 많아졌다. 지배력을 공고히 하기 위해 혹독한 공포정치의 막을 올린 것이다.

성공 키워드 2-16

적과 동지를 구별하라

　여인들이 살벌한 생존경쟁에서 살아남기 위해서는 적과 동지를 구별해야 하고, 사람들의 마음을 파악하려고 노력해야 한다. 마음에서 모든 문제가 출발한다. 원인을 알면 결과를 예측할 수 있다. 어제의 동지가 오늘의 적이 되듯 한때는 자신을 황후에 앉히려고 노력한 서경업이 무측천을 죽이고자 반란을 일으켰다. 무측천은 위기 상황을 타개하면서 한층 더 권력을 공고히 해왔다. 권력 가까이에는 항상 권력을 쥐는 자와 권력을 쥐려는 자가 목숨을 걸고 경합을 벌인다.

승부사 무측천! 천하를 지배하다

17. 황제라고 성애(性愛)가 다를까?

　서경업의 난을 평정한 후 무측천은 인재를 수소문해 등용하고, 외척과 혹리를 기용해 자신의 세력을 확장해 나갔다. 그러한 그녀의 탁월한 정치적 책략을 보며 신하들은 무측천을 경외하며 숭배하는 분위기가 조성되었다. 매일 아침 임금을 알현하는 문무백관들의 눈에는 태후의 보좌 앞에 드리운 옅은 자주색 휘장만이 보일 뿐이었다. 그러나 상주를 올릴 때는 비록 자주색 휘장을 사이에 두고는 있었지만 태후를 똑똑히 볼 수가 있었다. 신하들이 정무를 아뢰고 의사(依事)가 끝나면 태후는 보좌에서 일어나 내전으로 들어갔다. 그녀의 뒷모습은 우아했고 가벼운 발걸음은 마치 아름다운 소녀의 자태를 닮아 환갑을 코앞에 둔 여인이라고는 믿겨지지 않았다.

　무측천은 모든 국정을 직접 처리하며 권력을 다졌다. 최고 권력자인 그녀의 고독이 어떠한 것인지 그의 신복들조차도 미루어 짐작할 수 없었다. 언젠가부터 그녀는 불면에 시달리며 뜬눈으로 새벽을 맞는 일이 잦아졌다. 어의가 제조한 수면제를 복용해도 아무런 효과가 없었다. 비서 완아가 곁에서 무측천이 즐기는 아름다운 시문을 읊어주어도 소용이 없었다. 무측천은 갈수록 전에 없던 짜증이 늘어만 갔다. 어의는 송구한 듯 머리를 조아리며, 짐작컨데 음양오행의 이치에 어긋나 생긴 증상이 아닐까하는 소견을 말했다. 무측천은 국정을 돌보는 일에 혼신의 힘을 쏟아부었다. 비록 여인의 몸이었지만 정권을 위해 그녀는 불철주야 온갖 고생을 마다하지 않았다. 어의의 충고는 무측천으로 하여금 황제로서 살아오는 동안 까맣게 잊었던 여자로서의 본능을 되돌아보게 만들었다.

이튿날 천금공주(당 태종의 여동생)는 풍소보(청평도 행군대총괄)라는 인물을 무측천에게 추천했다. 그는 낙양거리를 한가하게 돌아다니던 사내인데, 용모와 체력이 출중했다. 풍소보는 처음으로 무측천을 배알한 그날 밤부터 태후의 총애를 받는 행운아로 거듭났다. 태후는 국사와 연관된 모든 시름을 잊고 젊음과 육체의 매력에 깊이 도취하였다.

무측천은 풍소보에게 설회의라는 이름을 주었는데, 설씨는 당시 유명한 양반 집안의 성씨였다. 풍소보의 미천한 신분을 가려주기 위해서 무측천은 태평공주의 남편인 설소 집안에 그를 편입시켜 주었다. 회의는 법명으로, 사람들은 그 때부터 풍소보 설회의를 '설사' 라고 불렀다.

고종 이치와 함께한 날들 속에서 무측천은 성(性)에 관한 한 무감각했었다. 심지어 성애(性愛)는 인류 생활에서 아이의 생산을 위해 필요한 귀

찮은 행위에 불과하다고 생각했을지도 모른다. 그녀는 평범한 여자와
는 사뭇 다른 길을 걸어왔다. 대부분의 평범한 여인들이 평생을 바쳐 지
키려 노력했던 미덕이 그녀에겐 사소하고 하찮은 것으로 비쳐졌다. 아
버지가 돌아가시고 의지할 곳 없이 드넓은 중국 대륙을 떠돌 때부터 그
녀의 피 속에는 남다른 열정이 각인되었다. 그 열정이 비구니에서 황후,
훗날에는 황제에까지 이르는 밑거름이 되었을 것이다. 그러나 측근의
대신들을 비롯해 만백성들은 그녀를 경외는 했지만 한 여자로서 사랑하
지는 않았다. 그녀도 엄연히 사랑받고 싶은 한 명의 여자였다. 설회의를
만나면서부터 그녀는 또 다른 열정에 사로잡혔다. 그 열정은 이제껏 그
녀가 억눌러왔던 여성성에 있었다.

　무측천은 수시로 연회를 베풀어 설회의를 초대했다. 그에게 거금을
주어 백마사를 짓는 경비로 쓰게 했고, 그를 백마사의 주지로 머물게 했
다. 당시 승려는 궁을 자유롭게 드나들 수 있었으며, 특히 황궁을 출입
할 수 있는 권한이 주어져 있었다. 이 때부터 설회의는 무측천의 침실을
찾아드는 날이 잦아졌고, 설회의와 함께 있는 동안 무측천은 황후가 아
닌 작고 가녀린 한 여인에 지나지 않았다. 그녀의 불면은 자연스럽게 사
라졌고, 나이를 가늠할 수 없는 날씬한 자태와 낭랑한 목소리는 더욱 빛
을 발했다. 무측천은 설회의를 통해 자신 안의 여성을 발견했던 것이다.

성욕을 자연스럽게 표현하라

　역사는 후퇴를 모르고 시대는 끊임없이 변화한다. 시간이
흐를수록 인간은 성욕의 자연스러운 표현을 향해 전진한다.
여성은 성욕을 자연스럽게 밖으로 표출하는 일에 서툴다.
그것은 역사가 은밀하게 조장해온 강압, 혹은 여성 특유의
본성에 근거한다.

18. 남첩의 운명

설회의는 날이 갈수록 북문으로 드나들 때면 남자로서 치욕이 느껴졌다. 과거 자유롭게 행보할 때가 생각나서 더욱 마음이 아팠다. 그리고 자신을 바라보는 사람들의 눈길이 싫었다. 아무리 무측천의 총애를 받는다 해도 설회의는 무측천의 성적 노리개일 뿐이었다. 설회의는 밤 생활에서 무측천에게 만족을 주고 상금을 받으면 그것뿐이었다. 설회의는 무측천의 일개 남첩에 지나지 않았다.

설회의의 허탈감은 자신이 무측천의 성적 노리개 역할에서 벗어날 수 없다는 데서 왔다. 설회의는 남자로서의 자신을 돌아보았다. 차력 시범을 보이며 차라리 약을 팔고 다니던 시절이 그리웠다. 그 때 설회의의 삶은 비록 미천했으나 나름대로 자유가 있었다. 설회의가 발탁되어 처음 무측천을 만났을 때, 그는 무측천을 살아있는 여신으로 생각했었다. 특히 미천한 출신인 자신이 살아있는 여신과 함께하는 것이 꿈만 같았다.

미천한 출신으로 이런 특권을 누린다는 것이 설회의를 몹시 흥분시켰다. 많은 나이에도 젊은이를 초월하는 미모와 피부 탄력의 소유자 무측천이었다. 설회의에게 무측천의 탱탱한 피부는 경이로움 그 자체였다. 그러나 설회의는 매혹적인 무측천의 피부 아래 숨겨진 거대한 세계에 차츰 위압감을 느꼈다. 시간이 흐를수록 설회의는 자기가 처한 현실이 어둡다고 생각했다. 마음의 상처는 그 어둠에서 나왔고, 그 어둠은 점점 설회의를 삼키기 시작했다. 설회의는 무측천과의 잠자리에서 더 이상 '성적 노리개'의 역할도 할 수 없는 지경에 이르렀다. 강장제를 먹어도 무측천의 성욕을 채워줄 수가 없었다.

설회의는 과거의 자유스럽던 생활을 희망했다. 그러나 입 밖으로 그 생각을 내 뱉으면 죽음만이 기다린다는 것을 잘 알고 있었다. 무측천은 나이가 들어도 사람의 변화에 예민하게 반응했다. 설회의의 심리변화를 간파했다. 전보다 잠자리에서 힘을 쓰지 못한다는 것도 잘 알고 있었다. 단순한 정력 감퇴가 원인이 아니라는 것을 무측천은 알았다.

무측천은 심사숙고한 뒤에 설회의에게 할 일을 주기로 했다. 명당 건설의 총감독을 맡겼다. 무측천은 복선을 깔았다. 한 가지는 설회의를 붙들어 두기 위함이었고, 다른 한 가지는 설회의의 미천한 출신 탓이었다. 자유롭게 돌아다니며 저잣거리에서 약을 팔던 설회의였다. 전통사상의 영향을 별로 받지 않는 인물이므로 오히려 명당 건설에 유익하다고 생각했다. 명당 건설은 무측천에게 있어 가장 중요한 일이었다. 설회의를 내세워 명당 건설에 반대하는 고루한 대다수 관리 중 몇 명을 엄하게 다스

승부사 무측천! 천하를 지배하다

릴 생각이었다. 무측천에게 명당 건설은 천명을 받아서 황제가 될 자신을 가장 강력하게 합법화할 수 있는 대단한 공사였다.

무측천은 나날이 회의가 깊어가는 설회의를 불렀다. 설회의에게 명당 건설의 중요성을 교육시켰다. 그리고 설회의에게 명당 건설의 총감독을 맡겼다. 설회의는 기뻐서 어쩔 줄을 몰라했다. 몸에서 기운이 용솟음쳤다. 설회의는 넘치는 기분으로 무측천과 침대에서 밤새 뒹굴었다. 한편 설회의는 이 기회에 재물도 한몫 끌어올 수 있으리라 여겼다. 그리고 자신을 무시했던 몇몇 대신들에게 자신도 큰일을 할 수 있다는 능력을 보여줄 생각이었다. 설회의는 의욕적으로 명당 건설에 뛰어들었다. 용이 물을 만난 격이었다. 설회의는 밤마다 솟구치는 남자의 힘을 무측천의 몸에 쏟아부었다. 무측천이 설회의를 명당 건설의 총감독으로 임명한 것은 일석이조의 효과를 가져왔다. 낮에는 명당 건설의 망치질 소리가 들렸고, 밤에는 설회의가 남자로서 회복하는 소리가 들렸다.

남자의 자존심을 이용하라

　남자는 여자보다 사회성이 강하다. 사회성이 강한 대신 여자가 주인인 집에 오면 어리광을 부리고 싶어 한다. 어리광을 받아주지 않으면 스트레스가 쌓인다. 그러면 남자는 사회성이 떨어지기 시작하고 무능력한 남자로 전락할 우려가 있다. 이럴 때 여자는 남자의 자존심을 발견해야 한다. 남자가 필요로 하는 자존심은 많다. 여자에게 무시당하는 말을 듣고 싶지 않은 경우도 있고, 남자가 하는 말을 여자가 즉각 수용해 주기를 바라는 경우도 있다. 사람에 따라 남자의 자존심을 세워주는 방법을 알아야 한다. 내성적인 사람에게는 맞춰주고, 외향적인 사람과는 같이 놀아주고, 독서를 좋아하면 책을 읽고 대화하면 좋다. 문제는 자존심을 세워주려는 방법과 목적이 분명해야 한다. 필요없이 자존심을 세워주는 경우도 있다. 술을 마시고 들어와서 소리치는 남자의 자존심은 세워줄 필요가 없다.

19. 잔혹한 트리오

　무측천은 설회의의 의부 색원례(페르시아인으로 진사 시험에 합격한 인물)를 옥리로 발탁하여 무측천 정권에 부정적인 정적을 제거하기 시작했는데, 색원례는 황실의 권위에 도전하려는 눈치가 조금이라도 보이는 자가 있으면 즉시 체포했다. 그리고 관련자가 있으면 수백 명이 넘어도 개의치 않고 모두 감옥에 가두었다. 무측천은 수시로 색원례를 불러 보고를 받았다. 무측천은 많은 관리가 공포에 떠는 것을 보며 흡족해 했다. 색원례는 날이 갈수록 더 잔혹해졌다. 소수 민족 출신의 분노와 한을 마음껏 풀어내고 있었다.

　색원례의 부하 중에 래준신이란 자가 있었다. 용모가 준수하고 법에 해박했지만, 태생이 비천했고 성정이 차다찬 얼음장 같은 인물이었다. 래준신은 냉혹한 면에서는 그 누구와도 비교할 수 없는 인물이었다.

　무측천은 래준신을 면접한 뒤 "이런 사람은 현장에 파견하면 크게 쓰임새가 있겠다."라고 생각하였다. 래준신은 무측천 앞에서도 위축됨이 없이 자신의 의견을 말했다. 궁에서 필요한 예법도 어느 정도 알고 있었다. 무측천은 곧바로 래준신을 팔품사형평사로 임명했다. 평사는 피고인을 조사하고 판결서를 작성하며 감옥으로 보낼지 말지를 결정하는 힘을 가진 관리였다. 색원례와 래준신, 그리고 당시 잔혹한 고문으로 이름을 날리고 있던 주흥, 이 3명의 혹리는 역사상 그 누구도 따라올 수 없는 악형으로 세계 잔혹사에 암흑의 빛을 더했을 것이다.

무측천이 기용한 혹리들은 황실의 종친인 이씨 집안을 끈질기게 물고 늘어져 많은 이씨 종실들을 주살하였다. 무측천에게 협조적이지 않은 조정 대신들도 숨을 죽이고 있어야 했다. 일단 혹리들에게 잡혀가면 혹독한 고문으로 없는 죄도 만들어졌고 관계없는 사람들도 연루되었다. 무측천은 혹형을 이용해 반대파를 주살하고 권력을 다져 황제로 가는 발판을 굳혔다.

성공 키워드 2-19

이해 관계를 따져라

무슨 물건이나 그것을 가질 사람은 따로 있기 마련이다. 색원례, 주흥, 래준신은 귀족들에게 한이 많은 피지배층의 최하위에서 사람들에게 핍박을 받으며 살아온 인물들이기에, 무측천이 귀족들을 다룰 기회를 주자 더없이 유능한 옥리로 악명을 떨쳤다. 무측천이 제거하고자 하는 종실이나 귀족 세력과 이해 관계가 얽혀있는 관리를 발탁했다면 원하는 결과를 얻기가 쉽지 않았을 것이다. 피도 눈물도 없는 냉혹한 일을 시키기 위해서 무측천은 그런 인물들을 선택했다.

20. 공포정치

무측천의 공포정치에 많은 관리들은 언제 누가 밀고를 하고 밀고를 당할지 모르기 때문에 날마다 전전긍긍하며 떨었다. 서로 경계를 하는 것만이 살아남는 길이라는 생각이 팽배했다.

관례에 따르면 관리는 날이 밝기 전에 조정에 들어와야 했다. 그런데 조정에 한 번 나가면 집으로 돌아오지 않는 관리들이 많아지면서 가족들은 불안에 떨어야 했다. 사람들에게 행방을 물어 보아도 서로 연루가 될까봐 말해주지 않았다. 심지어 수소문을 해서 알았을 때에는 벌써 처형을 당한 경우가 많았다. 어느 시대나 공포정치는 공개보다 비밀이 많다. 여기서 비밀이란 비밀리에 사람을 잡아가두는 것을 말한다. 그렇게 해서 신속한 처형이 이루어졌다.

조정의 관리들은 이제 아침에 조정에 나가면서 가족들과 결별의 준비를 해야 했다. 그리고 조정에 도착해서는 공무 외에 다른 말은 한 마디도

하지 않았다. 그래도 언제 사형장에서 처형될지 몰랐다. 날마다 숨막히는 상황이 연출되었다. 조정의 관리들은 일보다는 목숨을 지키는 처세에 집중했다. 그렇기 때문에 조정에 쌓인 많은 일들이 제대로 처리되지 않았다. 다만, 무측천이 시키는 일만 꼭두각시처럼 신속하게 진행되었다. 조정의 신하 중 그 누구도 밀고에서 자유롭지 않았다. 밀고를 두려워하여 서로를 의심하는 분위기는 정신을 흐려 놓았다.

좌대어사 주구(周矩)는 조정의 분위기가 위험한 수위에 이르렀다고 판단하고, 무측천에게 죽임을 당하더라도 상소를 올리기로 결심했다. 주구는 가족들에게 결별을 통보한 후 상소를 쓰기 시작했다. 이제 주구의 목숨은 상소문을 읽은 무측천의 반응에 달려 있었다.

주구는 먼저 포악한 관리가 도를 넘어서는 폭행과 형벌을 저지르는 잘못을 지적했다. 죄 없는 대부분의 사람들이 공포와 고문에 견딜 수 없어 없는 죄를 허위 자백하는 참상을 고발했다. 그리고 문무백관들이 서로를 의심하는 분위기가 정무를 망친다고 올렸다. 정무를 올바르게 처리하려면 이유없이 서로를 의심하는 분위기가 사라져야 한다고 주장했다. 주구는 역사의 실례도 인용했다.

"고대 주나라는 인정(仁政)으로 번영했고 진나라는 공포정치로 멸망하였습니다."

주구는 이를 통하여 무측천의 생각이 조금이라도 바뀌기를 간절하게 바랐다.

주구가 상소문을 올리자 뒤이어 진자앙도 상소문을 올렸다. 상소문의 내용은 주구와 크게 다르지 않았다. 진자앙은 사천 태생의 시인으로, 진자앙은 평소 침울한 시를 많이 지었었다. 그러나 상소문은 격정적이었다. 폐하지인덕(陛下之仁德)을 말했다. 인덕을 막는 것은 결국 세상을 망치는 것과 같다는 말이었다. 포악해진 대부분의 관리에 대해 엄격함을 적용하고, 인덕을 베풀 수 있게 살펴달라는 상소문이었다.

　무측천에게 '대권을 황제에게 돌려줘야 한다.'든가 '태후는 이미 늙었다.'는 말만 빼고 상소문을 올리면 무측천은 냉철하고 객관적으로 읽었다. 그리고 여러 사건을 공명정대하게 조사하도록 지시했다. 그러면서도 무측천은 공포정치의 효과를 능가하는 다른 가능성은 의도적으로 차단했다. 그렇게 해야 나머지 관리들을 통제하기 쉽다는 것을 잘 알고 있었기 때문이었다. 물론 민란의 가능성도 생각하고 있었다. 그래서 관리들끼리 서로 의심하게 만들었다. 귀족들이 백성들을 괴롭히는 것을 막는 무측천의 뜻도 숨어 있었다. 공포정치의 가장 큰 효과는 연계를 막아주는 방패 역할이었다. 서로가 의심하면 절대로 뭉칠 수 없다는 것을 알고 있기 때문이었다. 무측천이 노린 것은 바로 그 뭉침의 방지였다.

성공 키워드 2-20

이기심에는 이기심으로 상대하라

지혜로운 여자는 이기적인 상대에게 거울 역할을 해야 한다. 이기심은 다른 이기심을 만났을 때 깨닫게 된다. 일부러 이기적인 모습을 보여 상대의 이기심을 일깨우도록 하여야 한다. 사람의 가장 큰 약점은 이기적인 면에서 나온다. 이기심은 자기를 위하여 타인에게 피해를 줄 수도 있다. 그러나 이기심은 순간의 이익을 줄 수는 있으나, 마음의 여유가 없어 타인을 잘 볼 수가 없다. 타인의 눈에 비친 자신만 볼 뿐이다. 그래서 이기적인 사람의 마음의 문은 닫혀 있다.

21. 황족들의 반란

　무측천은 일부 황족들에게 제일 높은 관직인 삼공삼사를 주었다. 그러나 지위가 높다고는 하지만 실제로는 아무런 권한도 없었다. 표면적으로 일부 황족에게 차린 예의였다. 그리고 모두 지방의 자사로 남게 하였다. 일부 황족들이 조정에 남아 세력을 형성하는 것을 방지하기 위한 것이었다. 이씨 황족들은 서로 연계했다. 언제 무슨 일이 생길까 두렵기만 했다. 살아남기 위해서 서로 끈끈한 관계를 맺을 필요를 느낀 것이었다. 그리고 '대권탈취'라는 누명을 쓰더라도 무측천을 없애고 싶어 했다. 그것이 황족 자신들의 안전을 확보할 수 있는 유일한 길이라고 여겼다.

　4년이란 세월이 흘렀다. 별다른 풍파없이 흘러간 시간이었다. 그러나 한왕 등의 이씨 황족들은 무측천과의 큰 싸움을 눈앞에 두고 있었다. 황족들의 운명은 몰리는 토끼 떼와 같았다. 앞에는 호랑이가 버티고 있고 뒤에는 이리 떼가 으르렁거리고 있었다.

승부사 무측천! 천하를 지배하다

어차피 죽을 처지인데 무엇 때문에 일어서서 싸우지 않는 것인가? 한 왕의 장자 이찬(李璥)은 비록 나이가 50세였지만, 젊은이처럼 결연한 투쟁의지를 가지고 있었다.

이찬은 시간이 없어 부왕을 비롯한 일부 황족들은 공동 투쟁을 할 수 없을 것이라 생각하여 도와줄 사람을 찾아 예종의 도장을 위조하게 했다. 그리고 "짐은 감금되어 있으니 즉각 파병하여 짐을 구하라."라는 위조된 조서를 만들었다. 이찬은 월왕 이정의 장자이며 박주의 자사인 낭야왕 이충에게 이 가짜 조서를 보냈다. 이충은 위조된 조서를 받아본 뒤 금세 이찬의 의도를 알아차렸다. 이충도 급히 예종의 도장과 조서를 위조하였다. 이충은 5천여 병사를 모집하여, 직접 군사를 거느리고 황하를 건너 자사로 있었던 제주를 점령하려고 하다가, 박수의 무주를 먼저 공격하는 것이 유리하다는 판단을 내렸다.

"고기 떼가 끝내 저절로 그물에 걸려들었군."

반란 소식을 듣고도 무측천은 여유로웠다. 아무런 흔들림도 없이 심복인 좌금오에게 청평도 행군을 총괄하여 반군을 징벌하라는 명을 내렸다. 그러나 이씨 황족들은 이충이 군대를 일으켰다는 소식을 듣고서도 제왕 중 어느 누구도 군대를 원조하려고 하지 않았다. 결국 사전 준비가 치밀하지 못한 이충은 패배를 당하고, 문을 지키고 있던 한 농부에게 맞아 죽었다. 거병을 한 기개에 비하면 참으로 허무한 최후였다.

이충을 죽인 농부의 이름은 맹청이라 했다. 무측천은 맹청(孟靑)을 과감하게 장군으로 발탁했다. 농부로서 이충을 때려죽인 용기를 높이 산

것이었다. 무측천만의 용병술이기도 했다.

그러나 이충의 부친 월왕 이정은 아들의 비참한 죽음을 알지 못한 채, 밤낮으로 핏발선 눈을 뜨고 군대를 모으고 군량미를 비축했다. 그리고 무측천을 상대로 목숨을 건 전쟁을 준비하기로 결심을 굳혔다.

무측천은 월왕 이정이 군대를 일으켰다는 소식이 들리자 좌표도 대장군 국숭유를 중군대총관, 하관상서 잠장천을 후군대총관, 봉각시랑 장광보를 제군절도로 삼아 10만 병력을 이끌고 가서 정벌케 했다.

그러나 이씨 황족들 가운데는 무측천을 상대할만한 인물이 단 한 명도 없다는 것이 비극이었다. 그리고 전략 면에서도 서로 연락을 신속하게 취하기에는 예종과 이씨 황족들 간의 거리가 너무 멀었다. 그러므로 서로 연계가 쉽지 않아 결단을 필요로 할 때 갈팡질팡하기 일쑤였다. 가장 치명적인 것은 역시 전쟁을 바라보는 시각과 자세였다. 겁이 많은 이씨 황족들은 속전속결로 끝내야 할 전쟁에서 '신중론'을 펼쳤다. 결단이 늦을수록 이씨 황족의 군대는 사기가 떨어졌다. 무측천은 벌써 이씨 황족들의 이런 나약함을 염두에 두고 있었던 것이다. 이씨 황족들이 불필요한 '신중론'으로 전력을 낭비하는 사이 무측천의 군대는 이씨 황족들을 여지없이 토벌했다.

월왕 이정은 제대로 싸워보지도 못하고 도망갈 궁리를 하다가 부하의 충고를 듣고 고문이 무서워 음독자살을 하였으나, 낙양의 성문에 머리가 걸렸다. 사전준비 부족이 자초한 죽음이었다.

성공 키워드 2-21

일의 감정은 논리 뒤에 있어야 한다

화는 준비없이 내는 것이어서 아무래도 실수가 많다. 여자가 의도적으로 남자를 화나게 하면 이성을 잃은 남자는 앞뒤를 가리지 않는다. 그리고 마음껏 화를 내면 곧 지치기 시작한다. 이럴 때 여자의 말 한 마디가 남자를 꼼짝할 수 없게 만든다. 남자가 화를 냈다고 해서 두려워 할 필요는 없다. 냉정을 잃지 말고 남자의 언행을 지켜보면 된다. 남자가 화를 낸다고 해서 같이 휩쓸려 화를 화로 갚는다면 헤어지는 비극을 감수해야 한다. 기쁨은 같이 맞장구를 치면 좋지만 화는 같이 맞장구를 치는 순간 폭발이 일어난다. 화는 항상 한쪽 편만 내도록 해야 한다. 성날 노(怒)와 패할 패(敗)는 서로 얽혀 있다.

어떤 일이든 감정은 논리 뒤에 있어야 한다.

225

참극

22. 한 발 물러서서 동정을 살피다

　무측천은 감찰어사 소향을 시켜 월왕 이정 부자의 반란을 조사하게 하였다. 소향은 반란에 관련된 사람들을 잡아들여 심문하였으나, 무측천이 바라는 무자비한 신문을 할 수 있는 인물이 아니었다. 그러다 무측천은 악독하기로 천하에 견줄 자가 없는 주흥을 파견하였다.

　무측천은 적재적소에 사람을 배치하는 천부적 감각의 소유자였다. 주흥은 무측천의 가려운 곳을 시원하게 긁어 주었다. 한왕 이원가, 노왕 이영기, 황국공 이선과 상락공주까지 역도로 몰아 잡아왔다. 그리고 특수 제작한 무서운 형구 몇 가지를 이용하여 심문을 시작했다. 대형 항쇄 같은 형구는 목에 씌우는 칼로 잘못 움직이면 목이 베어졌다. 잡혀온 이씨 황족들은 모두 주흥의 고문과 굴욕을 이겨낼 수 없어 자결하였다. 무측천은 죄가 드러난 황족은 성을 이씨에서 '훼씨'로 바꾸어 버렸다. 치욕이 아닐 수 없었다. 중국 역사에서 체계적인 고문 기술의 발단은 무측천 때 집약적으로 이루어졌다고 볼 수 있다.

남아 있는 황족 가운데 무측천의 첫번째 목표는 신주(申州) 자사로 가 있는 동완공 이융(李融)이었다. 이융은 어려서부터 무예로 이름을 떨쳤던 인물로, 이찬과 월왕 이정 등이 반란을 공모할 때 동맹서약을 맺었던 인물이었다. 그러나 이융은 병을 핑계로 도와줄 수 없다면서 월왕 이정과의 맹약을 깨고 말았다.

월왕 이정이 음독자살을 한 뒤 혹리가 여러 차례 이융을 심문하였지만, 이융은 월왕 이정과 있었던 일 가운데 동맹서약만 빼고 모두 말을 하며, 절대로 반란에 가담하지 않았음을 거듭 강조했다. 사실이었다. 이융은 비참하게나마 살고 싶었다.

무측천은 이에 칭찬과 격려의 의미로 이융에게 우찬선대부(右贊善大夫)라는 벼슬을 내렸는데, 우찬선대부는 동궁에서 전령, 진언, 예법에 관한 사항을 주관하는 일이었다.

이융은 벼슬까지 얻고 나자, 반란에 가담하지 않는 자신을 기특하게 생각했다. 그러나 무측천의 생각은 먼 데 있었다. 무측천은 겉으로는 이융을 믿는 척했다. 그리고 사람을 시켜 이융의 죄목을 사소한 것이라도 놓치지 말고 모으도록 지시했다. 결국 어떤 사람의 밀고에 의해서 이융이 월왕 이정과 동맹서약을 맺었던 사실이 밝혀졌다. 이융은 무측천의 계획대로 감옥에 잡혀갔다. 이융의 죄는 크게 두 가지였다. 첫째는 반역 모의를 알고 있으면서도 보고하지 않은 죄였다. 그리고 둘째는 반역자와 동맹서약까지 맺은 것이었는데, 이 사실 한 가지만으로도 이융은 처형을 면할 길이 없었다.

무예는 뛰어났으나 나약한 의지력을 가진 이융은 백성들의 비웃음 속에 처형되었다.

이 반란사건에 무측천의 딸 태평공주의 남편 설소정도 연루되었다. 설소정은 태평공주의 남편이어서 사형은 면했으나, 대신 벌로 곤장 100대를 맞았다. 나약한 설소정은 초죽음이 되어 감옥에 갇혔는데, 매 맞은 상처가 심각해서 밥조차 먹지 못하고 시름시름 앓다가 감옥에서 굶어 죽었다. 태평공주의 남편이자 무측천의 사위인 설소정의 죽음은 너무나 비참하였다. 그러나 민심은 나약한 자에게는 동정보다 비난을 더 많이 퍼부었다. 설소정의 죽음 뒤에는 무측천의 냉정한 계산이 깔려 있었다. 무측천은 의도적으로 설소정을 곧바로 처형하지 않았다. 곧바로 처형하면 공주의 체면에 손상이 갈 수도 있기 때문이었다. 그래서 곤장 100대로 다스렸던 것인데, 이는 조용한 죽음을 유도하기 위해서였다.

청주자사 원제도 월왕 이정과 공모했었는데, 원제의 성급한 판단은 자신뿐만 아니라 가족에게까지 씻을 수 없는 상처를 주었다.

월왕 이정 부자의 반란은 허무한 결과만 안은 채 실패로 돌아갔다. 원제는 자신의 성급함을 뼈저리게 후회했다. 무측천은 원제를 처형하는 대신 유배를 보냈다. 그러나 원제는 유배 도중 갑작스런 죽음을 맞았다. 무측천은 화근을 없앤다는 명목으로 원제의 장자도 처형했다. 철저하고 무서운 응징이었다.

무측천은 이씨 황족들을 차례로 처형하면서 백성들의 마음을 살피는 것도 잊지 않았다. 그래서 이씨 황족과 관련된 관리들만 골라서 처형하고, 신분이 일반 백성으로 드러나면 목숨을 살려주는 아량을 베풀었다. 민심의 이반을 막으려는 치밀한 계획이었다. 그러나 이씨 황족들과 조정 대신들 가운데는 무측천에 대한 반감이 여전히 불씨로 남아 있었다. 그러나 무측천은 그 불씨를 지켜보면서도 서두르지 않았다.

무측천은 월왕 이정 부자의 반란과 직접적인 관련이 없는 이씨 황족들은 다음 기회에 처형하리라 마음 먹었다. 한꺼번에 처형을 하면 민심이 떠날 수도 있다는 우려 때문이었다.

한 발 물러서서 상황을 보고 판단하라

약한 자도 궁지에 몰리면 강적을 해친다. 쥐도 궁지에 몰리면 고양이에게 덤벼드는 법이다. 독기를 품은 상대는 지위고하를 막론하고 제압하기가 어려운 것이 사실이다. 나아가야 할 때 주저하는 이는 성공할 수 없고, 물러설 줄 모르는 이는 적을 피하기 어렵다.

한 발 물러서서 시대를 관망하고 예측하여 어려움을 피하는 지혜가 성공을 위한 지름길이다.

23. 이씨 황족들을 혹독하게 처단하다

　무측천은 이씨 황족들에 대해 두번째 숙청을 준비하였다. 포악한 관리 중 한 명인 후사지는 10명의 부하들을 이끌고 택왕 상금과 허왕 소절이 연금되어 있는 곳으로 갔다. 그리고 두 사람을 낙양으로 압송하였다. 그러나 후사지는 이씨 황족 두 사람 중 한 명을 낙양 이남 용문에 이르렀을 때 교살했다. 교살된 이씨 황족은 허왕 소절로 그 때 나이 43세였으며, 자식이 열세 명이었는데 나이가 많은 아홉명은 혹사를 당하다가 죽었고, 그 외는 영남 뇌주라는 곳으로 유배되었다.

　나머지 한 명인 택왕 상금은 낙양에 도착하여 어사대 감옥에 투옥되었다. 무측천은 고의로 허왕 소절이 압송 도중에 살해되었다는 것을 택왕 상금의 귀에 들어가게 했다. 택왕 상금은 너 참지 못하고, 끝내 감옥에서 자살하고 말았다. 택왕 상금에게는 자식이 여섯 있었는데, 모두 다 온주로 유배되었지만 환경에 적응하지 못하고 질병을 앓다가 차례로 죽었다.

다만 서자인 한 아이만이 유모가 데려갔기에 불행을 피할 수 있었다.

택왕 상금과 허왕 소절의 첩과 미혼인 딸들은 대부분 액정궁의 궁녀나 노비가 되었다가 태감이나 다른 궁녀들의 냉혹한 학대를 견디지 못하고 자살하거나 질병으로 죽고 말았다.

숙청을 당한 사람들 중에는 이씨 황족들뿐만 아니라 황족의 외가와 다른 친척들도 포함되어 있었다. 이씨 황족의 권리를 회복하려는 의도가 조금이라도 있으면 당사자와 그 가족까지도 숙청의 대상이 되었던 것이다.

이렇게 이씨 황족들은 대부분 목숨을 잃었다. 그런데 황족의 자손으로 유일하게 살아남은 한 사람이 있었는데, 그는 모든 풍파에 비켜 서서 아직도 높은 지위에 앉아 있는 이인(李仁)이었다. 태종의 셋째 아들로 장손무기의 계략에 죽은 오왕 이각의 장남이었는데, 이인은 이씨 황족의 자손인 관계로 무측천의 감시가 철저했다.

그리고 황족의 공주들은 모두 사약을 받거나 질병에 시달려도 제대로 된 치료도 받지 못하고 죽어갔다. 오직 무측천에게 설회의를 바친 천금 공주만이 무측천의 양녀가 되어 무사했는데, 그녀는 죽는 날까지 무측천의 총애를 받으며 부귀영화를 누린 유일한 이씨 황족이었다.

성공 키워드 2-23

라이벌의 강점과 약점을 파악하라

공을 위해서는 라이벌의 강점과 약점을 눈여겨보아야 한다. 강점은 아무리 공략해도 쉽게 무너지지 않는다. 여인들이 남자의 마음을 얻고 싶을 때도 마찬가지이다. 남자의 마음이 흔들리는 틈을 노려야 한다.

남자들이 연대하여 굳건히 뭉치기 전에 무측천은 재빨리 반란 세력을 섬멸하였다. 빈 틈을 보인 이씨 황족들은 자멸했다. 이씨 황족들의 가장 큰 약점은 흩어져 있다는 것이었다. 무측천은 그 점을 간과하지 않고 반란을 효과적으로 제압하였으며, 다시 일어설 수 없을 정도로 이씨 황족들을 혹독하게 처단했다.

24. 신비한 미소

무측천은 무승사를 선택하여 아버지 무사확의 양자로 삼아 대를 잇게 하였는데, 어느 날 무승사의 심복 당동태가 낙수(강 이름)에서 상서로운 돌을 주웠다면서 무측천에게 바쳤다.

그 돌에는 '여자가 황제의 자리에 앉아야 왕조가 오래 빛난다(聖母臨人永昌帝業).'란 여덟 글자가 새겨져 있었다. 무측천은 돌을 유심히 뜯어보고 석공이 글자를 교묘하게 파낸 것임을 금세 알아차렸지만, 전혀 내색하지 않고 기쁘게 받아들였다. 무측천에게 그것이 진짜인지 가짜인지는 중요하지 않았다. 여덟 글자의 내용이 마음에 들었다.

무측천은 예종이 황위에 오르고 난 후 황제가 되고자 하는 야심을 점차 가지게 되었는데, 중국 역사상 전례가 없는 일이었으므로 여황제로 등극하는 데 필요한 사상이나 도덕적 기반이 취약했다. 정통성은 권력을 쥐었다고 해서 따라오는 것이 아니다. 최대한 잡음을 줄이고 자연스럽게 황위에 오르기 위해 황제의 소명을 하늘로부터 받은 것처럼 꾸며야 했다. 이 돌의 쓰임새는 여기에 있었다. 무측천은 이 돌을 '보도(寶圖: 신성한 그림)'라 명명한 후 돌을 발견한 낙수에 가서 직접 참배하고 비석까지 세웠으며(688년), 돌을 바친 당동태를 유격장군으로 승진시켰다.

무측천이 낙수를 참배한 날은 12월 25일이었다. 눈이 내린 다음 날로 청명한 날씨였다. 동이 트기 시작하자 예종과 그의 10살 난 태자를 비롯하여 문무백관과 비빈들, 궁녀와 환관들, 각국 사신과 군사 등 수백 명이 무측천의 어가를 따라 낙수제를 지낼 제단으로 향했다.

화려한 어가의 행렬이 제단인 배낙단에 도착하였다. 무측천은 여러 궁녀들의 시중을 받으며 서서히 배낙단에 올랐는데, 무측천의 모습은 아침 햇빛 속에서 마치 서왕모(西王母: 중국의 고대 선녀)를 연상시켰다. 무측천은 평소의 위엄을 버리고 이 날은 신비한 분위기를 연출하였다.

의식의 총지휘는 무승사가 했다. 무측천은 누대에 올라서서 누대 아래의 황족과 많은 문무백관들을 내려다보며, 서왕모처럼 신비한 미소를 보였다. 드디어 무측천이 바라는 날이 지금 눈앞에 펼쳐지고 있었다. 그동안 숱하게 싸웠던 나날들이 주마등처럼 스쳐 지나갔다. 무측천의 가슴은 결국 천하를 담았다.

성공 키워드 2-24

말을 아껴 자기만의 신비함을 가져라

남자를 유혹하는 여성의 기교와 책략 중에 신비주의 전략이 있다. 여인의 신비감은 남자들의 호기심과 정복욕을 자극한다. 남자들은 늘 여인의 신비로운 유혹에 어쩔 수 없이 말려든다. 여인이 마치 감춘 보물을 한 개씩 꺼내듯 마음을 조금씩 열어주면 남자는 보물 찾기에 열중하느라 스스로 제어가 된다.

사람들은 신비함에 대하여 알 수 없는 갈망과 숭배를 한다. 신비주의는 날마다 뜨는 해와 밤마다 떠오르는 달과 같다. 늘 있는데도 전부 알 수 없는 법이다.

사람의 마음도 그렇다. 하고 싶은 말을 다 하면 사람은 가난해진다. 말을 아껴 자기만의 신비함을 갖는 것도 좋다.

승부사 무측천! 천하를 지배하다

25. 가슴에 천하를 담다

명당 건설을 지휘한 설회의는 성공적으로 공정을 마쳤다. 낙수 참배 의식을 마친 무측천은 명당으로 돌아와 여러 대신들로부터 황제의 조배를 받았다.

기록에 따르면 명당은 누각 형태의 건축물이었는데, 규모가 장대하고 화려하게 지어졌다고 한다. 낙수의식에 맞추어 공사를 마무리 짓고 하늘의 뜻을 받드는 장소라 명명했다. 무측천은 이 명당에서 하늘과 뜻이 통하는 천자로 보이고자 했다.

명당을 거대하게 지어놓고 무측천은 황제와 종실과 대신들을 불러모아 모두 자신에게 머리를 숙이게 만들었다. 이씨 황족들은 불참하면 태후의 권위에 도전하는 것으로 비쳐질까 두려워 빠짐없이 참석했다. 하지만 아무도 무측천에게 감히 말조차 꺼낼 수가 없었다. 낙수의식과 명당 건립은 무측천이 황위에 오르기 위한 정서적 공표라고 볼 수 있었다.

무측천은 또 불교 경전을 이용하여 황제의 즉위를 정당화하려 했다. 무측천은 자신이 불교신자였고 무측천의 아들 중 셋째 이현은 수호자로 알려진 당나라 현장 법사의 제자이기도 했다. 대부분의 당나라 백성들은 불교를 종교로 받아들이고 있었다. 당나라 초기에 태종 등의 지배층이 노자사상을 도입하기도 하였으나 압도적으로 불교신자가 많았다. 무측천은 대부분의 사람들이 믿고 있는 불교의 경전에서 여성이 왕이 된다는 내용을 찾아내었다. 즉, 불교 경전 중 「대운경」에는 '천녀가 태어나 나라를 지배할 것'이라는 문구가 있는데, 무측천은 이를 알려 여성이 황제가 되는 것이 당연하다는 논리를 펴면서, 불경에 전해지는 천녀를 자신과 동일시하도록 여론몰이를 하였으며, 설회의 주관으로 이 「대운경」 4권을 편찬하여 이를 널리 알리는 데 주력하였다.

반대세력을 없애고 영험한 몇 가지 사건과 정당성을 확보할 수 있는 문헌을 토대로 무측천은 황제 즉위의 수순을 차례로 밟고 있었다.

승부사 무측천! 천하를 지배하다

성공 키워드 2-25

경외심을 불러 일으켜라

사랑을 구하는 여성은 남자에게 고결하게 보이려고 노력해야 한다. 천박한 행동과 얕은 지혜로는 남자의 마음을 얻을 수가 없다. 남자도 마찬가지이다.

위대한 황제로 칭송받은 태종도 명당을 건립하여 제를 올리고 싶어 하였으나 그것은 그의 꿈에 불과했다. 무측천은 태종뿐만 아니라 대부분의 남자 황제들이 꿈꾼 명당 건립을 현실로 이루어내었다. 명당 건립과 낙수 참배의식, 각종 문헌, 종교 등을 이용하여 '하늘에서 내란 천자 무측천'이라는 외경스러운 힘을 얻었다. 백성들은 무측천이 천상에서 내려왔다고 신격화하여 천자로 등극하는 것을 당연시 여겼다.

이렇게 사람들이 가지는 경외심을 이용하면 잔 기술이 난무하는 정치수단을 쓰는 것보다 몇 배의 효과를 얻을 수가 있다. 무측천은 인간의 고상한 기질과 성품을 보여주는 것으로 경외심을 불러 일으켰다.

제 3 편

야망의 여심

1. 천자(天子)가 되다

690년 9월 9일, 당나라 낙양의 가을은 절정으로 치닫고 있었다. 드높은 하늘과 청명한 날씨가 황궁을 찬란하게 비추고 있었다.

끊임없는 정적 제거와 명당 건립, 낙수의식을 통하여 여론 형성을 지속한 결과 당나라 전역에 걸쳐 무측천이 황제로 등극해야 한다는 분위기가 팽배했다. 전국 각지에서 무측천의 황제 등극을 청원하는 소리가 이어졌다. 주도면밀한 진행 속에서 무측천은 하늘에서 내려온 신과 같은 존재로 부상되었고, 이제 황제 등극의 걸림돌은 더 이상 없었다.

무측천은 낙양 황궁에서 이씨 황조의 당나라를 폐하고, 무씨 황조의 주나라를 세워 황제에 즉위했다.

무측천이 나라 이름을 주(周)라고 한 것은 주나라가 백성들이 생각하는 이상국가였기 때문이었다. 주나라를 내세워 당나라보다 더 잘 사는 시대가 될 것이라는 홍보효과를 노린 것이었다. 또 주나라 평왕의 아들

승부사 무측천! 천하를 지배하다

이 손바닥에 무(武)라는 글자를 쥐고 태어나 무씨를 성으로 받았다는 기록이 있는데, 무측천은 주나라 무씨를 상기시키며 자신이 주나라 황제의 후손이라는 또 하나의 명분을 세운 것이었다.

예종은 폐위되었으나 성을 무씨로 바꾸고 황태자의 위치로 황궁에 머물렀다. 무측천이 즉위한 그날, 예종은 태후에게 황제에 오를 것을 세 차례 간청한 뒤, 이미 준비해 두었던 조서를 읽었다.

"태후께서는 30여 년 간 덕으로 나라를 다스렸습니다. 짐은 진심으로 태후에게 간청하오니 백성의 요구를 받아들여 천자의 자리에 오르시기를 바랍니다."

예종의 조서 읽기가 끝나자 무측천은 예종을 향해 절을 올린 다음 말했다.

"만민의 뜻이 하늘의 뜻이오니, 만약 오늘 만민의 뜻을 받아들이지 않고 또 거절한다면 반드시 하늘의 질책을 면치 못할 것이오. 오늘 황제께서 친히 내린 조서에 따라 천하 만민을 위해 천명을 받아들이겠나이다."

무측천의 목소리는 자신감이 넘쳤다. 황제 자리를 넘겨받는 일련의 의식이 끝났다. 예종은 권좌에 물러나 무측천에게 삼 배를 올려 신하로서의 예를 표현했다. 이로써 당나라가 무씨에게 멸망당하고, 여성이 황제가 된다는 비기가 실현된 것이다.

성공 키워드 3-1

부드러움을 무기로 사용하라

무측천이 처음과 끝을 한결같이 강경책으로 일관했다면, 더 많은 피를 부르고 백성들의 생업도 지장을 받았을 것이다. 백성들은 지배층의 피의 다툼보다는 자신들을 생각해주는 어진 황제를 원했다.

무측천은 부드러움을 병장기처럼 다루어 백성 위주의 정책을 지속적으로 펼쳐 많은 신망을 받고 있었다.

국호를 주나라로 한 것을 보면 무측천이 단순히 권력을 쟁취하거나 자신의 안위를 위해 황제가 된 것만이 아니고, 백성을 위한 이상국가를 건설하겠다는 신념이 엿보인다.

2. 악역의 효율성

　무측천은 페르시아 사람으로 중국에 귀화한 색원례를 발탁하여 수단과 방법을 가리지 않고 죄인들을 고문하는 잔혹한 혹리로 만들었다. 색원례가 눈을 부릅뜨면 조정의 신하 대부분이 벌벌 떨었다. 「구당서」에서는 색원례가 잔인하기로는 호랑이와 늑대같았다고 평가했다. 무측천은 색원례뿐 아나라 래준신, 주흥 등 중국 역사에 다시 없는 혹리들을 기용하여 정치에 이용했다.

　그러나 이들 혹리는 무측천이 황위에 오른 다음 곧 버림을 받게 된다. 황위에 등극하여 모든 정권을 장악한 무측천은 남아있는 관료들과 이씨 황족들을 토닥여줄 시기가 왔음을 깨달았다. 공포정치보다는 안정적인 온건정책으로 그동안의 반목을 끌어안을 때라고 판단한 무측천은 이제 '혹리'로 지칭되는 원성이 높은 관리들을 숙청하기 시작했다. 마치 피의 보상을 해주듯이 관리들이 혹리에게 당했던 방법 그대로였다. 밀고에

의한 구속, 이어지는 자백 강요, 그리고 잔혹한 고문을 통해 죄를 인정하면 사형을 내리는 방식이었다.

무측천은 먼저 래준신을 불렀다. 래준신과 주홍은 꽤 가까운 사이였는데, 무측천은 래준신에게 주홍이 모반을 준비한다는 밀고가 있으니 이를 밝혀 내라고 지시하였다. 그러자 래준신은 주홍을 변호하기는커녕 일말의 주저도 없이 분부를 받들고 나왔다. 여기서 중국 잔혹사의 유명한 일화가 시작된다.

래준신은 평소 절친한 주홍을 불러 식사를 함께하며 물었다.

"모반을 준비한 죄인이 있는데, 그 죄를 인정하지 않소. 어쩌면 좋겠소?"

"뭐 그런 일에 신경을 씁니까? 항아리에 불을 지펴놓고 자백을 하지 않으면 넣어버리겠다고 하시오."

주홍의 대답이 끝나자 래준신은 항아리 고문을 준비하게 했다. 그리고 주홍에게 천연덕스럽게 말하였다.

"이 항아리에 좀 들어가시오."

이런 방식으로 무측천은 유명한 혹리 색원래, 구신적, 주홍, 부유예 등을 제거했다. 이들 혹리가 잔혹하게 죽는 것을 본 관료들은 박수를 치며 환영했다. 무측천은 마치 문무백관들의 오랜 원한을 풀어라도 주는 듯이 혹리들을 제거했다. 이후에도 포악한 관리로 지목당하면 곧바로 처형하였는데, 이런 과정에서 자살한 관리도 4명이나 되었다.

그러나 무측천은 포악한 관리 가운데서 래준신만은 남겨 두었다. 래

승부사 무측천! 천하를 지배하다

준신은 갈수록 잔혹해졌다. 래준신은 대장군 장건욱이 내시 범운선과 반역을 모의했다고 탄핵하여 감옥에 가두었다. 래준식이 장건욱을 심문할 때 아주 혹독한 고문으로 자백을 강요했다. 그러나 군인정신이 투철한 장건욱은 이에 따르지 않았다. 장건욱이 혹형에 못이겨 죽었을 때, 그 시체는 갈가리 찢겨져 눈을 뜨고 볼 수 없을 만큼 끔찍했다고 한다.

내시 범운선도 가혹한 형벌 끝에 숨이 끊어질 위기에 처했다. 그러나 범운선이 끝까지 무죄를 고집하자, 래준신은 옥사를 시켜 범운선의 혀를 잘랐다. 범운선도 감옥에서 죽음을 맞았다.

래준신의 잔혹함은 점점 퍼져 조정의 문무백관들은 물론 낙양의 백성들까지도 그의 잔혹함에 벌벌 떨었다. 그러나 아무도 나서서 이를 고하는 이가 없었다.

래준신은 또 기주자사 원홍사가 반역의 뜻을 품고 있다고 탄핵하여, 원홍사는 투옥한 후 아무런 절차도 없이 바로 사형에 처했다.

무측천은 이러한 래준신의 모든 행위에 대해서 잘 알고 있었다. 래준신이 죄없는 관리들을 무고해서 충성을 보인다는 사실까지도 알고 있었다. 무측천은 만일을 대비하여 유능한 혹리 한 사람을 남긴 것이었다.

성공 키워드 3-2

채찍과 당근을 적절히 사용하라

악역의 역할로 조직은 기강이 세워진다. 여자가 조직을 관리하려면 중간에 악역을 담당할 사람이 필요하다. 그러나 조직이 안정된 다음에는 악역을 담당하는 사람이 많으면 조직 내의 분위기가 가라앉는 역효과가 나타난다. 그래서 더 이상 악역을 하지 않도록 다른 곳에 배치하거나 재교육을 통해서 다른 일을 처리하게 해야 한다.

그러나 쓴소리를 하는 악역이 모두 사라지면 어느새 조직의 기강은 느슨해진다. 조직은 자율만으로는 돌아가지 않는다. 그래서 타율을 강조하는 사람도 필요하다. 채찍과 당근을 적절하게 활용해야 조직은 돌아간다.

승부사 무측천! 천하를 지배하다

3. 여인이 신뢰하는 남자

무측천은 사람의 보이는 외면뿐만 아니라 보이지 않는 마음의 저편을 꿰뚫는 시선이 날카로웠다고 한다. 그 가장 빛나는 인재등용의 예가 적인걸(狄仁杰)을 재상으로 삼은 일이었다.

적인걸은 무측천의 측근 대신들의 간언도 서슴지 않았는데, 무측천은 그를 무척 신뢰하였다. 한 일화가 전해진다.

무측천이 적인걸에게 글을 새긴 비단옷을 하사하였는데, 그 비단옷에는 "정책이 뛰어나고 청렴결백한 모범적인 재상이다."라고 쓰여 있었다고 한다.

적인걸은 중국 역사상 뛰어난 재상 중 한 명으로 평가받고 있는데, 몇 가지 일화가 전해지고 있다.

월왕 이정의 반란사건을 진압할 무렵 예주자사로 재직하고 있던 적인걸은, 사형을 주관하는 관청인 사형시로부터 반역에 연루된 자들을 색출하라는 지시를 받는다. 당시 낙양에는 월왕 이정 사건에 연루되어 멸족당한 사람만 하여도 수천 명에 달했다. 하지만 당시 반란사건에 동참했던 관리와 병졸 대부분은 월왕 이정의 협박에 의해 끌려들어간 사람들이었다. 적인걸은 무측천에게 상소로 이 사실을 알려 그들의 무고함을 밝혔다. 무측천은 그의 상소가 적절하다고 판단하여 특별히 그의 요구를 수렴하여, 월왕 이정의 반란사건에 연루된 수많은 반란군의 형벌을 감형시키고 모두 풍주로 유배를 보내는 것으로 사태를 일단락지었다. 이 때 적인걸이 상소를 올리지 않았다면 수천 명의 목숨이 날아갈 수도 있었던 것이었다.

월왕 이정의 반란사건의 토벌을 맡은 장광보가 군대를 이끌고 한 지방에 주둔하고 있을 때였다. 장광보의 사졸들은 반란을 진입한다는 명목으로 죄 없는 백성들을 괴롭혔다. 그들은 재물을 약탈하거나 부녀자들을 강간하고 마음에 들지 않을 경우 살인도 서슴지 않았다. 게다가 투항하는 반란군을 잔인하게 도륙하여 공적을 세우는 데만 집착했다. 장광보보다 직책이 낮은 적인걸은 이를 알고, 장광보를 죽이지 못함을 한탄했다.

장광보는 적인걸이 행여 무측천에게 자신을 상소할까 두려워, 자기가 먼저 적인걸이 불손한 언행을 일삼는 관리라고 상소했다. 이에 무측천은 적인걸을 더 낮은 직책으로 좌천시켰다. 그러나 후에 적인걸은 단번에 재상의 지위로 뛰어올랐다. 이와 같은 수직적인 신분상승은 중국 역사에서 좀처럼 찾아보기 힘든 파격적인 발탁이었다.

적인걸은 1년이란 짧은 기간 동안 17,000명이나 연루된 범죄사건을 심판하였다. 그러나 그의 판결이 잘못되었다며 억울함을 호소하는 사람은 단 한 사람도 없었다. 또 후에 영주자사로 승급되어 강남순무사로 있을 때에도 수많은 부녀자들을 간음한 산중들을 적발하고 1,700여 개의 절을 없애는 단호함을 보이기도 했다.

적인걸은 자신의 정치적 이익에 연연하지 않았다. 공명과 재물을 추구하지도 않았으며 사리사욕을 중시하지도 않았기에 소신있게 지혜와 용기를 발휘할 수 있었다.

무측천은 이러한 적인걸의 양심과 기개에 대하여 정확한 평가를 내리고 있었다. 이처럼 사람을 꿰뚫어 볼 줄 아는 안목을 통해 무측천은 어수선한 시국에 반드시 필요한 인재라고 인정하여 적인걸을 재상으로 발탁했던 것이다.

성공 키워드 3-3

신뢰할수 있는 사람을 찾아라

　남자를 분석할 줄 아는 능력을 가진 여자도 흔치 않지만, 신뢰할 수 있는 남자를 만나기란 더욱 쉽지 않다. 신뢰할 수 있는 남자를 만나려면 먼저 그 남자의 말을 들어보고 그의 행동을 눈여겨봐야 한다. 남자의 됨됨이는 말과 행동에서 드러난다. 말과 행동이 일치한다면 그는 신뢰할 수 있는 사람일 것이다. 인재를 구할 때도 마찬가지이다. 무측천이 적인걸이라는 명재상을 얻지 못했다면 뛰어난 정치능력도 곧 빛이 바랬을 것이다.

승부사 무측천! 천하를 지배하다

4. 애정(愛情)을 다스리다

무측천의 남총 설회의는 길거리 부랑아 시절, 자신을 업신여기고 천대해 왔던 사람들에게 복수라도 하려는 듯 낙양의 길거리나 광장에서 서슴없이 채찍을 휘두르며 보란듯이 저잣거리를 누볐다.

설회의는 낙양시의 수많은 시정잡배들을 끌어모아 그들의 머리를 깎고 백마사의 스님으로 만들었다. 그리고 자신이 백마사의 주지가 되었다. 이를테면 그는 자신의 시위대(侍位隊)를 편성한 것이었다. 백마사의 땡추들은 참선은 고사하고 틈만 나면 삼삼오오 무리를 지어 시내를 돌아다니며 행패를 일삼았다. 도적질은 물론 부녀자들을 대상으로 강간도 서슴지 않았다. 점차 그들의 횡포는 걷잡을 수 없이 심해져 갔다. 설회의 일당의 포악한 행동을 보나 못한 시어사 주구는 설회의를 탄핵하였다. 무측천은 설회의를 감쌌으나, 주구가 설회의의 죄상을 끝까지 추궁하자 백마사의 모든 승려들을 원주로 유배시켜 버렸다. 낙양의 안녕과

질서가 잡혀갈 즈음 설회의를 고발했던 주구는 설회의 수하의 기습을 받아 뭇매를 맞고 죽었다. 이 사건으로 인해 설회의에 대한 조정 신하들의 반감과 증오는 드높아져만 갔다. 설회의에 관한 풍문이 무측천의 귀에 들리지 않을 리 없었다. 하지만 황제의 표정은 평온했고 흔들림 없이 조용히 정무를 처리해 나갔으나, 내심으로는 설회의를 다룰 수 있는 방책을 마련하고 있었다.

저잣거리 시절, 설회의는 약을 팔았고 그 사이사이 씨름이나 권술을 보여주며 사람들을 끌어 모았었다. 사람들의 귀를 솔깃하게 만드는 그의 너스레와 허풍은 당시 구경꾼들을 혹하게 만드는 두둑한 밑천이었다. 하지만 궁중은 달랐다. 옛시절 거리에서 통했던 그의 허풍과 너스레는 천박한 기질로 둔갑해 번번이 조정 대신들의 눈엣가시가 되었다. 무측천은 더 이상 설회의의 행태를 좌시할 수만은 없었다.

우선 무측천은 명망과 학식이 높은 낙양의 스님들을 궁중의 불교도장에 불러모았다. 무측천의 요청에 따라 설회의는 그들에게 경전을 배우며 교양을 쌓으려 했다. 황제는 설회의가 그것을 힘겨워한다는 것을 그 누구보다 잘 알고 있었다. 그녀는 설회의에게 수시로 밝은 비전을 제시했다. 앞으로 너는 높은 관원이 될 수 있으며, 그러기 위해서는 학문과 수양이 구비되어야 한다고 타일렀다.

황제이자 애인인 무측천의 배려에 설회의는 감동했다. 그는 의기양양한 관리들의 코를 납작하게 만들어 주겠다고 작심을 하고 불교도장에서 묵묵히 불교 경전을 익혔다. 자신을 홀대하며 유세를 부리는 관리들에게 맞서기 위해서였다. 설회의가 이전의 악습을 버리고자 노력하자, 그에 대한 좋지 않은 소문도 점점 줄어 들었다. 그러나 코흘리게 시절부터 아무런 구속없이 거리를 쏘다니던 그로선 감당하기 벅찬 일이었다.

어느 날 아침, 우연히 재상 소량사와 설회의가 조당에서 만났다. 재상과 마주치면 으레 길을 비키는 것이 예의였으나 설회의는 재상을 밀치고 걸어갔다. 재상은 이에 격분하여 설회의의 뺨을 수차례 때리며 꾸짖었다. 설회의는 이 일을 무측천에게 고했다. 무측천은 설회의에게 남문은 재상이나 조정 관리가 드나드는 문이니 승려는 북문으로 다니라고 타일 렀다.

이후 설회의는 황궁에서 나와 절에 머물면서 무측천의 부름이 있어도 이런저런 핑계를 대며 입궁하지 않았다. 불치의 중병에 걸렸을지라도 황제의 부름을 거역한다는 것은 있을 수 없는 일이었다. 또한 무측천이 가장 아끼는 명당을 관리하던 설회의의 직무유기로 명당에 불이 나는 일도 발생했다. 무측천은 이어지는 설회의의 실책에 더 이상 인내하지 못했다. 태감을 시켜 설회의를 끌어내어 나무에 묶어놓고 때려 죽였다. 때는 695년 2월의 일이었다.

성공 키워드 3-4

사랑과 일을 구분하라

　남자를 장악하려면 사랑에 이끌려 다녀서는 안 된다. 무측천은 남총들의 정치권력 개입을 철저하게 막았다. 많은 황제들이 총애하는 여성을 위해 아낌없이 권력을 나눠가져 나라를 어지럽히는 경우가 많았으나, 황제 무측천은 남총은 단지 남총으로만 대했다. 사사로운 애정에 이끌려 정사를 판단하지는 않았다. 관료들에게 보란 듯이 남총을 때려 죽였다.

　애인을 기다리고 기다려도 오지 않자 돌다리 기둥을 끌어안고 죽었다는 고사도 있지만, 무측천은 남총의 애정을 냉혹하게 다스렸다.

5. 강철도 불을 만나면 녹는다

의술에 정통한 어의 심남구는 50세를 넘어서면서 기력을 잃어가고 있었다. 그러나 육체의 어둠이 짙어갈수록 그의 눈은 빛을 발했다. 심남구란 인물에게는 무측천이 설회의와 육체를 통해서 충족시킬 수 있었던 것과는 또 다른 허기와 갈증을 채우는 힘이 내재되어 있었다. 그것은 보이지 않는 힘이었다. 언뜻언뜻 스치는 젖은 눈빛 또한 혈기왕성한 설화의의 번득이는 눈빛과는 다른 깊은 배려가 베어 있었다.

심남구는 정성을 다해 무측천의 시중을 들었다. 조제한 약을 얼굴에 발라 골이 깊어가는 태후의 주름을 펴주었다. 그의 극진한 간호를 통해 무측천은 안정을 찾아갔다. 설회의와의 사랑이 활활 타오르는 정염이었다면, 심남구와의 사랑은 따뜻한 촛불과도 같은 은은한 멋이 있었다. 하지만 그것조차도 무리였던지 심남구는 오래지 않아 그만 병석에 눕고 말았다. 그 동안 쇠약해져가는 건강을 위해 남몰래 약물을 복용하고 있었는데, 약물남용은 오히려 건강을 해쳤고 시간이 갈수록 그는 더욱 병약해져 갔다.

무측천은 심남구를 방문하여 그의 수척한 모습을 보았다. 툭 불거진 광대뼈와 앙상한 손목을 대하는 순간 울컥 슬픔이 치솟았다. 그것은 어쩌면 자신을 향한 비애의 눈물이었는지, 머지않아 맞닥뜨려야 할 자신의 모습에 대한 연민의 정이었는지도 모른다. 무측천은 심남구를 4품 조산대부에 명하여 봉록을 가지고 집에 가서 요양하게 했지만, 얼마 지나지 않아 심남구는 기어이 죽음의 문턱을 넘어섰다.

성공 키워드 3-5

남자의 마음을 촉발시켜 부드럽게 만들어라

강한 남자도 처음부터 강한 남자가 아니다. 여러 차례 단련을 거쳤을 뿐이다. 강철이 처음부터 단단한 것은 아니다. 강철도 뜨거운 불을 만나면 다시 녹기 마련이다. 아름다운 여자를 사랑하는 남자들은 무측천을 대하는 심남구와 다를 바 없이 헌신적이다. 사랑하는 여인을 위해서 몸과 마음을 다 바친다. 그 마음을 촉발시킬 수 있는 것은 남자가 다다를 수 없는 영원한 여성의 힘이다.

6. 칠순에 미소년을…

697년, 태평공주는 무측천의 고독한 심정을 헤아려 귀족 중에서 미모가 뛰어난 장창종(태종 때 형부상서를 지낸 장행성의 자손)을 선발하여 무측천에게 보냈다. 하얀 피부에 기품있는 옷차림을 하고 음악과 노래를 잘 불러 귀족 여인들 사이에 인기가 많았던 인물이었다.

무측천은 자기 앞에 꿇어앉은 소년을 물끄러미 내려다보았다. 소년은 무측천에게 공손히 예를 갖춘 후, 허리춤에서 피리를 꺼내들고 불기 시작했다. 소년의 피리 소리에 황제를 둘러싸고 있던 황량한 겨울이 스러지고 화창한 봄빛 아래 살구꽃이 피어나듯 실내에는 향기로운 냄새가 진동했다. 황제는 장창종을 좌천우중랑장(左千牛中郞將)으로 봉하고 낙양의 호화로운 저택과 가구, 노비, 낙타, 비단 등을 하사했다. 이날 밤 장창종은 용상에서 무측천과 동침하였다. 소년의 아름다움에 도취되어 무측천은 꿈속을 노닐었다. 그 찰나의 황홀함이 헛된 것일지라도 그녀는 그 몽

환적인 희열을 거부하고 싶지 않았다.

한 달 후 장찬종은 무측천에게 친형인 장역지를 추천하였다. 장역지는 미남이었으며 문음을 통해 이미 벼슬길에 오른 젊은 관료이기도 했다. 두 형제는 서로 닮았으나 장역지가 장창종을 능가했다. 그들은 곱게 화장을 한 얼굴로 무측천을 모셨다. 무측천은 그들을 보며 자신의 젊은 시절을 떠올렸다. 붉고도 창백했던 뺨의 앳된 소녀의 기억은 여전히 그녀의 뇌리 속에 남아 있었다. 무측천은 장역지에게 사위소경이라는 벼슬을 내리고 황궁 근처에 그들을 위한 화려한 궁궐을 지었다. 그 후부터 장역지와 장창종 형제는 매일 아침 조정에서 열리는 회의에 참석하며 점차 정치에 깊이 관여하기 시작했다.

꽃에 비유하자면 장씨 형제는 모란꽃에 비유할 수 있었다. 모란의 향기가 오만 가지 꽃 중에서 으뜸이라고 상찬받듯 장씨 형제의 아름다움은 무측천의 일상을 황홀한 봄날로 가득 채워줬다. 무측천의 장창종 형제에 대한 신임은 두터워만 갔다. 그들의 권세가 커지자 그 두 형제에게 아부하는 무리도 늘어갔다. 두 사람을 연꽃에 비유하며 꽃보다 더 아름답다고 하는 등 극찬을 아끼지 않는 말들이 황궁에 가득했다.

무승사 등 무측천의 종친들은 장씨 형제와 정치적 연합을 도모했다. 장씨 형제의 집으로 진귀한 예물을 끊임없이 보냈고, 그들이 외출할 때에는 말고삐까지 잡아 이끌어주었다. 전성기의 설회의를 대할 때처럼 그들은 비굴하게 아첨하며 타협하려고 갖은 방법과 수단을 동원했다.

사람들이 모이는 연회에서 술이 몇 순배 돌아 분위기가 무르익으면,

승부사 무측천! 천하를 지배하다

무측천과 장씨 형제의 음탕한 행위가 곧 화제에 오르내렸다. 귀족뿐 아니라 평민들 사이에서도 장씨 형제에 대한 소문은 파다했다. 그러나 무측천은 자신을 향한 그들의 관심을 무시했다. 자신은 황제가 아닌가? 황제가 남총 몇 쯤 거느린다고 해서 무슨 흠이 되겠는가? 무측천은 칠순이 넘은 나이에 손자뻘 되는 아이들과 잠자리를 갖는 자신이 추하다고는 생각하지 않았다. 다만 재능이 넘치는 장씨 형제를 성적 노리개로 삼는다는 소리가 그들의 귀에 흘러 들어가는 것을 염려하여, 그들이 스스로 자부심을 느낄 수 있는 일거리를 찾아 주어야겠다고 생각하여 정3품의 벼슬을 내리고 두 형제에게 내전에 머물며 저술을 편찬하게 했다.

장씨 형제의 출현은 무측천에게 있어서 크나큰 기쁨이었다. 692년에는 빠진 치아가 다시 나고 699년에는 팔자 눈썹이 돋아났다고 한다. 이치의 병으로 휘장 뒤에서 조정의 정치를 듣던 때로부터 장장 40년의 세월이 흘렀지만 무측천은 여전히 생기가 넘쳤다.

성공 키워드 3-6

상황에 따라 최선의 선택을 하라

　사람이 좋다고 일을 잘하는 것이 아니고 사람이 나쁘다고 일을 못하는 것도 아니다. 무측천은 적재적소에 사람을 배치하는 조직관리가 뛰어났다. 단기간에 능력을 발휘하는 사람이 있고 꾸준하게 능력을 발휘하는 사람도 있다. 무측천은 나라의 재목뿐 아니라 개인적인 사랑도 그와 같이 했다. 어려운 시기에는 투지가 강한 설회의를 가까이 했고, 태평한 시기에는 감수성이 뛰어난 장씨 형제를 곁에 두었다.

　상황에 따라 최선의 선택을 하는 지혜는 삶을 윤택하게 한다.

승부사 무측천! 천하를 지배하다

7. 제위 계승문제

예종이 황태자의 예우로 황궁에 머물고는 있었지만, 무측천은 예종에게 제위를 넘긴다는 어떠한 보장도 하지 않았다. 일부 관료들은 무측천이 예종을 정식으로 태자로 봉하지 않는 것을 두고, 무사확의 양아들인 무승사를 제위에 올릴지도 모른다는 전망을 내놓기도 했다.

무측천은 해가 갈수록 자신이 세운 주나라를 이끌어갈 후사를 걱정하였다. 그녀는 예종과 무승사에게 모호한 입장을 취하면서 이씨와 무씨의 세력 균형을 이루어냈다. 만약 무측천이 두 세력 중 어느 한쪽을 두둔했다면, 반대쪽에선 죽음도 불사하고 권력을 잡기 위해 암투를 벌였을 것이고 그렇게 되면 또다시 많은 희생이 뒤따랐을 것이다. 무측천은 팽팽한 이씨와 무씨의 세력 속에서 안정적으로 국정을 이끌어 나갔고, 이를 토대로 무측천 치세의 중국은 경제, 문화, 외교 등 다방면에서 많은 발전을 이룰 수 있었다.

그러나 무측천은 이미 70이 넘은 고령이었다. 다음 세대에 누가 나라를 이끌지 빨리 결정하지 않으면 정국이 혼란의 소용돌이에 휘말릴 것이라는 것을 잘 알고 있었다. 이미 이씨와 무씨 두 세력은 물밑 작업을 통해 무측천의 측근들에게 접근하여 자신들이 황위에 오를 수 있도록 황제에게 주청해 달라는 요청을 하고 있었다.

무측천이 총애하는 장씨 형제는 여릉왕 이현을 황태자로 삼기를 주청했다. 또 이소덕, 적인걸 등 소위 무측천이 신임하는 측근 대신들은 무승사의 즉위를 반대하고 무측친의 이들의 승계를 주장했다. 얼마 전 재상 적인걸은 제위 계승문제를 두고 간곡하게 말했다.

"태종은 악전고투 끝에 천하를 평정한 다음 고종에게 황위를 계승시켰습니다. 그러니 당연히 고종 폐하의 두 아드님 중 한 분이 제위를 계승하는 것이 옳을 것입니다. 만약 폐하께서 무씨에게 황위를 물려준다면 하늘의 뜻을 거스르는 선택이 될 것입니다. 조카를 어찌 친자식과 견줄 수 있겠습니까? 저는 아직 조카가 고모를 위하여 제를 올렸다는 이야기를 들은 바가 없습니다. 조카가 제위에 오르면 두 아드님을 가만 두겠습니까? 황실은 또다시 피의 소용돌이에 휘말릴 것입니다."

무측천은 적인걸, 이소덕을 비롯한 측근들의 말에 일리가 있다고 생각했다. 아들이 아닌 조카가 황위를 물려받았을 때의 정치적 분열과 황실의 쇠퇴를 고려해야 했다. 무씨 세력이 정권을 잡았을 때 자신의 자식들이 감수해야 할 위험성도 간과할 수 없었다. 이현과 이단, 태평공주가 절해고도에 위리안치되거나 사약을 두 손에 받들고 선 모습을 어렵지 않게 상상할 수 있었다.

결국 698년 3월, 무측천은 폐위되어 방주에서 유배생활을 하고 있는 이현을 불러들였다. 그것은 황위 계승자를 조카가 아닌 두 아들 중 한 명에게 넘겨주겠다는 은밀한 공표였다. 장씨 형제는 자신들의 정치적 주장이 황위 계승 결정에 반영된 것을 기쁘게 생각했다. 이후부터 장씨 형제는 조정의 일에 보다 깊이 관여하기 시작하였다.

성공 키워드 3-7

진정한 소통이 가능한 친구를 사귀어라

친구라서 소통이 가능한 것이 아니라 소통이 가능해서 친구가 되는 것이다. 마음을 열고 다른 사람의 소리에 귀를 기울여야 한다. 판단을 해야 할 자신의 주관이 분명히 서지 않았을 때, 보다 바른 길을 갈 수 있도록 객관적인 직언을 해준 측근들이 있었기 때문에 최초의 여성 황제임에도 무측천은 최선의 판단을 내릴 수 있었다. 마음을 열고 남의 소리에 귀를 기울여야 진정한 소통이 가능한 친구를 사귈 수가 있다.

8. 미모의 소녀

    무측천의 재위 기간에는 많은 제도 개혁을 통해 여성의 사회적 지위를 향상시켰다. 무측천을 보필한 여성 중에 단연 뛰어난 여성 관리가 있었는데, 그 이름이 상관완아였다. 그녀는 고종 제위 당시 무측천의 폐위를 도모한 책임으로 죽음을 당한 재상 상관의의 손녀였다. 무측천이 상관의를 역모의 죄로 다스렸기 때문에 남자 자손들은 모두 사형에 처해졌고 여자들은 모두 노비가 되었다. 당시 갓난아기였던 상관완아는 황궁으로 끌려가 후궁의 노비가 되었는데, 집안의 몰락으로 재상의 현손이 갑자기 노비가 된 것이었다.

    상관완아는 아기를 가까이 할 수 없었던 태감이나 궁녀들의 귀여움을 받으며 무럭무럭 자라 어느덧 아름다운 소녀가 되었다. 후궁의 궁녀는 아니었지만 워낙 총명하여 황궁 안에서는 그녀를 칭찬하는 이들이 많았다. 무측천은 곧 명을 내려 황궁의 노비로 있는 천재 소녀를 불러오라 일렸다.

상관완아는 비록 노비라서 행색은 초라했으나 단아한 모습으로 한눈에 보아도 귀족의 딸 같은 풍모가 있었고, 성정이 흔들림 없이 냉정하였으며 눈에는 기백이 넘쳤다. 무측천은 그녀를 보자 곧 자신의 재인 시절이 떠올랐다. 몇 가지 하문에 상관완아는 막힘없이 대답하였다. 무측천은 매우 흡족하여 많은 상을 내리고 자신을 가까이에서 모시는 시녀로 두었다.

후에 무측천은 상관완아가 상관의의 친손녀라는 말을 듣고는 더욱 놀랐다. 평범한 여인 같았으면 그런 소녀를 곁에 두지 않았겠으나 무측천은 상관완아를 자신의 비서로 키웠다. 상관완아도 대범하기는 마찬가지여서 집안을 몰락시킨 원수가 무측천이라는 사실을 잘 알고 있으면서도, 무측천의 부름을 받자 누구보다 성심을 다해 무측천을 섬겼다. 무측천은 상관완아가 무척 마음에 들었다.

상관완아가 14세가 되었을 때 무측천은 상관의에 대한 이야기를 꺼냈다.

"네 가문을 몰살시킨 내가 밉지 않으냐?"

"원망하면 불충(不忠)이요, 그렇지 아니하면 불효(不孝)이니 어찌 대답하리오."

무측천은 이 말에 크게 노하여 반역자의 여식임에도 목숨을 살려주고 황궁에 들여 길러주었는데 그 은혜를 모른다며 경형을 선고했다. 그래서 그녀의 얼굴에 문신이 새겨지게 되었다. 14살 소녀에게는 너무나 가혹한 형벌이 될 수 있었으므로 무측천은 태감에게 일러 문신을 아주 작게 새기라 했다. 그리고 따끔하게 상관완아를 훈계한 후 다시 곁에 두었다. 상관완아도 별다른 동요없이 다시 무측천을 모셨다. 두 여인 모두 평범한 여인이 이해하기에는 너무도 대범하였다.

천성이 총명하고 영리한 상관완아는 문장에 능한 데다 외모까지 빼어나게 아름다웠다. 상관완아는 무측천의 최측근에서 그녀를 도와 정무를 처리하는 명비서로 자라났다. 상관완아는 나이가 성년이 되었으나 어려서부터 황궁에서 자라 줄곧 무측천이 시중을 드느라 남자를 가까이 한 적이 없었다. 수많은 날들을 궐 내의 피비린내 나는 정치적 소용돌이의 핵심에서 일희일비하며 살아온 것이었다.

그녀는 늘 무측천과 함께 식사를 했고, 그 만큼 무측천의 최측근들과도 직접 대면할 기회가 잦았다. 상관완아도 무측천처럼 어릴 때 황궁에 들어와 어떻게 살아남아 권력을 쥐어야 하는지를 너무도 잘 알고 있었다. 그래서 무측천이 황위에 오르고 무씨의 세상이 되자, 그녀는 무삼사를 유혹하여 그의 애인이 되었고 무측천 말기에는 종종 이현을 유혹하여 장씨 형제와 무측천의 측근들이 목이 잘려 죽을 때도 목숨을 부지하고 권력을 유지했다. 상관완아는 주인인 무측천이 황후에서 황제가 되기까지 최고의 전성기를 함께 누렸으며, 무측천의 몰락까지 지켜본 여인이었다. 무측천은 자기와 너무나 닮은 상관완아를 늘 곁에 두고 인재로 키웠다.

승부사 무측천! 천하를 지배하다

성공 키워드 3-8

작은 실수는 용서하고 곁에 두어라

 큰 잘못은 크게 해를 끼치므로 벌을 내려야 마땅하다. 그
러나 작은 실수는 용서하는 관용을 베풀어야 사람들이 떠나
지 않는다. 상관완아가 불충과 불효 사이에서 방황하고 있
음을 알았지만, 무측천은 상관완아를 용서하고 곁에 두었
다. 그리고 그녀의 재능을 아껴 크게 썼다. 기복자후(其福自
厚)란 말이 있다. 모든 일에 너그러움을 쫓으면 그 복이 스스
로 두터워진다는 것이다.

야망의 여심

9. 관맹상제(寬猛相濟)

어느 날, 혹리 래준신은 재상 적인걸이 반역을 일으킬 준비를 하고 있다며 증거자료를 가져와 무측천에게 고하였다. 무승사도 여기에 동조하여 적인걸의 권력이 지나치게 강하다며 그를 주살할 것을 주청했다. 그러자 무측천은 껄껄 웃으며 이렇게 말했다.

"나는 죽이는 것보다 살리는 것을 좋아합니다. 적인걸을 죽이지 않을 것이오."

또 하루는 무승사가 이소덕이 꼼짝없이 걸려들만한 죄목을 가지고 무측천을 알현했다. 그러나 무측천은 이렇게 말했다.

"이소덕이 재상이 되고 난 후부터 나는 편안하게 잠을 잘 수 있었다. 이소덕은 나를 대신하여 나랏일에 분주한 고굉지신(황제가 가장 믿는 중신)이거늘, 네가 나서서 그를 어찌하려는 거냐?"

이 말은 하나의 비수가 되어 무승사의 가슴에 꽂혔다. 이소덕은 무측

승부사 무측천! 천하를 지배하다

천이 신임할 정도로 재치가 있고 용기가 있었던 재상이었다.

하루는 어떤 사람이 붉은 무늬가 돋은 흰 돌덩이가 영험하다며 나라에 바쳤다. 돌을 주운 사람은 낙수 기슭에서 얻었다고 했다. 진상품을 관리하는 관원이 그 돌이 어찌 영험하냐고 묻자, "이 흰돌의 붉은 무늬를 보십시오. 이 돌은 분명 반역의 마음을 품고 있습니다."라고 말하였다.

관리는 그 말에 일리가 있다 하여 무측천에게 돌을 바쳤다. 다른 대신들은 그 돌로 인해 무측천이 반역자를 색출하라는 명령을 내리면 혹리들이 죄없는 관료들을 잡아 죽일 것이므로 잔뜩 긴장하고 있었다. 무측천이 그 돌의 영험함을 믿었다가는 또다시 황실에 피바람이 불 것이었다. 그 때 재상인 이소덕이 나서서 그 관리를 꾸짖었다.

"돌이 반역의 마음이 있어 붉은 무늬를 밖으로 표출했다는 말인가? 무늬 있는 돌은 모두 마음을 드러낸 것이오?"

이 말에 조정의 모든 대신들이 황제의 면전에서 큰 소리로 웃었다. 황제도 어쩔 수 없이 웃었다. 공포 분위기를 말 한 마디로 잠재운 이소덕의 재기와 용기 있는 말솜씨였다.

이 흰돌 사건 뒤 또 양주에서 왔다는 자가 '천자만만년(天子萬萬年)'이란 글자를 복부에 새긴 거북이 한 마리를 진상품으로 가져왔다. 이소덕은 황제에게 정중히 예를 올린 후 진상품을 관리하는 관원의 곁에 가서 그 거북이를 받아든 다음, 주머니에서 작은 칼을 꺼내어 거북이 복부에 새겨진 글자를 칼로 긁어내고 황제에게 아뢰었다.

"이런 가짜 물건을 가져와서 황제의 환심을 사려는 자는 너무 사악합니다. 응당 엄한 벌로 다스려야 하옵니다."

　그러자 무측천은 쓴 웃음을 지으면서 대답했다.

　"한낱 촌부에게 무슨 악의가 있겠는가? 그를 돌려 보내라."

　이소덕이 거북의 복부에 새긴 글자를 칼로 긁어낼 때 조정의 많은 대신들은 또다시 잔뜩 긴장하고 있었다. 무측천은 원래 신비로운 색을 띤 작은 물건들을 좋아하고, 그런 진상품을 가져오는 이에게 큰 상을 내리곤 하였기 때문이다. 그렇기 때문에 이소덕이 황제의 면전에서 '천자만만년' 이란 글자를 긁어내는 행위를 하고도 무사할지 두려움에 떨고 있었다. 그러나 무측천은 생각과는 달리 이소덕에게 그 어떤 불쾌한 표정도 보이지 않았다.

　무측천은 그 동안 자신이 황제에 오르기까지 많은 관료들이 혹리에 의해 억울하게 죽음을 당했다는 사실을 알고 있었다. 무측천은 나라의 인재를 많이 죽일 수밖에 없었던 지난 날을 후회하고 있었다. 그래서 무측천은 제위에 오른 후 널리 인재를 더욱 많이 구했다. 과거제도를 정비하고 호명제도를 처음으로 만들어 투명한 관리를 임용했다. 재능이 있다는 소문이 들리면 그를 불러 확인해보고 적절한 임무를 맡겼다. 또한 간선제도를 확충하여 밀고문화를 억제하고 합리적인 관리 감시체제를 만들었다. 혹리나 이해관계가 얽힌 관료들의 밀고를 일축하여, 재상들이 마음 놓고 정치를 펼칠 수 있도록 하였다.

승부사 무측천! 천하를 지배하다

성공 키워드 3-9

당근과 채찍을 병행하라

남자는 자기를 알아주는 사람을 따른다. 남자를 믿고 있음을 드러내 알려라. 남자가 하는 일에 의미를 심어주는 여자가 그 남자를 지배한다. 또한 가끔은 남자에게 따끔한 충고도 잊어서는 안 된다. 칭찬과 충고를 적당히 병행해야 남자는 여인이 자신을 깊이 사랑한다고 생각하여 결코 다른 마음을 가지지 않는다. 여자는 남자를 다스릴 때 부드러운 훈계와 엄벌을 서로 잘 어울리게 하는 당근과 채찍을 병행해야 한다.

10. 농담으로 길을 만들다

　어느 해 봄 일식이 일어나자, 무측천은 천체의 변화에 깊은 우려를 하면서, 정치범 이외의 기타 죄인을 대대적으로 사면할 것과 백성들에게 가축을 도살하지 말고 물고기, 새 등을 잡아 식용으로 하는 것을 엄금한다는 조서를 내렸다. 그리고 황제가 솔선하여 궁중의 주방에서 동물성 요리를 하지 못하게 하였다. 그러자 주방에서는 야채만으로는 요리를 잘 할 수 없어 부득이 승려들한테서 야채 요리법을 배워야 했다.

　조칙이 내려진 후 처음에는 그런대로 채식을 하면서 엄숙하게 지켰으나, 언제 끝날지도 모르는 채식이 계속되자 태평공주를 비롯하여 무승사 등의 귀족들은 고기를 먹고 싶은 마음이 커졌다. 래준신을 비롯한 여러 포악한 관리들도 겉으로는 채식을 하는 척했으나 암암리에 육식을 찾아 먹곤 하였다.

　귀족들이 고기를 먹을 기회가 없어 입이 타고 있을 무렵, 이를 이용하

승부사 무측천! 천하를 지배하다

여 권세를 잡겠다는 마음을 가진 자가 나타났다. 그는 장덕이란 자였는데, 귀족들과 가까이 하기 위해 오랫동안 기회를 찾던 이 사람은 너무 기뻐서 많은 돈을 들여 꿩과 거북이, 양 등의 진귀한 고기를 구해 3일 동안 준비를 한 후 몇몇 귀족들을 청하여 비밀리에 연회를 열었다. 그리고 귀족들에게 자신을 잘 부탁한다며 극진히 대접했다. 그런데 초대된 사람들 가운데 두술이라는 그의 친구가 있었는데, 그는 이 일을 몰래 황제에게 일러 바쳤다.

그 다음날 황제는 장덕을 불러다 이렇게 말했다.

"짐은 네가 진귀한 영물(기린, 봉, 용, 거북이 등)을 얻었다는 말을 들었다. 축하할 만한 일이다."

이 말을 들은 장덕은 어제 귀족들의 만찬을 떠올리며 효과가 이렇게 빨리 나타날까 싶어 크게 기뻐하며 만면에 웃음을 띠고 황제의 말씀에 감지덕지했다. 황제는 장덕을 내려다보며 계속해서 말했다.

"그런데 연회의 고기는 어디서 났는가?"

그 물음에 날벼락을 맞은 듯 장덕은 아찔했다. 얼굴이 백지장같이 된 장덕은 온 몸을 사시나무 떨듯하며 즉시 무릎을 꿇고 묵묵히 실토하였다.

"소인 죽을 죄를 지었나이다."

"짐은 어떠한 길흉지사를 막론하고 도살과 사냥을 엄금하고 이를 지키라 했다. 그것을 어기면 어떻게 되는지 알고 있겠지?"

"소인 죽어 마땅하나이다."

"그래. 그런데 금후 연회에 손님을 청할 때는 신중하게 대상을 선택하도록 하라."

황제는 말을 마치고 장덕을 일어나라 한 다음, 상관완아를 시켜 두술의 밀고 편지를 가져다 장덕에게 내보였다.

장덕은 처벌을 받지 않았다. 이미 적인걸이 육식을 금하는 일이 백성의 삶을 힘들게 한다고 아뢰어 무측천은 도살 금지령을 해제하려던 참이었기 때문이었다. 적인걸은 도살을 금해 가축을 기르는 농가가 할 일을 잃었으며, 모두 채소를 먹는 탓에 채소값이 폭등하여 나라 경제가 피폐해졌다고 아뢰며, 도살금지령을 해제해 달라고 청했던 것이다. 무측천은 적인걸의 간언을 받아들여 조서를 만들고 있었는데, 두술이 밀고를 한 것이었다. 장덕은 친구의 배반으로 목숨도 건지기 어려웠지만 황제의 관대함으로 다행히 무사했다. 이 일은 재빨리 신하들에게 전달되어 황제가 진정한 우정을 논하는 인정미에 감동받았다. 반면 친구를 배반한 두술은 그 후 어디를 가나 사람들의 멸시를 받아 머리를 들고 다닐 수가 없었다.

성공 키워드 3-10

유머와 재치있는 독설로 일을 해결하라

비장의 무기는 웃음으로 감추라는 '소리장도(笑裏藏刀)'란 말이 있다. 유머는 정신의 탄력을 드러낸다. 유머지수가 높은 사람이 성공한다는 말은 이미 널리 알려진 정설이다. 외모가 총이라면 유머는 총 안에 장전된 총알이다. 진정한 유머와 재치있는 독설로 남자를 즐겁게 하면, 그 관계가 돈독해질 것이고 곁에 사람이 끊이지 않는다. 장덕이 천당과 지옥을 오고가게 만든 이 일화에서 무측천의 카리스마를 느낄 수 있다.

11. 짐짓 놀란 척하는 '군자'

　무승사는 무측천에게 영남으로 유배보낸 이씨 황족들이 반역을 기도하고 있다고 밀고하였다. 이소덕이 결연히 반대하고 나섰지만 무측천은 무승사의 의견을 수락하였다.

　그렇지 않아도 영남의 이씨 황족들은 무측천의 우환거리여서 악독하고 잔인한 만국준(혹리 중의 하나)을 보내어 무측천의 우환거리를 없애게 했다. 만국준이 떠나기 전에 무측천은 그에게 "죄가 확실하면 즉시 처단하라."고 일렀다. 만국준의 잔인성은 당시 포악한 관리들 가운데서도 둘째가라면 서러운 인물이었다. 만국준은 즉시 지방으로 내려가 유배 중인 이씨 황족들을 한 곳에 모아놓고 아무런 심문이나 조사도 하지 않고 무조건 자살하라고 명령했다. 그러자 곳곳에서 울음소리, 노호하는 울부짖음, 그리고 애걸하는 사람, 분노하는 사람 등 수습하기 어려운 상태가 되었다. 그러자 만국준은 유배자들을 한 줄로 서게 한 다음 자기가 앞장서서 300여 명의 유배인들을 통솔하여 어느 한 강가로 갔다. 그리고 그는 부하들과 함께 칼을 휘둘러 유배자들을 잔인하게 도륙했다. 순간 강바닥은 시체로 산을 이루었고 강에는 물이 아니라 붉은 피가 흘렀다.

대도살을 감행한 만국준은 무측천에게 돌아와 죄를 허위 날조하여 "모든 사람들이 원한을 품고 반역의 음모에 참가하였기에, 즉시 죽이지 않으면 그 후사를 수습하기 어려워질 것 같아 전부 처치했습니다."라고 고했다.

무측천은 만국준의 처사가 옳다고 인정하여, 특별히 그를 조산대부 겸 시어사로 승진시켰다.

래준신이 무측천에게 유배자 가운데 병기를 제조한 사실이 드러났다고 하자, 곧 관리 6명을 영남에 파견하여 그 사실을 상세하게 조사하게 했다. 만국준이 불법으로 그 많은 사람을 죽이고도 상을 받았다고 생각한 그들은, 그곳에 도착하자마자 앞을 다투어 사람들을 죽이기 시작했다. 통계자료에 따르면 그때 도륙당한 사람이 2천 명이 넘었다고 한다.

이런 잔인무도하고 포악한 관리들이 돌아와 황제에게 자기들의 성과를 보고하였다. 이 엄청난 보고를 받은 황제는 깜짝 놀랐다. 그녀는 즉시 "6도에 유배되어 있는 죄인들 가운데 이번 도살을 피하여 생존하고 있는 죄인들은 즉시 석방하여 가족과 함께 고향으로 돌려보내라."는 조서를 내렸다. 이번 영남의 대도살 사건은 전국은 물론 조정 전체를 흔들어 놓았다.

한편 조서를 내리기 전 이소덕과 몇몇 대신들은 서로 의논 끝에 무측천을 알현하여 영남 유배지의 도륙사건의 정황을 보고하였다. 이에 무측천은 알고 있으면서도 짐짓 놀란 척하였다. 이소덕은 만국준 등을 처벌하라고 간절히 추청했다. 무측천은 이미 불씨가 될 영남에 유배된 황족들은 거의 죽어버렸으므로 지금은 '어진 군자'의 모습을 찾을 때라고 여겨 이소덕의 추청을 수용하였다. 이소덕은 재빨리 법에 따라 래준신을 동주 참군으로 하직시키고, 그의 수하들은 모두 유배를 보냈다.

무승사는 영남의 역모사건을 확대하여 이단을 죽이려고 하다가 이소덕의 간섭으로 사건이 일단락되고, 오히려 자신을 따르는 이들이 관직을 잃게 되자 더욱 이소덕을 미워했다.

승부사 무측천! 천하를 지배하다

성공 키워드 3-11

남의 능력을 내것처럼 사용하라

여자가 모든 일을 다 할 수는 없다. 이럴 때 남의 능력을 빌려 내 것처럼 쓴다면 남의 장점이 곧 내 장점이 될 수 있다.

무측천은 사후 황위 계승문제를 가장 민감하게 생각하고 있었다. 그 가운데 영남의 황족들을 어느 정도 잠재워야 자신의 사후에 독기 품은 이씨들이 정국을 어지럽히는 것을 막을 수 있다고 생각했을 것이다.

만국준 등을 영남에 보내 유배자들을 도륙하였음에도 짐짓 모른 척하다가 그들의 잘못을 벌함으로써 어진 군자의 모습을 회복했다.

12. 남자를 무기로 삼다

어느 날, 유사례는 관상가인 장경장을 불러 관상을 보게 했다.

"당신의 얼굴에 이상한 기운이 서려 있소. 곧 기주자사가 될 수 있겠소. 그리고 장차 태사의 자리에까지 오를 상이오."라고 장경장이 말했다.

유사례는 장경장의 이 말이 기쁘기는 하였으나, 관직이 낮은 자신으로서는 그 말을 다 믿을 수는 없었다. 그러나 얼마 뒤 유사례는 장경장의 말처럼 자사로 승진을 하자, 그 후 장경장을 가까이 두고 그의 말에 따라 행동하였다. 그 후 유사례는 장경장을 가까이 하며 일을 할 때 그의 의견을 묻고 그의 말에 따라 행동하는 등 그를 믿었다. 그리고 태사에 오를 것이라는 장경장의 말을 늘 되새기며 기회를 노리게 되었다.

그러던 어느 날, 유사례는 친구인 낙주참군 기연요와 만났다. 유사례는 장경장이 한 말을 들어 대담하게도 반역을 제의했다. 태사로 진급하기 위해서 하는 반역이었다. 기연요의 조상은 서역 사람이었다. 넓은 이

마의 양쪽에 혹과 같은 것이 솟아 있어 마치 뿔처럼 보였다. 고대 신농씨 (전설의 시조신. 백성에게 농사짓는 법을 가르쳤다고 한다.)의 초상에도 이마 양쪽에 작은 뿔과 같은 것이 있었는데, 전설에 따르면 진정한 성인은 머리에 두 개의 뿔이 있다고 하였다. 기련요의 머리와 얼굴은 전설의 신과 그 모습이 흡사하였다.

유사례는 기연요와 같은 특이한 인물은 반드시 천하의 호걸이 될 수 있다고 믿었다. 그리하여 기연요를 참모로 삼아 거사를 하기로 결정하였다. 유사례는 세부적인 계획도 기연요를 믿고 의논하였다. 그런데 이 반역모의가 길욱이라는 인물의 귀에 들어갔다. 길욱은 반역모의를 래준신에게 알려야 한다고 생각했다.

당시 래준신은 뇌물사건이 적발되어 동주참군으로 벼슬이 낮아져 있었다. 하지만 워낙 악명이 높은 혹리였기 때문에 자사를 비롯하여 모든 관리들은 여전히 두려움에 떨고 있었다. 벼슬이 낮아졌어도 래준신의 악명은 그대로였다.

동주참군으로 있는 동안 래준신은 하루속히 큰 공을 세우고 조정으로 돌아가 지난 날의 명성을 되찾고 싶었다. 때마침 길욱이 찾아왔다. 길욱의 입에서 나오는 말은 래준신을 흥분하게 만들었다. 래준신은 급히 역모사건의 상소를 작성했다. 상소는 황제에게 올라갔다. 유사례는 아무 것도 모른 채 태사가 될 꿈만 꾸고 있었다.

황제가 상소를 읽었지만, 반역모의를 사전에 발각한 공로는 래준신에게 돌아가지 않았고, 사건에 대한 심문에서도 제외되었다. 래준신이 상소로 시도한 재기는 실패로 돌아갔다. 무측천은 이 사건을 하내군왕 무의종에게 맡겼다. 무의종은 이 사건에 깊게 연루된 길욱을 부하로 삼았다. 무의종의 부하가 된 길욱은 반역의 주모자인 유사례부터 심문하기 시작했다.

무의종은 잔인무도한 인물로 많은 사람에게 알려져 있었다. 특히 형벌에 있어서는 어떤 혹리에게도 뒤지지 않는 잔인함을 가지고 있었다. 길욱은 반역의 주모자 유사례를 심문하였다. 초기 조사에서 유사례가 매우 나약한 인물이라는 것이 드러났다. 길욱은 유사례를 이용할 것을 무의종에게 건의하였다. 유사례는 살아남기 위해서 이번 반역사건에 상관없는 여러 인물들을 거론하였다. 결국 반역사건에 가담했다고 알려진 36명(모두 저명인사들로, 이에 연루된 사람이 1,000여 명이다.) 모두를 사형에 처했다. 이용가치가 사라진 유사례도 끝내 처형당했다. 무의종은 이렇게 반역사건을 종결했다.

반역사건을 처음 고했음에도 자신에게 심문을 맡기지 않은 무측천에 대해서 래준신은 불쾌감과 실망감으로 마음이 한층 조급해졌다. 래준신은 길욱을 떠올렸다. 반역사건을 제일 먼저 알려준 인물이 길욱이었다. 래준신은 길욱이 반역사건에 깊이 연루된 인물이라고 폭로했다. 길욱은 이 사실을 듣고 즉시 무측천을 만나 진상을 설명했다. 무측천도 길욱의 말을 인정했다. 그리고 그 공로를 인정하여 우숙정대중승으로 높였다. 더불어 길욱은 황제의 신임까지 얻게 되었다.

무측천은 절묘한 구상을 내놓았다. 길욱을 무고한 죄를 래준신에게 묻지 않았다. 오히려 공을 빼앗겼다고 생각하는 래준신을 다스리기 위해 상소를 올린 공로를 인정해 래준신을 낙양령으로 올려 주었다. 낙양령이 된 래준신은 미친듯이 기뻐 날뛰었다. 사형부사 번(樊) 같은 인물은 반역사건과 아무런 관계가 없음에도 무조건 처형했다. 번의 아들은 조정에서 아버지가 무죄임을 주장하였다. 조정의 신하들은 번의 아들 말이 다 맞는 줄 알면서도 래준신이 두려워 아무도 나서지 않았다. 공소가 받아들여지지 않자, 번의 아들은 절망에 빠져 검을 뽑아서 스스로 복부를 찔러 그 자리에서 자살을 하였다.

이 광경을 보고 있던 조정의 신하들은 이 일에 연루될까 두려워 뒤로 물러섰을 뿐이었다. 다만 추관시장 유씨가 비참한 장면을 차마 볼 수 없어 소매를 들어 얼굴을 가린 채 눈물을 흘려 동정을 표시했다. 이런 유씨의 태도가 래준신의 귀에 들어갔다. 래준신은 즉시 유씨를 체포하여 투옥한 후, 유씨를 번과 공모자로 만들었다. 래준신은 유씨를 교형에 처할 것을 주장했다. 하지만 무측천은 특별히 유씨를 이역으로 유배시키도록 했다.

주흥 등의 포악한 관리들이 정리된 뒤 래준신은 뇌물사건 때문에 관직이 낮아졌기 때문에 관리들은 그가 재기하기 어려우리라고 생각하였다. 그러나 이 사건으로 문무백관들은 래준신의 잔혹함이 여전하다는 것을 알고, 살아있는 동안 래준신에게 걸리면 죽음을 면치 못하리라 생각하게 되었다. 그리고 번의 반역을 무고한 공로로 래준신은 또 지위가 올라갔다. 무측천은 자기 신변의 노비 10명을 그에게 상으로 내렸다.

성공 키워드 3-12

남자를 무기로 삼아라

약한 남자이건 강한 남자이건 여인이 강하다고 믿어주면
어려움 속에서도 다시 일어나 강함을 과시한다. 그러므로
강하지 않는 남자도 여인이 자기를 강하다고 믿어주면 강하
게 변하는 법이다. 칭찬을 아끼지 않고 상대방을 신뢰할수
록 남자를 무기처럼 쓸 수 있다. 남자를 무기로 삼는 여자는
현명한 여자이다.

13. 덕을 한으로 갚는다

무측천 제위 시 중국은 동으로는 고구려, 남으로는 캄보디아, 서로는 페르시아, 북으로는 거란을 상대했다. 거란은 퉁구스족과 몽골족의 혼혈로 일정한 거주지 없이 가축을 키우며 떠돌아 다니는 유목민족으로, 당나라 말기에는 군사력이 크게 발전하며 주변국을 위협할 만큼 성장하였으나 무측천 제위 시에는 아직 부족세력으로 나뉘어 그리 강성한 민족은 아니었다. 그러나 중국의 변방을 자주 침범하여 말과 식량을 약탈해 가는 경우가 많았다.

695년, 거란의 추장 이진충의 처남인 손만영은 영주를 침입하여 영주 도독을 죽이고 남하하여 지금의 북경 일대를 공략했다. 무측천은 왕효걸에게 17만 대군을 주어 거란의 침략을 방어하게 하였으나 거란군을 당해내지 못하고 군대는 흩어지고 왕효걸은 자결했다. 무측천은 다시 무의종에게 군사 20만 명을 주어 진격하게 하였다. 무의종은 거란군을 몇 겹으로 포위하여 전멸시켰는데, 거란군의 장수인 이해고와 낙무정은 투항하였다. 이 두 장군은 무술에 능하여 이전에 그들로부터 크게 참상을 당한 적이 있었기 때문에, 무의종은 이들 두 인물을 어떻게 처리했으면 좋을지 몰라 급사를 보내어 무측천의 결정을 듣기로 하였다.

이 때 적인걸은 위주에 임직하고 있었는데, 비록 전선과 멀리 떨어져 있었지만 하북지구의 자사로서 거란의 동향과 자국의 전황(戰況)을 수시로 보고받고 있었다. 이해고와 낙무정의 애국심과 전투정신은 가히 탄복할만한 일이지만 거란군이 전멸한 후 두 장군의 투항을 두고 궁중에서 어떻게 처리할지 결정하지 못하고 있을 때, 적인걸은 무측천에게 급히 사람을 보내어 두 장군의 생명을 보존해 줄 것을 주청했다.

조정의 대신들은 두 장군의 투항을 두고 상의한 결과 대다수의 대신들은 "그들이 비록 투항은 했지만 신의가 부족하니 그들을 베어버리는 것이 응당하다."라고 결정하였다.

무측천도 이에 동감하고 두 장수를 사형에 처할 것을 허가하려는 중인데 적인걸의 상소가 도착하였다. 그 내용은 이러했다.

"신이 알건대 두 장군은 과감하고 용감하며 나라를 위해 힘을 아끼지 않고 싸우는 용맹한 자들입니다. 이번에는 운이 좋지 않아 비루하게 우리에게 투항했지만, 만약 우리가 덕을 베푼다면 폐하의 은혜에 감격하여 우리 조정을 위해 충성을 다할 것입니다."라고 쓰여 있었다.

황제는 적인걸의 상소를 보고 잠깐 생각한 후 두 장수를 사형에 처하지 않고 각각 좌우장군으로 임명하였다. 이덕보원(以德報怨)을 건의한 적인걸도 대단하지만 이를 받아들인 무측천 역시 대범하였다. 그 뒤 두 장군은 군대를 거느리고 거란의 침략을 쳐부수는 작전에서 커다란 공적을 세웠다.

성공 키워드 3-13

위험한 선택을 두려워 하지 마라

위험한 선택을 두려워 말아야 한다. 적을 자기편으로 만드는 일은 위험하기 때문에 어렵다. 하지만 적이 내편이 되면 효과는 더 크다. 적을 내편으로 만들려면 적의 장점부터 연구해야 한다. 그것으로 내 단점을 보완하는 것이 결국 적을 내편으로 만드는 지혜이다.

14. 남의 조종을 받지 않는다

　　유배 중이던 이소덕은 무측천의 부름으로 다시 조정으로 돌아와 감찰 어사가 되었고, 이소덕과 라이벌이던 래준신도 좌천되었다가 다시 중앙 정부의 사복소경(司卜少卿)으로 승급되었다. 조정으로 올라온 이들 두 사람은 이전보다 더 서로를 적대시하였다.

　　래준신은 점차 높은 직위로 진급하면서도 악독한 처신은 이전보다 더 엄중했다. 이것을 모를 리 없는 이소덕은 더 참을 수 없어 래준신을 고발하려고 하였지만 쉽게 꼬리가 잡히지 않았다. 래준신은 이소덕도 미웠으나 무승사를 먼저 손보기로 했다.

　　래준신이 눈여겨 둔 미모의 여성을 무승사가 눈치를 채고 먼저 가로채서 첩으로 삼아 래준신을 조롱했기 때문이었다. 래준신은 무승사에게 복수하려고 기회를 엿보고 있었다.

　　처음 래준신은 오직 무승사 한 사람에게만 보복할 생각이었으나 점점 그 대상이 확대되어 갔다. 무승사 한 사람을 타도해서는 문제가 해결되는 것이 아니라 무씨 가족 중에서 제2, 제3의 무승사가 나타날 수 있다고 생각했기 때문이었다. 그래서 한번에 무승사와 무씨 일족, 그리고 태평공주까지 끌어들여 역모로 몰아붙일 궁리를 하기에 이르렀다.

래준신은 또 아예 노쇠한 무측천을 무너뜨리고 당조로 복귀하는 데 자신이 앞장 서서 무씨 황족들을 모두 진멸할 야망을 가지기까지 하였다. 즉, 연금상태에 있는 여릉왕과 비밀리에 결탁하였다고 하여 당나라로의 복귀를 원하는 문무백관들의 힘을 끌어내고, 자기 수하의 군사를 장악하여 반란을 일으키면 황제의 보좌를 탈취할 수 있겠다는 생각에까지 미쳤다.

"그러나 황제도 이미 늙었고 황제의 계승문제는 여전히 결정하지 못한 채 이만을 둘러싸고 고민하는 상태라 무승사와 무씨 일족들은 그 앞날이 암담하여 불안과 초조가 높아가고 있다. 그러나 이를 두고 황제에게 무고를 하면 황제도 내 말을 믿어 줄 것이다. 후사가 되지 못하는 무씨가 무력으로 늙은 황제를 강박하여 제위를 무승사에게 돌려 주려한다고 고발한다면 황제가 안 믿을 리 있겠는가?"

래준신은 역모를 꾀하는 것보다 무고를 하는 것이 쉽겠다고 생각하여 마음을 결정하였다.

그러나 래준신의 심복이 무승사에게 이 일을 밀고하면서 전세는 역전되고 말았다. 그는 몇 날 며칠을 두고 고민한 끝에 비밀리에 무승사를 만나 자기 생명의 안전을 보장받을 조건으로 래준신에 대한 사실을 모두 일러바쳤다.

무승사는 즉시 동족모임이라는 이유로 무씨 일족과 태평공주를 불러 한 자리에 모이게 한 후, 이 재난에 어떻게 대처해 나갈 것인가를 의논하였다. 그 결과 우선 래준신의 뇌물수뢰를 고발하되 시간을 길게 끌어서는 안 된다는 의견을 모았다.

무승사는 재빨리 무씨 일족들이 제출한 래준신의 수뢰사건을 고발하여 즉시 그를 투옥시켰다. 처음에 무승사는 래준신의 수뢰죄를 들고 나왔지만, 후에는 그가 무고했던 모든 죄와 반역을 음모한 죄명까지 씌워서 사형에 처할 것을 무측천에게 추정했다.

래준신을 사형에 처하는 데 대해서는 그 누구도 반대하지 않았다. 그를 사형에 처해야만 많은 사람들의 원한을 풀 수 있어 베개를 높이 하고 근심 걱정 없이 잠을 잘 수가 있기 때문에 무측천의 명만 기다리고 있었다. 그러나 3일이 지나도 아무런 소식이 없자 나흘이 되는 날 왕급선(무측천의 내사 인물)이 모든 조정의 신하들을 대표하여 무측천에게 래준신의 사형을 청하는 상소를 올렸다.

래준신을 죽이는 문제에 대해 무측천은 아직 결론을 내리지 못하고 있었다. 그녀는 이 문제를 두고 고민에 빠졌다. 왕급선의 말도 일리가 있었다. 그러나 무측천은 무승사 등이 래준신을 모반죄로 몰아가고 있는데, 실상 지금의 상황에서는 무승사가 반역할 가능성이 래준신보다 더 크다는 생각이 들었다.

무측천은 반대로도 생각해 보았다.

승부사 무측천! 천하를 지배하다

"무승사의 의견도 틀리지는 않다. 지금 반역의 뜻이 없다고 해서 앞으로도 반역의 의도가 없다고는 장담할 수 없는 것이다."

군신들이 래준신을 사형에 처할 것을 강력하게 요구하는 데도 무측천은 여전히 침묵을 지켰다. 그것은 무승사와 래준신에 대한 이런저런 생각이 많아 결정하기 힘들었기 때문이었다.

그로부터 5일이 지났다. 아침에 조정 대신들의 배알을 받으면서도 무측천은 래준신에 대한 일을 완전히 잊고 있는 듯 한 마디도 하지 않았다. 숨이 막힐 듯한 조정의 팽팽한 분위기가 모든 사람들을 억누르고 있었다. 재상이나 대신들도 말 한 마디 없었다. 다만 참을성 있게 기다릴 뿐, 그 어떤 방법도 없음을 여러 사람은 너무나 잘 알고 있었다.

야망의 여심

성공 키워드 3-14

침묵의 힘을 배워라

입구가 꽉 막힌 병처럼 어떤 일에 대해 함부로 남에게 말하지 않는다는 '수구여병(守口如瓶)'이란 고사성어가 있다. 우리는 침묵을 배워야 한다.

'침묵은 금이고 대화는 은'이라는 말이 있다. 여인의 침묵은 신비감을 자아낸다. 남자로 하여금 함부로 대할 수 없도록 한다. 여인의 침묵은 남자를 기다리게 하는 힘이 있다.

승부사 무측천! 천하를 지배하다

15. 꿈은 해몽을 잘해야 한다

요즘 들어 무측천은 마치 큰 병을 앓고 있는 듯 보여 적인걸도 몹시 고민하고 있었다. 이미 적인걸은 무측천에게 무씨보다는 두 아들에게 황위를 물려줄 것을 청하고 있었다. 무측천은 적인걸이 주청할 때마다 "태자를 결정하는 것은 짐의 일이니 논하지 말라."며 그를 물렸다. 그러나 적인걸도 더 이상 참지 못했다. 이미 무씨들과 이씨들이 대립하여 정국이 흔들리고 있기 때문이었다.

어느 날, 적인걸은 큰 결심을 하고 무씨 일족에게 황제를 계승시키려는 생각을 버리라고 권고했다.

"왕은 사해(四海)를 집으로 삼기에 황제의 계승문제는 폐하의 가사문제로만 여겨서는 절대 아니 되옵니다. 군(君)은 원수(元首)요, 신(臣)은 왕의 다리나 팔과 같은 고굉지신(股肱之臣)이요, 의(義)로 말하면 군신(君臣)은 일체입니다. 신은 폐하를 보필(輔弼)하는 재상인데, 이런 국가의 대사를 어찌 보고만 있을 수 있겠습니까? 폐하 춘추 고령이시고 무씨와 이씨의 다툼이 끊이지 않으니 두 황자님 중 한 분을 결정하여 태자에 올리심이 마땅하옵니다.”

무측천은 적인걸의 말에 아무 말 없이 40여 년 간 노력을 하며 오늘과 같은 규모의 대제국을 이룩한 데 대하여 생각을 하고 있었다. 이현이나 이단이 황제가 되면 곧 당조를 회복하려고 할 것이다. 대제국은 붕괴되고 무씨들은 목숨을 보전하지 못할 것이다. 그보다도 자신이 평생에 걸쳐 이룩한 주나라 제국이 당나라로 다시 바뀔 것을 생각하면 가슴을 도려내는 듯 아팠다.

그럼, 무승사나 무삼사를 황위에 계승시켰다 해서 대주제국(大周帝國)이 오래도록 무사할 수 있겠는가? 당조의 회복을 기도하는 낡은 세력이 반드시 이현이나 이단을 옹호하여 군사를 일으켜 궐위하지 않겠는가? 이 세력을 인도하는 사람은 다름이 아니라 바로 적인걸, 위원충 등일 것이다. 매우 유감스러운 것은 무승사나 무삼사, 그리고 무씨 일족의 다른 사람들에게는 그 누구에게도 이런 배경이 되어줄 대신이 없다는 것이다.

승패는 병가의 상사라 했다. 무승사 등이 당조를 회복하려는 적인걸 등의 세력을 물리치고 정권을 확고히 하는 데 성공하면 어떻게 될 것인가? 이현과 이단은 물론이고 그들 일가족이 참살당할 것은 불 보듯 뻔한 것이었다. 다시 말하면 무측천 본인의 자손이 전멸하게 되는 것이었다.

지금 무측천은 줄곧 과거사에 대해 깊이 생각하지 않으려는 문제에 대해 냉정한 태도를 취하고 있었다. 이 문제는 일시적으로는 피할 수 있으나 한 세대를 두고는 피할 수 없는 것이 아닌가?

다음 날, 무측천은 모든 사람들을 물리고 적인걸을 가까이 오게 하여 물었다.

"짐이 어젯밤에 괴상한 꿈을 꿨다. 큰 앵무새 한 마리가 날다가 갑자기 날개가 부러졌다. 이것이 무슨 꿈이라 생각하오?"

적인걸은 무측천의 표정을 살피며 온화한 미소를 띠고 대답했다.

"폐하, 앵무의 무와 폐하의 무가 같은 발음입니다. 그리고 두 날개는 두 황자님을 뜻합니다. 신은 이 꿈이 하늘의 뜻이라면 오직 폐하께서 황자님을 일으켜 세운다면 두 날개가 부러지지 않을 뿐만 아니라 앵무도 안전할 것이라 생각합니다."

다음 날 아침, 조정 배알이 끝난 다음 무측천은 적인걸을 홀로 남게 하였다. 그리고 잠시 후 계단 위에서 여릉왕 이현이 내려왔다. 적인걸은 무릎을 꿇고 눈물을 흘리며 여릉왕에게 절을 올렸다. 그리고 무측천에게 절을 하고 감사를 드렸다. 여릉왕도 바삐 계단 아래로 내려와서 머리를 조아렸다.

적인걸은 냉정을 회복한 다음 "신은 여릉왕께서 궁전으로 돌아온 줄은 전혀 몰랐습니다. 제대로 예를 갖추어 여릉왕을 모시는 것이 좋을 듯합니다."라고 말하였다.

무측천은 그의 말이 옳다고 생각하여 여릉왕과 왕비를 용문에 머물게 한 후, 정식으로 의장대를 파견하여 여릉왕을 입궐시키고 문무백관들이 영접하게 했다. 무측천이 예종 대신 여릉왕 이현을 선택한 이유는 당시 예종이 무측천과 반목하고 있었기 때문이었다. 예종이 자신의 세력을 넓히고자 대신들을 수하에 모으려 하고, 유왕비가 자신의 세력을 끌어들이려 하자, 이에 노한 무측천이 유왕비를 죽이고, 다시 새로운 두 왕비도 곧 죽였기 때문에 예종 이단과 무측천 모자 사이에는 큰 반목이 있었다. 반면 여릉왕 이현은 일찍이 고종이 사망하면서 황위에 올랐지만 행실이 바르지 못해 황위에서 쫓겨난 처지였다. 그러나 그 후 여릉왕의 지위로 편안하게 살게 하여 그렇게 감정의 골이 깊지는 않았다. 여릉왕 이현은 이번에도 운 좋게 황위 계승자가 될 수 있었다.

성공 키워드 3-15

스스로 성공을 기원하고 정진하라

바라는 바를 마음에 모아 기원하고 정진하면 성공하지 못할 것이 없다는 '일심정도 기불성공(一心精到, 豈不成功)'이란 고사가 있다. 사람은 꿈은 마음대로 꿀 수가 없지만 꿈에 대한 해몽은 마음대로 할 수가 있다. 꿈을 자기계발과 연결할 수 있는 방법은 스스로 암시를 찾는 것이다. 자기계발도 즐기듯 하는 사람이 반드시 성공한다.

16. 내 안에 중심을 키워라

무측천은 황위 계승자를 결정했지만 자기가 심혈을 기울여 창립한 주제국에 대한 집착은 말로 다 표현할 수가 없었다. 적인걸은 비록 성공적으로 태자를 세우기는 하였지만, 무측천이 언제 이 결정을 바꿀지 알 수가 없었다. 그러므로 무측천이 다른 마음을 가지기 전에 이현의 지위를 굳건히 해야 한다고 생각했다. 또 개변하게 내버려둬서는 안 된다고 적인걸은 생각을 굳혔다. 그렇지만 적인걸은 무력으로 무측천을 강박하여 황제의 자리를 내놓게 할 의도는 조금도 없었다.

적인걸은 행동을 시작하였다. 그는 하관시장 요원종과 비서소감 이교를 각각 재상으로 승급시켰다. 적인걸이 인재를 추천하는 일이 결코 개인의 이익을 위한 것이 아니고 전적으로 나라를 위한 일임을 잘 알고 있었으므로 무측천도 반대하지 않았다. 무측천은 비록 자기의 생각과는 같지 않지만, 그 점을 떠나 나라를 위하는 적인걸의 마음을 존중하고 그의 추천을 기쁘게 받아들였다. 만약 적인걸에게 조금이라도 사심이 있었다면 사람을 잘 의심하는 무측천으로서는 그를 가만두지 않았을 것이다.

이 시기에 적인걸은 무측천에게 수십여 명의 인재를 추천하였다. 그들은 모두 적인걸을 지기(知己)로 보고 그에게 감사를 드리고 그를 존경하는 인물들이었다. 이렇게 되자 자연히 적인걸을 중심으로 일치단결이 되고 점차 '적인걸문'이라 불리는 방대한 세력을 형성하여, 태자 이현의 지위를 강화하는 목적을 이룰 수가 있게 되었다. 한편 태자가 이현으로 낙점되자 무승사는 화병으로 죽었고, 남은 무씨 세력들은 좌불안석이었다. 무측천은 이들 무씨가 모반이라도 일으킬까 두려워 어느 날, 태자 이현과 예종 이단, 태평공주, 무유기, 무삼사 등을 명당에 집합시켰다. 그리고 이들에게 서로 반목하지 않고 도우며 살겠다는 맹세를 쓰게 하여, 그 맹세를 각자 읽고 하늘을 두고 약속하게 했다.

무측천은 또한 맹세만으로는 부족하다 여겨 무씨와 이씨가 서로 혼인을 맺는 혼인정책을 썼다. 즉, 무유기와 태평공주를 결혼시켰고, 태자 이현의 딸 신도군주는 무승업의 아들 무연휘와, 영태공주는 무승사의 아들 무연기와, 안락공주는 무삼사의 아들 무승훈과 맺어 주었다. 지배층의 혼인을 통해 무측천은 자신의 사후 무씨와 이씨가 서로 피를 흘리지 않고 평안하게 지내기를 바랐다.

승부사 무측천! 천하를 지배하다

성공 키워드 3-16

자기 안에 중심을 키워라

고사에 '도모시용(道謀是用)'이란 말이 있다. 길 옆에 집을 짓는데 길을 가는 사람들에게 어떻게 짓는 것이 좋은가를 물어보면 생각이 제각기 구구하여 집을 지을 수가 없게 된다는 말이다. 즉, 주관이 없이 타인의 말만 쫓아서는 무슨 일을 성사시킬 수 없게 된다는 말이다. 그러므로 자신 안에 중심을 키워야 한다.

결혼은 두 집안의 피가 섞이는 일이다. 어떤 사람과 인연을 맺는가에 따라서 인생의 전환점을 맞는다. 혼인한 당사자는 물론 각자의 집안도 영향을 받는다. 그러므로 결혼을 할 때는 신중해야 한다. 자손대대에 걸쳐 영향을 주는 일이기 때문이다.

결혼 전에 여러 남자들을 만나보면 선택의 폭은 넓어진다. 많은 남자들을 만나되, 그에게 휘둘리지 말고 자신 안에 중심을 키워야 한다.

17. 말이 앞서는 남자를 무시한다

길욱은 신장이 7척이고 체력이 건장하며 머리가 총명하고 언변이 좋은 관료였다. 반면 무의종은 키가 작고 허리가 굽었으며 생김 또한 형편없어 두 사람은 선명한 비교를 이루었다.

699년, 조정회의에서 무의종은 거란군을 토벌한 무용담을 길게 늘어놓았다. 이 때 길욱이 무의종이 잘난 척 하는 것을 참지 못하고 반박하기 시작했다. 무의종은 길욱의 반박에 제대로 대꾸도 하지 못하고 진땀을 흘리며 서 있었다. 길욱은 무씨를 은근히 얕보고 있었다.

무측천도 무의종이 지나치게 자랑을 하는 것이 듣기는 거북했으나 주눅이 들어 고개를 숙인 채 길욱에게 당하는 것을 보자 은근히 화가 났다. 조정 대신들이 모두 있는 자리에서 무씨 전체가 모욕을 당하는 기분 같았다. 무측천은 길욱의 말을 자르고 말했다.

"경은 짐의 면전에서 무씨 일가족을 모욕하려 하는가?"

무측천은 아무 말 없이 자리에서 일어나 내실로 들어갔다. 이번은 아무 질책도 받지 않고 그럭저럭 지나갔다. 그러나 길욱은 며칠 뒤 또 무측천의 노여움을 샀다. 길욱은 어떤 일에 대해 상소를 올리면서 경전을 이용하여 웅변을 토했다. 자기 딴에는 이번 기회를 빌려 지난 번의 실책을 미봉하려 한 것인데, 책을 많이 읽어 누구보다 박식한 무측천에게 이런 식의 미사여구를 늘어놓는 보고는 그녀가 가장 싫어하는 것이었다.

누구나 다 알고 있는 구절을 인용한 대목을 길게 듣고 있던 무측천은 더는 참을 수 없어 길욱의 말을 자르며 이렇게 말했다.

"그 말은 너무 많이 들어 다 외울 지경이다. 말을 너무 많이 하지 말라."

그리고 이어서 무측천은 태종 생전에 사나운 말, 사자총을 길들이는 방법을 고했던 이야기를 들려주었다.

"어느 날, 당 태종이 사자총을 어떻게 길들일 수 있겠느냐고 물었다. 나는 이렇게 대답했다. 말이 말을 안 들으면 먼저 쇠채찍으로 때리고, 그래도 순종하지 않을 때는 쇠망치로 말의 머리를 쳐서 다스리고, 그래도 말을 안 들으면 그 때는 비수로 후두를 베어야 합니다."

무측천의 말에 길욱은 바닥에 꿇어앉아 머리도 들지 못하고 묵묵히 두려워 떨고 있었다. 무삼사를 비롯한 무씨 일가족들은 이 기회에 길욱을 매장하려 들었다. 그들은 길욱이 관리로서 우쭐대면서 많은 사람들을 업신여기는 행위가 잦았다며 고발하였다. 무측천은 이것이 길욱에 대한 무고라는 것을 알면서도, 길욱의 계급을 낮추고 변방으로 좌천시켰다.

변방으로 떠나면서 길욱은 무측천을 배알할 것을 청했다.

"폐하, 신이 먼 길을 떠나옵니다. 이제 언제 다시 뵈올지 몰라 떠나기 전 마지막으로 드릴 말씀이 있사옵니다."

무측천은 알현을 허락했다.

"물과 흙이 합쳐 진흙이 되면 싸움이 일어나겠습니까?"

"없지."

"반은 불교의 신이고 반은 도교의 신이면 싸울 수 있겠습니까?"

"있지."

"폐하, 이씨를 태자로 두시었으면, 무씨는 지위를 낮추어야 합니다. 이씨와 무씨 모두 지위가 높으니 다툼이 끊이지 않는 것입니다. 종실과 외척이 그 분수를 알게 해야 평안할 것입니다."

길욱은 이 말을 남기고 멀고 먼 변방으로 떠났다.

성공 키워드 3-17

<u>말은 꼭 필요한 순간에 하라</u>

"말 한 마디가 천 냥 빚을 갚는다."는 속담과 "세 치 혀가 패가망신을 부르기도 한다."는 격언이 있다. 현대 사회는 옛날보다 훨씬 말이 자유롭다. 말이 자유로운 반면 불필요한 말도 많이 돌아다닌다. 말도 이제 골라 들어야 하는 시대가 온 것이다. 그 누구의 입도 막을 수는 없다. 그러므로 귀도 가려서 들어야 하는 시대이다. 각종 언론매체와 주변에서 많은 말이 쏟아져 나온다. 또 말을 하지 않으면 사회나 가정에서 부정적인 인상을 심어줄 우려가 있다. 말은 꼭 필요한 순간에 하는 것이 가장 좋다.

남녀 간에도 부정확한 말은 사랑을 방해한다. 이심전심은 좋으나 어렵다. 평소 정확한 말을 사용하는 습관이 필요하다. 위기에 처했을 때 정확한 말은 그 상황을 역전시킬 수도 있다.

18. 구심점을 잃다

미래에 대한 판단을 신속하고 정확하게 하던 무측천은, 천명(天命)을 완성한 뒤로는 그 어떤 만족스러운 결론도 얻어낼 수가 없었다. 무측천의 정신적 공허와 의지할 데 없는 고독과 근심이 점차적으로 응고되어 하나의 큰 압력으로 나타났기 때문이었다. 낮과 밤은 그래도 괜찮은 편인데, 제일 고통스러울 때는 여명 전 새벽에 깨어나면, 과거의 멀고 먼 기억들이 무수한 악몽이 되어 눈앞에 생생하게 떠올랐다. 무측천은 자기의 체력과 기력이 쇠함에 따라 정치에 대해 점점 싫증을 느끼게 되었다. 그나마 온전히 신뢰할 수 있는 재상 적인걸이 있어, 정치의 모든 것을 그에게 맡겨도 틀림이 없어 무측천은 마음이 놓였다.

성력(聖曆: 성군의 태평한 세상. 692년) 3년 1월, 무측천은 여주의 온천에 가서 한 달간 휴양을 한 후 돌아와 얼마 안 되어서 다시 삼양궁에 가서 피서를 했는데, 삼양궁에서는 조정을 열어야 했다.

그렇기 때문에 관례에 따라 문무백관들도 삼양궁으로 모두 이동해야 했는데, 이동하는 중에 호증이란 사람이 엄밀한 경비를 뚫고 뛰쳐나와 황제의 행차 옆에 꿇어앉아 무측천에게 큰 소리로 새벽에 들어온 신성불사리(神聖佛舍利)를 참관할 것을 요청했다. 무측천은 호증의 소리를 듣고 현혹되어 그가 가리키는 곳으로 가려고 했다.

갑자기 예정된 계획이 바뀌었다는 소식을 접한 적인걸은 즉시 황제 앞에 나아가 큰 소리로 "호증이 어떤 인물인지는 잘 모르나, 황제 폐하의 행차를 산사 쪽으로 가게 하려는 것은 군중을 미혹시키고 사리를 도모하려는 것입니다. 또 호증이 말한 산사로 가는 길은 몹시 험하여 경위대를 배치해도 어려움이 이만저만이 아니므로 폐하께서 갈 곳이 못됩니다."라고 말하였다.

적인걸의 말을 들은 무측천은 연신 고개를 끄덕이며 즉시 행차를 돌려 다시 삼양궁으로 갈 것을 지시했다. 내력이 불분명한 호증의 말을 듣고 산사로 가려 한 것은 정말 무측천의 경솔한 행위였다.

무측천은 적인걸을 관직명이나 호명을 하지 않고 국로(國老)라 부르며 예우할 만큼 그에 대한 신뢰가 두터웠다. 무측천이 노쇠하여 정치에 뜻을 두지 않고 장씨 형제와 보내는 시간이 많아지자, 적인걸의 업무는 막중해졌고 점점 그의 책임이 무거워져 건강을 해칠 정도가 되었다. 그는 관직에서 물러나기를 청했지만 무측천은 허락을 하지 않았다. 지금까지 수십 년 동안 통치경험을 통해 적인걸과 같은 명상(明相)이요 현신(賢臣)은 다시 얻을 수 없다고 생각하였기 때문이었다.

무측천은 적인걸의 사퇴를 허락하지 않았을 뿐만 아니라, 그를 더욱 신뢰하고 예우해 주었다. 적인걸이 매번 무측천을 만나 절을 올릴 때면 무측천은 손을 들어 절을 못하게 했고, 심지어 "매번 국로가 허리를 굽혀 예를 올릴 때마다 짐은 더 괴롭소."라고 말하곤 하였다.

무측천은 적인걸이 황궁에서 당직을 서지 못하게 했고 또 여러 재상들에게 "중대한 일 외에는 절대 국로에게 시끄러움을 끼쳐서는 안 된다."고 엄히 명하기까지 했다.

한 번은 무측천이 밖으로 나갈 때 적인걸도 동행을 했다. 그런데 갑자기 바람이 불어치는 바람에 적인걸의 건이 벗겨져 땅에 떨어졌는데, 이에 적인걸이 탄 말이 놀라 멈추지 않고 달리기 시작했다. 이를 목격한 무측천은 말을 타고 옆에서 동행하던 태자 이현에게 즉시 그를 쫓아가 말을 정지시키게 했다.

이런 무측천의 신임과 은총에 보답하고자 적인걸은 마음을 다하여 정무를 보았지만, 결국은 병으로 눕게 되어 다시는 일어나지 못했다.

무측천은 명을 내려 3일 간 조정을 폐하고 애도를 표하게 했다. 무측천은 너무도 애석하여 "조정이 텅 빈 것 같구나!"라며 슬퍼했다.

승부사 무측천! 천하를 지배하다

여자가 성공하려면 구심점을 분명히 해야 한다

여자가 필요한 사람에게 정을 주는 것을 망설이면 차갑다는 인상을 주기 쉽다. 정을 준다는 것은 믿음을 주는 것이다. 모성애를 발휘해야 한다. 여자에게 있어서 모성애처럼 큰 재산은 없다. 여자가 성공하려면 구심점이 분명해야 한다. 좋은 직장이나 좋은 남자가 구심점의 역할을 할 수 있다.

19. 여인은 늙으면 변한다

70세가 넘은 무측천은 완전히 믿고 신뢰하던 재상 적인걸의 죽음으로 큰 심령의 변화를 겪은 것 같았다. 신하들은 무측천의 변화를 보며, 그것이 무측천의 속셈인지 아닌지 갈피를 잡을 수가 없었다.

무측천은 그동안 적인걸에게 맡겨 두었던 정무를 친히 하기 위해 매일 조정에 나와 몸소 일을 보았고, 그 외에는 장씨 형제와 연회에 참석하여 한가롭게 노는 것을 일과로 하였다.

장창종과 장역지 두 형제는 촉나라의 부상(富商) 송패지 등 여러 사람으로부터 거액의 금전을 받은 적이 있어, 그 은혜에 보답하고자 가끔 송패지를 궁중으로 초청하여 연회에 참석시키고, 또한 그들과 함께 도박도 하며 즐겁게 놀곤 하였다. 만약 무측천이 이전과 같았다면 조정 대신들의 연회에 예의를 갖추지 않은 자들의 참석을 절대로 허용하지 않았을 것이다. 그러나 세월이 지날수록 무측천의 마음은 너그러워졌다.

어느 날 우연히 궁중연회에 참석한 재상 위안석은 이를 참다못해 무측천 앞에 무릎을 꿇고 "상인은 본래 비천한 사람이므로, 이런 궁중연회에 참석하지 못하게 해야 합니다."라고 말을 한 후 무측천의 지시도 받지 않고 좌우의 상인들을 모두 내쫓았다.

좌중에는 일대 긴장감이 돌았다. 무측천이 대노하여 위안석을 투옥시키거나 사형에 처하리라고 생각하였다. 그러나 무측천은 오히려 위안석이 솔직하게 말한 데 대하여 칭찬을 하였다. 지난 날의 무측천을 잘 알고 있는 여러 대신들은 이 광경을 보고도 믿을 수가 없었다.

그해 3월 낙양 일대에 큰 눈이 내렸다. 재상 소미도는 이 큰 눈은 좋은 일이 있을 서설(瑞雪)이므로, 문무백관들은 응당 황제에게 축하드려야 한다고 했다. 그러나 왕구례는 즉시 이것을 반박하는 상소를 올렸다.

"지금은 초목이 무성할 계절인데 큰 눈이 내린 것은 두 말할 것 없이 큰 재앙이 아니겠나이까? 이것을 두고 서설이라고 하는 사람은 분명 아첨을 하는 간신배일 것이옵니다."

순간 조정은 쥐 죽은 듯 조용해졌다. 무측천은 왕구례의 직언에 감동되어 내일 조정 배알을 폐지한다고 선포하고, 이상 기후에 대해 조치를 취하라고 명하였다.

그 무렵 어떤 사람이 다리가 3개 달린 기괴한 소를 끌고 왔는데, 소미도가 또 무측천에게 이 소는 상서지조(祥瑞之兆)이므로 축하드린다고 말하였다. 그러나 왕구례는 "그것은 괴물이고, 그 소가 상징하는 것은 군자를 도와줄 현명한 신하가 이 시대에 없음을 말하는 것입니다."라고 아뢰었다.

이런 강력한 진언을 들은 모든 신하들은 몽둥이로 한 대씩 얻어맞은 듯했는데, 무측천은 아무 말 없이 내궁으로 들어갔다.

조정의 많은 신하들은 왕구례의 말이 틀리지는 않지만, 황제의 면전에서 서슴지 않고 큰 소리로 말함은 마땅치 않으므로 변방으로 좌천되거나 유배라도 갈 것이라고 생각하였다. 그렇지만 왕구례는 아무런 처벌도 받지 않았다.

사람들은 이렇게 변한 무측천을 두고 아무리 생각해 보아도 그의 속내를 알 수가 없었다. 그녀의 너그러움에 대해 모든 신하들은 의혹을 가지지 않을 수가 없었다.

어느덧 무측천의 나이 여든이 가까이 되고 있었다. 속담에 기린이 늙으면 노마(老馬)보다 못하다는 말이 있다. 이 속담이 무측천에게 적합하다고 말할 수는 없으나, 대신들은 대부분 정치의 일신을 위해 늙은 여제는 이제 물러나고 태자 이현이 황위를 계승해야 할 때가 되었다는 생각을 갖고 있었다. 태자 이현의 나이 이미 47살이었다. 조정의 대소 신하들은 이제 황제가 황위를 태자에게 물려주고 정치에 간섭하지 않아야 하며, 옥좌에서 물러나 두 장씨 형제의 보살핌을 받으며 살기를 바라고 있었다.

8월의 어느 날이었다. 후궁에서 글을 가르치는 태감 소안항이라는 자가 갑자기 무측천에게 황위를 내려놓아야 한다고 감히 상주하였다. 일개 태감이 무측천에게 황제의 자리를 내려놓아야 한다고 진언을 했으니, 조정의 문무백관들은 긴장하지 않을 수 없었다. 무측천은 이 상주를 읽고 분노보다 놀람이 더 앞섰다. 적인걸이 죽은 뒤로 조정의 대소 신하들은 모두 다 자신의 눈치만 보고 있는 상황에서 보잘 것 없는 후궁의 한 태감이 귀에 거슬리는 충언을 감히 한 것은 죽음을 각오한 일이라고 판단했다. 무측천은 즉시 소안항을 불러 그의 용기와 직언을 칭찬했고, 그에게 매우 많은 음식을 상으로 하사했다. 죽지 않으면 유배를 당하리라고 생각을 했던 소안항이 칭찬과 상까지 받자 대신들은 뜻밖이었다.

무측천은 황위를 내려놓아야 한다는 한 후궁 태감의 상주를 받고 당황했으나, 이에 대한 처리를 잘못하면 수습하기 어려운 국면이 조성될 것이라고 생각했다. 그래서 제일 좋은 방법은 적당히 사건을 덮는 것이 좋을 것이라는 생각에 재빨리 수습을 한 것이었다.

그런데 머지않아 소안항은 다시 상주를 올렸다. 그는 이번에도 죽을 각오를 하고 무측천이 제일 꺼리는 퇴위문제를 제기하는 상주를 올린 것이었다.

이와 같은 내용의 상주를 두 번씩이나 올렸다면 무측천이 아닌 그 누구라 할지라도 대노했을 것이다.

그러나 무측천은 이번에도 소안항을 처벌하지는 않았으나 그 전처럼 상을 주지도 않았다.

소안항이 단지 자신의 생각을 드러낸 것이고, 암중 음모가 없음을 무측천이 인정한 것인지 궁중의 어느 누구도 무측천의 속내를 이해할 수 없었다.

그러나 무측천은 소안항을 필부라고 인정해서, 그렇게 너그럽게 대하고 그의 영향력을 확대 해석하지 않으려고 최대로 무시한 처사였다. 무측천은 자신이 점점 모든 대신들과 싸우고 있다는 느낌을 지울 수가 없었다.

성공 키워드 3-19

절망에 침잠하지 않기 위해 이목을 전환시켜라

여자가 사업에 실패하거나 연애에 실패하면 세상이 끝난 것처럼 생각하고 무너지기 쉽다. 그러나 천재지변이나 큰 전쟁이 아니고는 세상은 올바른 시선을 가진 사람들이 살 수 있는 곳이다.

그러므로 절망에 침잠하지 않기 위해서는 이목을 전환시켜 주어야 한다.

인간은 상대방의 태도에 따라 그 행위가 이중적이 될 수 있다는 것에 주목하여야 한다. 인간은 천성적으로 이중적인 것이 아니라 약하기 때문에 이중적인 행동을 하게 된다. 그러므로 이중적인 행동의 배후에는 약함이 있는 것이다.

승부사 무측천! 천하를 지배하다

20. 대세를 피할 수는 없다

705년, 무측천의 병이 갑자기 악화되어 조정의 일에 대해 일일이 묻지도 않았고, 엄중한 국가 대사를 제외하고는 모든 것을 재상이 아니면 현재(賢才)들에게 맡기고 묵묵히 황제의 칙령에 도장만 찍어줄 뿐이었다.

태자 이현과 외척 무씨들, 요직에 있는 대신들은 병중에 있는 무측천이 정신이 흐릿하여져서 황위를 장창종에게 물려주라는 칙령을 내릴까봐 몹시 두려워하고 있었다. 태자와 재상 장간지(701년 적인걸과 요원지가 추천한 인물)는 나라가 혼란에 빠지기 전에 무력으로 무측천을 핍박하여 황위를 내려놓게 하고 태자 이현을 황위에 올릴 수밖에 없다는 생각을 하게 되었다. 장간지 외에 환원범, 경휘, 최현위, 원서기, 상왕이단, 태평공주 등도 이 모의에 참가하였다. 그들은 서둘러 행동을 개시하여야 한다면서 구체적인 계책들을 논의하기 시작하였다. 물론 이 일을 지도하는 핵심 인물은 장간지었다.

705년 정월 22일, 낙양성의 황궁에 군사들이 몰려왔다. 선봉에 선 장간지는 500명의 군사들을 이끌고 현무문으로 들어갔다. 현무문을 지키던 전귀도가 이들을 막았으나 태자가 나타나 길을 열라 하자 대항하지 않고 물러났다. 반란군은 당시 무측천이 환우를 돌보던 영선궁으로 진격하여 궁중에 있던 장씨 형제의 목을 베어 죽였다.

태자 이현과 장간지 등은 무측천의 병상 곁에 서서 황위를 이현에게 물려줄 것을 종용하였다. 무측천은 갑자기 많은 대신들을 대면하개 되자, 지금 자기가 가장 위태로운 형세에 직면했다는 것을 간파했다. 그리고 무측천은 태자에게 물었다.

"무슨 소란이냐?"

"장역지, 장창종 두 형제가 모반을 일으켜, 소인이 그들을 처단하였습니다."

무측천은 좌중의 반란군을 하나씩 둘러보았다. 그들은 모두 무측천의 성은을 입었던 장수들이요, 대신들이었다. 무측천은 일이 이미 돌이킬 수 없게 되었음을 알고 말했다.

"모반을 일으킨 장씨 형제를 이미 죽여 없앴다면, 속히 동궁으로 돌아들 가시오!"

이런 엄숙한 사태 앞에서도 정신을 바싹 차린 무측천의 태도에는 흔들림이 없었고 목소리는 준엄했다. 그러나 사람들은 움직이려 하지 않았다.

그러자 환언범이 무측천에게 황위를 내려놓을 것을 간청했다. 그러나

승부사 무측천! 천하를 지배하다

무측천은 직접 대답을 주지 않은 채 대신들을 훑어본 후 이잠의 얼굴에서 눈길을 멈추고 "네 이 무리의 성원으로 참가했는가? 짐은 너희 부자를 야박하게 대하지 않았는데, 오늘 이런 음모에 가담할 줄은 몰랐다."라고 말했다.

이잠은 원래 이의부의 막내아들로서 대사면 시 낙양으로 돌아와 조정의 관리로 임명받았었다. 그리고 무측천의 특별한 은총으로 좌천우위장군이라는 요직까지 맡았다. 무측천의 말에 이잠은 말없이 머리를 돌렸다.

무측천은 또 눈길을 최현위에게 멈추고는 "다른 이들은 모두 재상들이 추천했지만 최현위 너는 짐이 친히 직분을 하사하였는데 감히 짐을 배반하다니!"라고 엄하게 말하였다.

이에 최현위는 "소신이 이번 일에 동참하게 된 것은 대세에 눈길을 돌리고, 이렇게 해야만 진정으로 폐하의 큰 은혜에 보답할 수 있다고 생각했기 때문입니다."라고 대답했다.

최현위는 여러 사람들 앞에서 배은망덕한 모습으로 서 있는 자신이 싫었고, 또 말없이 묵묵히 서 있는 여러 대신들에게 사기를 북돋아 주어 이번 정변을 기어코 완성시켜야지, 그렇지 않으면 무측천이 또 대세를 잡을 수 있다고 판단하여 무측천에게 강력하게 말했던 것이었다. 그러나 최현위는 그 어떤 것으로 인해 가책을 느꼈는지 붉게 물든 얼굴에서 땀방울이 흘러내렸다.

계속되는 대신들의 주청에도 무측천은 미동도 하지 않자, 반란군은 그 자리를 물러나올 수밖에 없었다.

　그러나 다음 날도, 그 다음 날도 반란군은 굽히지 않고 무측천을 핍박하였고, 결국 24일 무측천은 그들의 요구를 수용하였다.

　705년 정월 25일, 태자 이현은 통천궁에서 황제로 즉위하였다.

　이로써, 무측천은 자신이 창립한 대주제국(大周帝國) 15년 동안의 통치를 마무리하였다.

성공 키워드 3-20

의지를 가지고 때를 보아라

    사람의 고집과 의지는 비슷하면서도 다르다. 고집은 융통성이 부족하지만 의지는 융통성이 풍부하다. 큰 산을 옮기려면 꾸준한 노력도 있어야 하지만 그보다 먼저 큰 산보다 더 큰 의지가 있어야 한다. '우공이산(愚公移山)'이 바로 그러하다. 달도 차면 기울 듯이 이제 무측천은 때가 되었음을 알고 더 이상 고집을 부리지 않고 황위를 아들에게 넘긴 것이었다.

    무측천은 태자의 소심함을 잘 알기에, 좀더 정국을 안정시킨 후 황위를 넘기고 싶었지만 대세를 피할 수는 없었다.

승부사 **무측천** 천하를 지배하다

초판 인쇄 2017년 6월 10일
초판 발행 2017년 6월 15일

지은이   장석만
펴낸이   박찬후
디자인   이지민

펴낸곳   북허브
등록일   2008. 9. 1.

주소   서울시 구로구 구로중앙로 27다길 16
전화   02-3281-2778
팩스   02-3281-2768
이메일   book_herb@naver.com
카페   http://cafe.naver.com/book_herb

* 잘못된 책은 구입하신 서점에서 바꾸어 드립니다.

값 14,000 원
ISBN 978-89-94938-32-5 (03820)